8 倪匡珍藏限量紀念版

衛斯理傳奇之

盜墓

（含：盜墓・多了一個）

倪匡 著

無窮的宇宙，
無盡的時空，
無限的可能，
與無常的人生之間的永恆矛盾，
從倪匡這顆腦袋中編織出來。

——金庸

目錄

盜墓

目錄

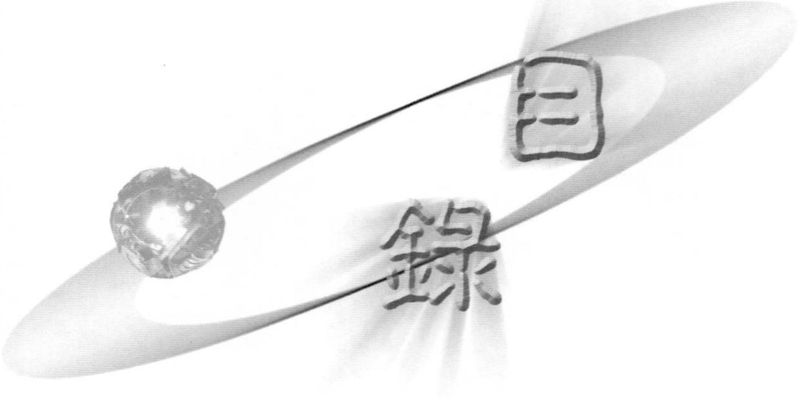

多了一個

盜墓

盜墓
盜墓

序言

「盜墓」這個故事，靈感來自一則新聞，說美國太空總署一個官員，宣稱有不少外星人的屍體被發現，列為一級秘密。事實是，有幾個中級官員，神秘失蹤，下落不明，所以才構思了這個故事。

地球人，在觀念上，至今為止，還不夠資格作為宇宙裡的生物——連作為地球生物的資格都不夠，為了國與國的界線，這個主義和那個主義的不同，打得難分難解，這樣的低級生物，有什麼資格把自己提高到宇宙的層次。

一貫地鄙視地球人，是！

倪匡

第一部：莫名其妙的錄音帶

一個仲夏的中午，我由於進食過飽，有點昏然欲睡，躺在沙發上，在聆聽著一卷十分奇特的錄音帶，錄音帶是一位職業十分奇特的人寄來的。

這個人所從事的職業，據他自稱，全世界能幹他這一行的，不過三十人。當然，濫竽充數的人不算，真正有專業水準的，只有三個人。

請各位記著這三個人的名字，在以下事態的發展之中，這三個人會分別出場，而且佔有一定地位。

這三個人，兩個職業，一個業餘。

兩個職業好手，一個是埃及人，姓名相當長，很古怪，也不好記，所以從略，只介紹他的綽號：「病毒」。濾過性病毒是一種極其微小的生物，要在高倍數的顯微鏡下才能看到它，小得可以通過濾紙，比一般的細菌和微生物更小。這個綽號之由來，和他的職業有關，指他能透過任何細小的隙縫。

病毒今年九十高齡，已經退休，據說，他正在訓練一批新人，但尚未有成績云云。病毒的晚年生活相當優裕，居住在開羅近郊的一幢大別墅中，不輕易露面，侍候他的各色人等有八十二人之多。

第二個，就是交錄音帶給我的那個人，他的名字是齊白。當然，那是譯音，原文是CIBE。這名字是他自己取的，以四大古國的第一個字母拼成。據齊白自稱，他有著這四大古國的血統，所以，他最適合幹他那種行業，簡直是天生這一行的奇才。

齊白究竟多少歲，我和他認識的時間不算短，可是無法猜測，大約是二十五歲到四十五歲之間，這個人的身世如謎，行蹤如謎，我只知道他的職業，對他的瞭解不算很多。

第三個是一個道地的中國人，名字叫單思。單思是單相的弟弟，我在認識單相時，就曾取笑他的名字，他一本正經地告訴我：「舍弟叫單思。」單家十分有錢，單相、單思兩兄弟，可以完全不必工作而過著極舒適的生活。他們兩人全十分出色，單思學的是考古，所以後來發展成為那個行業中的業餘高手。單思的外形十分有趣，說他「有趣」，是因為他的打扮，永遠在時代的最尖端，絕不像一個考古學家，他常在自己的額角上貼上一枚金光閃閃的星星，和將頭髮染成淺藍色，看到他的人，一定會認爲他是一個流行歌曲的歌手。

這三個人都約略介紹過了，說了半天，他們所從事的工作是甚麼呢？照他們自己的說法，那是「發掘人類偉大的遺產」、「揭開古代人生活的奧秘」、「將不爲人知的歷史和古代生活方式顯露在現代人面前」和「使得這世界上充滿更多的稀世珍寶」的「偉大工作」。

可是實際上，說穿了，他們的工作，實在很簡單，他們是古墓的盜竊者：盜墓人。

盜墓人所做的事，就是偷進古墓去，將古墓中的東西偷出來。可是也別看輕了盜墓人，盜墓人需要有豐富的歷史知識，用來判斷這座古墓中的主人身分，決定是不是值得去偷盜。盜墓人也要有豐富的工程學知識，因爲一般來說，值得去偷盜的古墳墓，大都建築得十分堅固，不是事先有著詳細的規畫，弄得不好，葬身在古墓之中的低手，不計其數。連帶的，他們也要具有豐富的各種器械的使用知識，以達到事半功倍的目的。

「病毒」、齊白和單思三個人的盜墓記錄，都不公開，但其中有幾項，人所皆知，例如英國的探險家，在進入埃及的大金字塔之後，發現在他們之前，早就有人進入過，那就是「病毒」年輕時的傑作。

據齊白說，「病毒」在大金字塔中所得到的寶物並不多，不超過五件，但是當那些寶物出售給不願意公開姓名的收藏家之後，「病毒」就可以靠所得的報酬，過一輩子舒適的生活。

據我所知，「病毒」九十歲生日那一天，三個世界上最偉大的盜墓人，曾經有過一次敘會。他們在敘會中討論甚麼，當然沒有人知道，就在這次敘會之後的兩個月，我收到齊白打來的一封電報。

電報的內容相當簡單：「發電報同時，寄出錄音帶一卷，希望詳細聆聽，日後再通消息。」

電報是從埃及境內一個小地方發來，那個地方，要查詳細的地圖才能查得到，在埃及的中部，地名是伊伯昔衛。

在收到電報之後，足足半個月，我才收到了那卷錄音帶。帶子是普通的卡式帶，包裝得十分仔細，用一塊不知是甚麼舊麻布重重包裹著，裝在一隻厚厚的粗大箱子之中，用一種土製的長釘子將木箱裝釘得十分堅固，以致我要花二十分鐘時間，才能將木箱撬開來。那塊舊痲布，散發著一陣極其難聞的黴味，我順手將之拋進了垃圾箱。

取出了錄音帶，放進一架小型錄音機之中，在沙發上躺了下來。正如一開始我就講過的，那天天氣相當熱，使人昏然欲睡，我在沙發上半躺下來之際，已經打了兩個呵欠，希望錄音帶的內容精采一點，好讓我提提神。

可是，當錄音帶開始轉動，有聲音發出來之後不到五分鐘，我已經將齊白罵了一百多次。因為我實在不知道他寄這卷錄音帶給我的用意是甚麼。我聽到的聲音，全然莫名其妙。

一開始，聲音很有點恐怖片配音的味道，聽來十分空洞，有回聲，像是有一個人在一個有回聲的空間中向前走。

接下來，足足五分鐘之久，全是同樣的聲音，間中，偶然有一兩下聽來像是風聲一樣的聲響。

我伸手按停了錄音機，考慮著是不是要把這卷錄音帶也扔進垃圾桶去。

要不是這卷錄音帶是齊白寄來的，我一定扔掉了。但齊白是這樣一個特殊人物，那麼遠路寄來的東西，勉爲其難，就算全卷錄音帶全是那些空洞的腳步聲，我似乎也應該將它聽完。

我嘆了一聲，又罵了齊白幾句，再按下錄音機的放音掣，那種空洞而有回音的腳步聲，再傳了出來，又過了三分鐘，忽然卻有了另一種聲音。

那是喘息聲，毫無疑問，有人在喘息。而且喘息的人，他的口部，一定距離當時錄音設備的收音部分十分近，因爲每一下吸氣聲，都十分清晰，那種「嘶嘶」聲，聽來恐怖。

我精神爲之一振，坐了起來。才坐起，就聽到了齊白的聲音。

齊白一面喘氣，一面在說話，他的聲調，聽來異常急促，也不知道他是由於興奮，還是恐懼。他的話，有時斷斷續續，在間歇中，就是他的喘氣聲。

我不嫌其煩地說明聽到他語聲後的感覺，是因爲如果配合了他講話的內容，可以知道他在講這番話之際，處身在一個十分異特的環境。

以下就是在喘氣聲之後，齊白所說的話：

「我不知道在甚麼地方，也不知道我已經在這裏多久了，我……我……見到的是甚麼？真是難以形容，我一點也說不出來，可是我又一定要將我見到的描述出來。對了，那可以說是一條走廊，然而，那是走廊嗎？算他是一條走廊好了。」

（齊白的話，持續的時間相當長，大約有十五分鐘左右。其中有不少，簡直語無倫次，我當時聽了，只覺得莫名其妙。這裏，我記下來的，完全是錄音帶中的原來語句。有很多不可解的話，到後來全都有了答案，那是以後的事情。）

（齊白在講話的時候，他可能一直在向前走著，因為那種空洞的腳步聲仍然在，偶然也還有一兩下風聲。當然，還有齊白的喘息聲。）

「我在這……走廊中已走了多久了？為甚麼我的思緒完全麻木？我以為……我是為甚麼會到這地方來的？對，我……記起來了，我要非常努力，才能記起來……我要努力記起它來，我一定要想出……我為甚麼會來到這裏的原因……」

（在這裏，齊白將這幾句話重複了三遍之多。他為甚麼到一個地方去，可能只有他一個人知道，而他竟然會想不起來，可見他那時候，神智有點模糊不清。）

（聽到這裏，我自然覺得緊張，但是我卻並不擔心他的安全，因為他事後還能將這卷錄音帶寄出來，可知當時的情形不論如何詭異，都不會有危險的。）

「我……爲甚麼會到這裏來的？我……想起來了，是病毒，和病毒有關，這老頭子，他……是他叫我來的？還是單思叫我來的？等一等！等一等！」

（齊白那兩下「等一等」，用極尖銳的聲音叫出來，接著，便是一陣急促的喘息聲和急驟的腳步聲。「音響效果」相當好，一聽就知道他在突然之間，看到了甚麼令得他極度驚訝的事情，他就一面叫，一面向前奔了出去。）

（齊白叫的是「等一等」，我想，他這樣叫，並不是真的叫一個甚麼人等他一等，而是一種在發現了令他驚異的事情之後的一種口頭語。）

（急促的腳步聲，大約有半分鐘。）

「這是甚麼，這究竟是甚麼？天，我究竟到了甚麼地方？我沒做過甚麼壞事，不應該有這樣的報應，是甚麼人的咒語生效了？甚麼人的咒語？我是從來也不相信甚麼咒語！要是相信，我根本不能從事我的工作，可是現在……現在……一定是甚麼人的咒語生效了，一定是……」

（齊白請到這裏，竟然發出了一陣嗚咽聲。這不禁令我悚然。齊白的那種嗚咽聲，聽來十分可怖。聽一卷來路不明的錄音帶，本來就十分詭異，因只聽到聲音，而不知道究竟發生了甚麼。）

（齊白在他的話中，提到了「咒語」。我相信他所指的咒語，一定是古墓主人對進入古墓者所下的咒語。在埃及，許多金字塔，都刻有詛咒，而金字塔，本來就是一座墳墓。齊白的錄音帶，從埃及寄出來的，他又是一個盜墓人，那麼，他是不是在一座古墓中？）

（我一面迅速地轉著念，一面仍然繼續聽著這卷錄音帶中所發出來的聲音。）

「我不信咒語，不信……我一定是來錯地方了，病毒這老頭子，他為甚麼要騙我？」

（在這句話之後，又是連續的腳步聲，空洞而有迴響，照聲音來判斷，齊白還在繼續向前走。如果他一進入那地方就開始錄音，那麼，這時已有二十分鐘之久。二十分鐘不斷向前走，那條「走廊」的長度，可以說相當長。）

（如果說每秒鐘一公尺，他一直沒有停過，二十分鐘，他已經走了一千二百公尺左右。當然「走廊」可能有彎角，也有可能，他一直繞著圈子，不過這無法從聲音中作出判斷。）

「是的……我來到了，我真的來到了，看！看！你們大家都來看看！」

（齊白的聲音急促而興奮，聲音聽來，也帶著若干程度的恐懼，但是我不禁罵了一句「他媽的」。齊白真可以說是混帳到了極點。他寄來的不是照片，不是影片，只是一卷錄音帶，可是他卻一直在嚷叫著：「大家都來看看！」誰能從聲音中看到東西？他一定昏亂到了不知所云的地步了。）

「我……來到了，這大概是我追求的最終目的，我終於來到了，來到了！」

（齊白大叫著「來到了」，叫得回聲震耳欲聾。然後，便是「咚」地一聲，好像是重物墜地的聲音。接著，便是一陣嗡嗡聲，那一陣嗡嗡聲，相當難斷定是甚麼聲響。那像是一群蜜蜂在飛，也像是空氣在一個小空間中因對流而產生，像用耳朵對著一隻杯子時聽到的聲音相仿。）

「我夠了，我已經夠了，我這一生……的活動，到這裏，可以算是一個終極了，找不可能再有任何……再有任何進展，我要告訴全人類，我看到了終極，看到了一切！」

（齊白始終不明白，聽他錄音帶的人是看不到任何東西的，所以，也根本無法知道他在叫嚷著的「終極」是甚麼意思。）

（齊白甚至沒有對他看到的情形，作任何形容。或許是他根本無法形容他所看到的一切？他連自己是不是在「走廊」也不知道。）

（齊白的話，到這裏爲止。但是他的活動，卻顯然沒有停止，因爲還有別的聲音傳來，包括了「咚咚」聲，一些聽來像是搬動沈重物體的聲音，一些空氣在狹窄的空間對流而產生的聲響，他的喘息聲，幾下驚呼聲，最後，是一種「乒乓」的聲響，聽來像是玻璃敲碎的聲音。）

整卷錄音帶有聲音部分是二十八分鐘。我翻過另一面，全然空白，沒有聲音。

我聽了一遍又一遍，等到聽到第六遍頭上，白素回來了，她並不出聲，我也只是向她作了一個手勢，示意她用心聽。

她坐了下來，用心聽著，等到放完了第六遍，我按停了錄音機：「齊白寄來的，從埃及一個叫伊伯昔衛的小城市。」

白素皺了皺眉：「那個盜墓人？」

我點頭道：「是。」

白素「嗯」地一聲：「聽起來，他進入了一個神秘不可測的地方——」

我忍不住打斷了白素的話道：「他還有甚麼地方可去，當然是進入了不知甚麼古墓之中。」

白素道：「可以這樣說，但是在那個地方，他遇到了一生之中從來也未曾遇到過的事。」

我「哼」地一聲：「見到了『終極』！我對盜墓、賣古董沒有興趣，真不知道他爲甚麼要寄這鬼東西來，浪費我的時間。」

白素作出了一個不屑的神情：「你是因爲茫無頭緒而心癢難熬，我提議你和單思通一個電話，他們是同行，應該知道齊白究竟在說些甚麼。」

我不禁笑了起來，拿起電話來，打給單思。接聽電話的是單思的管家，他道：「二先生到埃及去了，三個月之前去的，一直沒有回來。」

我忙問道：「知道他現在在哪裏？」

管家道：「他在埃及，你要找他，可以打電話到埃及去，他一定還在。」

我沒有再問下去，就放下了電話，這個管家，他以爲埃及是一家小客棧？我只要打電話去，就可以找到他的主人？

聯絡不到單思，自然只好將這件事擱了下來。我只能從聲音中判斷，齊白是到了一個極爲奇特的地方，在那處所在，他有著十分奇妙的遭遇，如此而已，究竟實際情形如何，一點也不知道。

我託了一個在埃及的朋友，請他找齊白，但是一點結果都沒有。一直到一個月之後，我又收到了另一卷錄音帶。

一看到郵差送來了一隻粗糙的木箱，我就不禁狂喜，那和上次的木箱相類，我接過箱子，看了看寄出的地點，仍然是伊伯昔衛，寄件人的名字也仍然是齊白。

我到了地下室，用斧頭將箱子劈開來，包裹著錄音帶的，還是一塊舊麻布，取了錄音帶在手，迫不及待奔進書房，將之放進錄音機之內。五分鐘之後，我開始罵齊白的祖宗，一代一代罵上去。

我聽到的聲音，只是不斷的同一聲響，那種類似玻璃破裂的聲音，在上一卷錄音帶的最後部分，也曾經出現過。可是這時，不斷的這樣的聲音，那真叫人忍無可忍，非罵不可。

我大約每隔半分鐘罵齊白的一代祖宗，一直罵到第三十六代頭上，才聽到了別的聲音，那是一下深深的吸氣聲。

一直到錄音帶播放完，沒有其他的聲音，我將錄音帶取出來，拋起，等它落下來時，將之踢到了書房的一角。

這算是甚麼玩笑，齊白這傢伙，一定是開死人玩笑開得夠了，又知道我是一個好奇心十分強烈的人，所以才開我這樣一個玩笑，而我居然上了當。

我心中十分氣憤，沒有將第二卷錄音帶的事對白素說。

我在書房中工作，聽到一下驚呼聲和一陣猛烈的犬吠聲，我忙探頭向窗外看去，看到我養的兩頭狼狗，正撲向一個人。從樓上看下去，只看到那人衣衫襤褸，看不清他的臉面。

那個人正在閃避著，對付那兩隻大狼狗，我不知道那人是從哪裏來的，因爲院子的鐵門鎖著，我打開窗子，向下大聲叱責著，叫著那兩隻大狼狗的名字，大狼狗靜了下來，那人抬起頭。

雖然他滿面鬍子，臉上也骯髒不堪，但是我還是一眼就可以看出那個乞丐一樣的人，正是單思。

一看清楚是他，我不禁大叫了起來：「單思，你在搞甚麼鬼？」

單思並不回答我，那兩隻狼狗已不再追逐他，他向屋子疾奔過來，我也忙離開了書房，向下奔去。當我來到客廳中時，他已在窮凶極惡地擂門，我忙將門打開，想要指責他幾句，他已經叫了起來：「拿來，快拿來。」

我怒道：「你瘋了，我欠你甚麼？」

單思的神情，顯示他的情緒，正在極度的激昂之中，他又叫道：「拿來，快拿出來。」

我吸了一口氣，先用力按住了他的肩頭，令他比較鎮定一些：「拿給你，可是，你得告訴我，要我給你甚麼？」

單思盯著我：「齊白給你的東西。」

我怔了一怔：「齊白？」我立時想起了齊白寄給我的那兩卷錄音帶。自從我認爲那是齊白的惡作劇，我不知道放在甚麼地方了。我這時，也全然不知道何以單思會那樣緊張。我只好道：「喔，齊白給我的東西，那兩卷錄音帶？」

單思呆了一呆，問道：「錄音帶？」

我道：「是啊，兩卷錄音帶，聽來一點意思也沒有，像是他進入了一處連他自己也不明白的所在，一面在那地方行進，多半是他在開玩笑。」

我說著，自問所講的全是實話，可是單思的神情，在剎那之間，卻變得極其憤怒。他陡然喝了一聲：「衛斯理，別裝腔作勢了，快拿出來，你和我都知道齊白給你的不是甚麼錄音帶。」

我也不禁大怒：「去你的，不是錄音帶，齊白還會有甚麼給我？」

我轉過身去，想去找出那兩卷錄音帶來。我絕不是沒有應變能力的人，一般來說，要在我的背後偷襲我，絕不是一件易事。可是單思，咦，單思平時給我的印象，極度斯文，除了提及一些不爲人所知的古墓，觸及了他特異的嗜好，會令得他雙眼發出異樣的光采之外，他是那麼文靜的一個人。

我甚至會提防天花板上的吊燈突然墜下來，也決計不會去提防單思偷襲我。可是，就在那時，單思卻突然對我施行了偷襲。

事後才知道單思用來襲擊我的是一件玻璃雕塑藝術品。在我被砸昏過去之前的一剎那，我聽到了一下玻璃碎裂聲。

我聽到了玻璃的碎裂聲，仍然未曾知道自己被襲，只是忽然之間想到，在齊白的第二卷錄音帶中，有著不斷的玻璃碎裂聲。

我大約昏迷了一小時左右，先是後腦上針刺一樣的疼痛，然後就聽到了白素的聲音，白素正在急促地問：「誰來過？」

白素是在問老蔡，我們的老管家，老蔡回答道：「我不知道，花園裏狗在叫，看來是熟人，那人衣服破爛得像是叫化子一樣。」

我又感到了一陣灼痛，白素在包紮傷口前，用酒精消毒，刺激了傷口。我哼了一聲：「是單思。」

我在說了那一句話之後，才睜開眼來。一睜開眼來之後，我不禁呆住了。那是真正的怔呆，甚至使我忘記了腦後的疼痛。

緊接著，我感到了極度的憤怒，白素扶我坐在一張椅上，我自椅上直跳了起來。由於過度的憤怒，我張大了口，一句話也說不出來。過了好一會，我才陡地叫了起來：「單思這王八蛋，我要將他捏死。」

單思如果這時在我面前的話，我是不是會將他捏死不敢說，但是我肯定會捏住他的脖子，至少捏得他雙眼翻白，舌頭完全伸出來為止。

我看到的是一片混亂。

書房中的凌亂，難以形容，每一隻抽屜全被打開，抽屜中的一切，倒在地上，書架上的所有書籍，也到了地上。甚至連一些音響設備，也全離開了原來的位置，電線七糾八纏地到處亂掛，一對揚聲器的網膜被扯破，椅墊被割開……

我實在沒有法子形容下去，總之我一看到自己書房這樣凌亂的情形，第一個意念是憤怒，第二個意念是：我再也不能使書房回復原狀了。

我跳了起來，雙手緊緊地握著拳，白素皺著眉，將我按著，又令我坐了下來，發現坐的椅子，椅墊也是割開了的。

白素問道：「單思？」

我恨極，連聲音也有點變了：「就是他。」我一面說著，一面不由自主喘著氣：「單思他……他以為我是死了很久的死人？以為我這裏是一座古墓？」

白素在才聽到「單思」的名字之際，顯然一時之間，想不起他是甚麼人來，直到我提及了「古墓」，她才「哦」地一聲：「是他，那個怪人。」

她令我半躺了下來，然後道：「傷倒沒有甚麼，幾天就會好。」

我伸手向後腦摸了一下，憤然道：「我可等不到幾天，我這就去找他。」

白素立即同意：「也好，問問他爲甚麼。」

我立時跳了起來，和白素一起下了樓，出門，上車。

單思是單身漢，住一幢極大的花園洋房。

在他哥哥單相的住所之中，全是各種各樣的植物，而在單思的住所之中，則全是他自世界各地的古墓之中偷盜來的古物，其中包括在設備精良的地窖之內，用冷凍和藥物保存起來的三具屍體在內——其中一具，據他說是蒙古一個短命皇帝圖帖睦爾的屍體，當然無法分辨真假，只好由得他去胡說。

白素駕著車，在駛向單思住所途中，她問我：「單思爲甚麼要襲擊你？」

我道：「是他硬說齊白給了我甚麼，我告訴他齊白只不過寄了兩卷混蛋錄音帶來開我的玩笑，他不相信，我轉身想拿錄音帶給他，他就突然在我背後襲擊我。」

白素埋怨了一句：「你也太不小心了。」

我苦笑了一下：「誰都會上當，單思平日多麼斯文君子。」

白素「哼」地一聲：「至少他來見你的時候，老蔡就說他像是叫化子一樣，我想他神態舉止，一定有異，只不過你自己不在意而已。」

我生著悶氣，沒有再說甚麼，白素又道：「你提及兩卷錄音帶，我只知道有一卷！」

我道：「第二卷是今天上午寄到的。」

白素向我望了一眼：「內容是甚麼？」

我吸了一口氣，又伸手在腦上按了一下，將第二卷錄音帶的內容講了一遍。

第二部：業餘盜墓者的怪行為

白素在聽到一半之際，已經將車子駛到路邊，停了下來，用心聽我講述。

白素道：「齊白和單思之間，有著一定的聯繫！」

我負氣道：「當然有，他們兩個人，一個是職業的，一個是業餘的，全是盜墓者——」

我講到這裏，陡地停下，令自己冷靜。的確，單思和齊白之間，一定有著某種聯繫。

由那兩卷錄音帶，和單思的行動，可以串成一些事情。先假定齊白到達某一處神秘的所在，單思知道了這件事，以為齊白發現了甚麼，又交給了我，所以來向我索取。等到我否認有甚麼時，單思將我打昏過去之後，在我書房中亂找，這便是我的書房慘遭浩劫的原因。

我約略想了一想：「對，單思和齊白，有聯繫。」

白素「嗯」了一聲，重又發動車子，向前駛去。

約莫半小時之後，車子轉入了一條斜路。可以看到單思那幢建造在山上的大花園洋房。這幢房子，是單思的祖上建造的，式樣相當舊，卻保養得很好。

建造這幢洋房，工程極其浩大。整條上山的路，就爲了這房子而開。在駛上斜路之後不久，就是一扇看來極堅固的鐵閘。

白素停了車，我待要跳出去，白素道：「我去。」

我笑了一下：「你放心，沒有見到他之前，我不會做甚麼傻事。」

白素沒有再說甚麼，我下了車，來到鐵閘之前，按下一個掣，對講機中立時傳出了一個男人的聲音：「請問有何貴幹？」

我道：「我姓衛，找單思。」

那聲音道：「單思先生不在家。」

我大是火光：「別對我說這種廢話，快打開鐵門，讓他出來見我，別以爲一道鐵門可以攔得住我，問問他剛才在我家裏幹了些甚麼，快點滾出來見我，我還可以饒他一命。」

由於我實在生氣，是以我是一連串不停口地罵出來的，等我罵完，那聲音才道：

「衛先生，你別生氣，單先生真的不在家，兩個月前他到埃及去，沒有回來過。」

我大聲道：「我不信，你讓我進來。」

那聲音：「衛先生，你……你是……」

我道：「我叫衛斯理。」

那聲音陡然歡呼起來：「原來是衛斯理先生，請進來，請進來，真對不起，不知道是你，我們正在等你，請進來。」

那和我說話的人，本來還是一副冰冷的拒人於千里之外的態度，但一聽了我的名字之後，忽然變得熱烈歡迎起來，我也不知是甚麼原因。而在那人說話之間，鐵閘已打開來。

我回到車中，白素駕著車，循斜路而上，不一會，就看到有一輛敞篷車，車中坐著四個人，迎面駛來，等車子接近時，敞篷車停止，車中四個人全都站了起來，神態十分恭敬。一個禿頭的中年人一面做著手勢，一面道：「歡迎，衛先生，歡迎。」

這樣隆重的歡迎，更使我感到意外，我自車窗中伸出手來，向他們揮了揮手。

敞篷車上的四個人又坐了下來，車子掉頭，在前帶路，白素駕著車，跟在後面，又駛了十分鐘左右，才來到大洋房的面前，只見在洋房前，已有七八個人站著，男女都有。

白素才一停車，已有人趕過來開車門，我跨出車子，所有的人又列隊，向我行禮，那禿頭中年人的神態，更是恭敬：「衛先生，請進。」

我心中十分疑惑，心想，那多半是單思知道自己闖了禍，我不會放過他，所以才命他的家人對我這樣客氣，好使我不生氣。

人家既然笑臉相迎，我倒也不便發作，點了點頭，便向內走去。進了門，是一個相當大的客廳，兩個男僕，搶前了幾步，推開了大廳的門。

大廳的佈置十分奢華，是古典西式的佈置，我心中暗自冷笑，心想單思這傢伙，可以說詭計多端！

我才坐下來，在門口迎接的幾個人，又列隊站在我的面前，白素站在一個大玻璃櫃面前，在看櫃中陳列的瓷器。我知道，這櫃中任何一件瓷器，拿出去拍賣的話，價值都會在二十萬英鎊之上。

那禿頂男人又向我深深一鞠躬：「衛先生，我叫馮海，你叫我阿海好了。」

我皺了皺眉：「馮先生——」我才叫了他一下，他神情變得極其惶恐，連聲道：「千萬別這樣叫我，衛先生，我……算是管家，這些男女僕人全可以聽你的命令。」

我「哼」地一聲：「單思以爲這樣子，我就會放過他了？叫他滾出來。」

馮海陡地一呆，像是不知道我叫單思「滾出來」是甚麼意思。他有點不知所措：「衛先生，單先生不在家，兩個月前，他到埃及去，一直沒有回來過。」

我盯著他，馮海顯得很緊張，光禿的頭頂上，有汗在冒出來，我道：「是麼？他沒有回來過？」

馮海道：「是，他——」

我不等他講完，就厲聲吼道：「他要是不在，是誰吩咐你對我這樣客氣。」

馮海道：「是單先生。」

我冷笑道：「那就是了，叫他滾出來！」

馮海的眼睛睜得老大，一副驚訝莫名的神色，其餘的僕人神情也十分古怪。馮海手足無措地做著沒有意義的手勢：「衛先生，只怕你……誤會了，單先生吩咐我們，只要你一來，你就是這幢房子的主人，我們就要聽你的命令，隨便你喜歡怎麼樣。就算你要放火燒房子，我們也要幫著你。」

一聽馮海這樣說，我的氣又平了許多，嘆了一聲道：「算了，叫他出來吧。」

馮海道：「衛先生，他吩咐我這番話，是在他離家以前說的。」

我陡地一怔：「甚麼？」

馮海道：「兩個月以前，他離家到埃及去的時候說的。」

我不由自主地眨著眼——兩個月前，單思離家到埃及去，爲甚麼要吩咐他的管家，我可以做這屋子的主人？

白素也轉過身來，同樣的神情驚訝：「馮先生，你慢慢說。」

馮海忙道：「叫我阿海好了，是，我慢慢說，兩個月前，大約是兩個月，正確的日期是——」

我打斷他的話頭：「不必去記了，怎麼樣？」

馮海摸著他的禿頭：「那一天，單先生在地窖，有長途電話找他，我把電話拿到地窖去，單先生一聽就大叫了起來。」

白素向馮海作了一個手勢：「你好好想想，他當時叫了一些甚麼？」

馮海道：「是，單先生對著電話，電話是由我接聽，所以我知道是從埃及打來的，他叫道：『齊白，你簡直不是人！』對方講了些甚麼我不知道，他又叫道：『當然等我來，怎麼能沒有我參加。』」

我和白素聽了馮海的複述，互望了一眼。電話從埃及打來，毫無疑問，是齊白打給他的。

而這時候，差不多就是我收到齊白的電報的時候。齊白為甚麼不打電話給我呢？如果他和我通電話，那麼，我就可以知道在他身上，究竟發生了甚麼事。

馮海見我們兩人不出聲，續道：「對方又講了些甚麼，我也不知道，只聽得單先生又道：『不，不可能，你一定弄錯了，這種錯誤，只有初入行的人才會犯。甚麼？是我錯了，你少胡說八道。』對方又講了一會，單先生像是生氣了：『等我來了再說，我立刻就來。』」

馮海講到這裏，向我望了一眼：「就在這時，單先生提到了你的名字。」

我「哦」地一聲：「關我甚麼事？」

從單思和齊白兩人的對話聽來，他們顯然是在商議一樁盜掘古墓的買賣。對盜掘古墓，我一點也沒有興趣，不知道他們兩人何以說話之間提到了我。

馮海道：「那邊又說了幾句，單先生道：『爲甚麼要告訴衛斯理？他……』」

馮海講到這裏，神情有點猶豫起來，我還不知道他爲甚麼忽然停了下來，白素已經說道：「不要緊，又不是你說的，只管講好了。」

馮海這才說道：「單先生說：『爲甚麼要告訴衛斯理，他懂個屁。』」

我悶哼一聲，單思真豈有此理，背後敢這樣非議我。馮海繼續道：「對方這次，講了很久，單先生的神色本來很不以爲然，但是接著，卻愈來愈興奮：『好，由得你，不過我還是主張，等我來了再說，也好，由得你，我立刻就來，立刻。』單先生說『立刻就來』，果然是立刻，一放下電話，他只講了一句話。」

馮海說到這裏，指著一個男僕：「他也聽到的。」

我道：「是甚麼話？」

馮海道：「單先生說：『立刻準備車子，送我到飛機場去。』他說著，已經連跳帶跑，出了地窖，直到大門口，催司機快點開車。我看慣了單先生的怪行爲，連忙跟著上了車，在機場，替他買票，辦手續，送他上機，臨上飛機，他才吩咐我，又提到了衛先生你的名字。」

他講到這裏，神情又猶豫起來了。

我已經知道，一定是單思沒說甚麼好話，只好故作大方：「你只管說，單思根本是一頭怪驢子，不論自他口中講出甚麼來，我都當他放屁。」

馮海竭力忍住了笑，還裝出一本正經的神情來：「單先生說：『阿海，你聽著，我走了之後，有一個人可能會來找我，這個人叫衛斯理，他根本是一個怪驢子，不過他要是來了，你們就要當他是主人，不管他要做甚麼，都得聽他的話，就算他要放火燒房子，你們也得幫著他放火！』」

馮海的敘述告一段落，他望著我，我心中也是莫名其妙，不知道何以單思會有這番吩咐。向白素看去，白素也緊蹙著眉，顯然她的心中，也沒有頭緒。

我坐了下來，揮手道：「你們先去忙自己的，等一會要是有事問你，再叫你。」

馮海大聲答應著，令男女僕人離去，他自己則退到客廳的一角，垂手恭立。我知道單家的上幾代，做過幾任大官，家裏的排場氣派很大，管家垂手恭立，是他們家的規矩。反正我和白素要討論的事，也沒有甚麼值得瞞人的，我就由得他去。

我對白素道：「看來，齊白先打了電報給我，才和單思通電話的。」

白素「嗯」地一聲：「有可能，一定是齊白提到了你，單思才會說你不懂甚麼，但是齊白已經通知了你，有東西要交給你，所以單思才只好說『由得你』。這是他們提到你的原因。」

我道：「哼，我看單思才甚麼都不懂，齊白正因爲我懂，才會將錄音帶寄給我。」

白素笑道：「少向臉上貼金了，齊白寄來的錄音帶，你就不知道是甚麼。」

我有點氣惱：「至少，單思知道我如果收到了齊白的東西，就有可能來找他，所以他才這樣吩咐了馮海。」

白素搖頭道：「不會那樣簡單，其間一定還有我們不明白的事情。單思臨上機前的吩咐十分奇特，不知是爲了甚麼。」

我同意白素的話，補充道：「從單思的答話看來，齊白在埃及有了甚麼驚人的發現。能夠將齊白和單思兩人聯繫在一起的，只有古墓。我想齊白一定是發現了一座極隱秘，但是又極偉大的古墓。」

白素道：「有可能，這是吸引單思一秒鐘也不耽擱，立時啓程的原因。」

我來回走了幾步：「單思一去就是兩個月，難道一直在古墓之中？」

白素道：「不見得，其中只怕又有曲折，他忽然出現，可知他和齊白兩人之間，一定有過不愉快。在古墓中發現了一些東西，齊白並沒有給他，而是交了給你。」

我大聲道：「齊白並沒有交甚麼給我。」

白素作了一個手勢：「至少，單思以爲他交了給你，他來向你拿，可知他和齊白之間，另有曲折。」

我苦笑：「我們在這裏亂猜，他究竟上哪兒去了？他既然回來了，總要回家的。」

白素向馮海望去，馮海忙挺直了身子。

白素道：「單先生已經回來了，他可能發生了一些意外，以致到現在還沒有回家，你派人盡可能去找他。」

馮海大聲答應著，立即走了出去，我們在客廳中，也可以聽到他在大聲吩咐人的聲音。我信步來到幾個陳列櫃之前，看看櫃中收藏著的各種精品，那些精品，全是世界博物館和收藏家夢寐以求的東西。

看看這些古董，時間倒也不難打發，只看到馮海忙著奔進奔出，但是一小時過去，天早已黑了下來，單思還是沒有出現。

我已經很不耐煩，馮海走過來，恭恭敬敬地道：「晚飯準備好了，請先用晚飯。」

我覺得肚子有點餓，便點了點頭，和白素一起到了餐廳，單思這傢伙，平時吃飯用的餐具，居然全是康熙五彩，也不知道他是從哪一座古墓裏掘出了那完整的一套康熙五彩餐具來的。

吃完飯，我看看時間已經不早，和白素商量了一下，不如回去再說，便吩咐馮海，單思只要一出現，立刻就通知我。爲了怕單思不敢和我見面，我還特地說了「一切全不計較」。

回到家裏，傷口究竟令人感到不舒服，倒在床上，就想睡，白素忙著替我收拾書房，我在矇矓之中，正要睡過去，白素突然走了進來：「你睡著了麼？你看看，這是甚麼？」

我睜開眼來，看到白素站在床前，雙手像是拿著東西，可是一時之間，卻又看不見她拿著東西。我坐了起來，立時知道白素爲甚麼明明拿著東西，但是我卻有她並沒有拿著了甚麼的錯覺。原來她的手中，拿著一隻玻璃盒子，透明度極高，甚至沒有邊，所以在睡眼矇朧之間，才會產生錯覺。

我揉了揉眼睛：「一隻玻璃盒子？哪裏來的。」

白素道：「你看清楚，不是玻璃盒子。」

我又是一呆，那不是玻璃盒子，而是一整塊玻璃，難怪白素剛才用雙手捧著，看來很沈重。

我將這一塊玻璃拿了起來，是相當重，是一整塊完全實心的玻璃，極其晶瑩透徹，一點氣泡都沒有。很少看到那麼大的一塊玻璃，製造得這樣完整的。

這塊玻璃，大約有二十公分乘二十公分乘三十公分，是一個立方體。說「一塊玻璃」或者會導致誤解，說「一塊很大的玻璃磚」，比較有概念一些。

我又問道：「這玻璃，哪裏來的？」

白素道：「在你書房，一大堆書下面，書從書架上倒下來，我整理的時候，看到了它。」

我搖頭：「我從來也沒有見過這塊玻璃。」

白素道：「真怪，我因為從來也沒有看到過，所以才拿來給你看看的，它是從哪裏來的？」

我道：「不知道是哪裏來的一塊玻璃，不值得動腦筋去研究它，或許是甚麼人來看我的時候，留下來忘了帶走的，可能是單思。」

白素揚了揚眉：「單思進來的時候，有沒有帶著這塊玻璃，難道你沒有注意？這塊玻璃的體積不小，而且也很沈重。」

我攤了攤手：「真的，我疏忽了，因為單思的樣子很怪，所以我並沒有留意他是不是身上帶了甚麼。」

白素望了我一眼，又去注視那塊玻璃：「玻璃是一種很奇怪的東西！」

我不明白白素這樣說是甚麼意思。世界上有很多看來普通但卻十分奇怪的東西。然而，玻璃卻不在其內。玻璃，實實在在，是十分普通的東西。

我笑了一下：「怪在甚麼地方？」

白素指著那塊玻璃：「地球上所有的物質，光線能夠完全透過的，只有玻璃。」

我仍然不明白她想表達些甚麼，只是隨口應道：「所以，玻璃看來透明；但實際上，玻璃也不是完全毫無保留地讓光線透過去，它會折射光線，像這塊玻璃那樣品質純淨的，並不多見。」

白素點頭，表示同意我的說法，她停了片刻，才又道：「剛才我說玻璃很奇怪，是因為我想到，它無法隱藏秘密，玻璃中如果有甚麼秘密，一定可以看得到。」

我失笑道：「當然，它透明。」

白素用力搖著頭，像是連她自己也不明白何以忽然會對玻璃發表了這樣的議論。我道：「見到單思，倒要問問他，為甚麼行動這樣古怪。也要問問他，這塊玻璃是不是他留下來的。」

白素將那塊玻璃，自床上取了起來，放在一個架子上。這樣方方正正、品質純淨的玻璃，是一種十分別緻的裝飾品。

她放好了之後，後退了一兩步，像是在欣賞著，然後她道：「單思的行為古怪，一定和齊白有關。」

我「嗯」地一聲：「齊白的古怪行動，和他寄給我的錄音帶有關。」白素陡地轉過身來，揮了揮手：「對了，事情一定也和『病毒』有關。他們三個人，曾在埃及病毒的住所聚會。」

我感到很興奮，本來，整件事，一點眉目也沒有，如今發現了一點頭緒：「齊白在一個古怪的地方——多半是一座古墓，發現了甚麼，單思要找的，就是那個。而齊白進入那座古墓，是病毒叫他去的，在他寄來的錄音帶中，清楚地提到過。」

白素道：「所以——」

白素才講了兩個字，我就打斷了她的話頭：「所以，如果真的要找尋根源的話，我們可以去找病毒。」

白素點了點頭，我來回走了幾步，又搖頭道：「算了吧。我看只是兩個盜墓人分贓不勻，沒有甚麼大不了，不值得萬里迢迢去找一個超過九十歲的老頭子。」

白素作了一個無可無不可的神情，並沒有表示甚麼意見。就在這時候，電話響了起來。我抓起了電話，那邊便傳來了一個十分急促的聲音：「衛斯理先生？」

我一聽，就聽出那是黃堂。

黃堂在喘著氣：「衛先生，一個叫單思的人一定要見你。」

我立時道：「單思，他在甚麼地方？」

黃堂嘆了一聲：「他在一幢大廈的天臺上。」

我皺了皺眉，單思真是一個怪人，跑到一幢大廈的天臺上去幹甚麼？這時，我還未曾想到，何以單思在一幢大廈的天臺上，會勞動到警方一個高級人員黃堂打電話給我。

我忙道：「好，是哪一幢大廈？快告訴我，我也等著要見這個人。」黃堂告訴了我那幢大廈的名字，我聽了之後，就不禁怔了一怔，那是市中心區，最高的一幢大廈，單思的行動未免太古怪了！

我只說了一句「我立刻來」，就掛上了電話。我向白素望了一眼，白素懶懶地搖了搖頭。

三十分鐘之後，我駕著車，駛近大廈，已經覺得事情不是很對頭，不少警員在維持秩序，而在路旁，聚集了許多人，每一個人都抬頭向上望著。再駛近一些，還看到了幾輛消防車。

當我駛得更近一些時，兩個警員走過來：「天，你再不來，黃主任會吞了我們。」

黃堂的手下簇擁著我，登上電梯，八十多層高的大廈，電梯的速度再快，也要相當時間，我在電梯中問道：「那個叫單思的人，在大廈天臺幹甚麼？」

一個警官沒好氣地道：「要自殺。」我不禁伸手，在自己頭上打了一下，單思在大廈的天臺上，想跳下來，所以吸引了那麼多人向上看，造成了交通擁塞。電梯到了頂樓，我衝出去，又衝上了一道樓梯，就看到了通向天臺的門。

黃堂站在門內不遠處，我叫了他一聲，他轉過頭來，大聲道：「好了，你來了。」他又轉過頭去叫：「衛斯理來了。」

當他叫到下一句之際，我已經走過了那道門，到了天臺，也看到了他對誰在說這句話。他對單思說話，而單思，這傢伙，站在天臺圍牆上。

天臺的圍牆，只有一公尺高，大約是三十公分寬，單思就這樣站在上面，面向著圍牆的外面。大廈很高，風也相當大，吹得每一個人的頭髮凌亂，單思也不例外，亂髮披拂在他的額前，看他的樣子，任何時候都可以直摔下去。

天臺上有不少警員，但是卻不敢太接近單思，只有在圍牆腳下，有兩個警員伏著，不讓單思看到他們。我一看到這種情形，又驚又怒，立時大叫起來：「單思，你在鬧甚麼鬼？快下來。」

單思經我一叫，在圍牆之上，半轉過身子來。他的那個動作，真是危險到了極點，我聽到好幾個警員，不由自主大聲吸著氣。

他向我望來，同時，伸手向我：「別走得太近，不然我就向下跳。」

我更是驚怒交集：「我是衛斯理。」單思道：「當然你是——站住。」

他那「站住」兩字，用極其淒厲的聲音叫出來，聽來令人不寒而慄。

單思看到我停住了腳步，神情詭異，看來像是在極度驚恐、激憤的情形之中，但是卻又感到十分滑稽可笑。

本來，那是兩種截然相反的情緒，然而這時，他一定是真的有這樣的感覺，不然，他決不可能現出這樣的神情來。

我心中雖然覺得古怪，卻也無暇去深究，想先令他脫離險境。我盡量使自己的聲音聽來輕鬆：「單思，你在鬧甚麼鬼？那有甚麼好玩的，快下來。」

單思並沒有立即回答我，只是急速地喘著氣。我又一面摸著還紮著繃帶的後腦，一面道：「你怕我向你報復？老實說，我沒有受甚麼傷，不會也將你的頭打穿，你放心好了。」

單思聽得我這樣說，現出十分苦澀的笑容，喘著氣：「叫警察全走開，一個也不留，全走開去。」

這時候，黃堂就在我的身後，發出了一下憤怒的悶哼聲。單思陡然之間，又聲嘶力竭地叫了起來：「聽到沒有？所有警察，全走開去。」

我轉過身，向黃堂作了一個手勢，黃堂十分不願意，我壓低了聲音：「要是因爲警方不肯撤退而跳了下去，實在很難交代。」

黃堂揮著手，下著撤退的命令，不到一分鐘，天臺上一個警員也沒有了。

黃堂最後退出去，他將那扇鐵門關上，發出了「砰」地一下聲響。

我定了定神，使自己的聲音聽來若無其事：「好了，甚麼事？究竟是甚麼事？」

單思道：「他們要殺我。」

在所有的警方人員撤退之後，單思仍然站在天臺的圍牆上，搖搖欲墜，險象環生。我一聽得他這樣講，不禁陡地一怔。

有人要殺他？這樣沒頭沒腦的一句話，實在並不說明任何問題，我作著手勢：「有人殺你？甚麼人？下來再說好不好？」

我說著，直盯著單思，看到他現出了一種猶豫不決的神情，像是他心中決定不了是下來還是不下來好。而接著，他搖了搖頭，拒絕了我的要求。

我要不是怕他跌下去，真有點忍耐不住心頭的怒火：「你站在上面，要是跌下去，那就不必等人家來殺你。」

單思大口喘著氣：「我寧願跌死，也不願落入他們的手中。」

我更是怒意上湧，大聲道：「那麼，你找我來，究竟是幹甚麼？」

單思的聲音變得十分急促：「我只問你一句，一句。」

我冷笑道：「快問。」

單思道：「齊白，齊白真的沒有給你甚麼？真的沒有？」

我又是好氣，又是好笑，剎那之間，我心念電轉，心想不論怎樣，先要令得他安全才好。

事實上，齊白只寄了兩卷錄有莫名其妙聲音的錄音帶給我，根本沒有甚麼別的。

單思這時正處在生死邊緣，仍然念念不忘齊白的東西，由此可知，那一定十分重要，他一定極想得到它。在這樣的情形下，我可以利用這一點，先將他從天臺的圍牆上落下來，令他離開了險境。

我立時裝出了一副無可奈何的神情：「唉，就是爲了那東西。好，我承認，齊白給了我，你如果要的話，我就給你。」

我說得像真的一樣。我相信單思一定會叫我騙倒。

任何人來推測下一步的發展，一定是單思來到我的面前，向我要那東西。

然而，接下來事情的發展，卻全然不是那樣。

單思一聽，陡然笑了起來，他發出的那種笑聲，只有「慘笑」兩字，才能形容。他只笑了幾聲，便陡然停止。

單思道：「好，那就好，在你手上，不會被人搶走。衛斯理，這極重要，重要到你想像不到的程度——」

他急促地講著，不容易聽清楚，而且，所講的話，也全然不合邏輯。前後矛盾，我實在不知他究竟想表達甚麼。

而他喘著氣，還在繼續說著：「別對任何人說起，絕不要對任何人說起。不然，你會有殺身之禍，像齊白和我一樣。」

他講到這裏，陡然深深吸了一口氣：「齊白已經死了，我相信他已經死了。」

我看他還沒有意思自天臺的圍牆上下來，心中又是著急，又是生氣，忍不住大聲喝道：「你要是有那麼多話說，下來再說好不好？」

單思向我作手勢，說道：「不會有很多話了。衛斯理，我和齊白……齊白和我……我們……」他突然笑了起來，「我們做了些甚麼，你一定絕猜不到。」

我在這樣的情形之下，哪有心情去猜。我大聲道：「你和齊白在一起，還有甚麼好事可以做出來的？我看，除了盜墓，還是盜墓。」

單思道：「是的，是盜墓，可是我們盜的是甚麼樣的墓，只怕將你的腦袋搾扁了，你也想不出來。」

他說到這裏，感到有一個難題可以將我難住，竟像一個惡作劇成功的頑童，一面現出一種奇詭的神情，一面哈哈大笑了起來。

到了這時候，我實在是忍無可忍了，我想衝上去打他兩個耳光，但還是先大聲罵了他一句：「你去死吧。」

誰知道單思一聽，便止住了笑聲：「對，我是該去死了。」

第三部：盜墓專家難逃一死

他這句話一出口，陡地身子轉成面向外，向外跳去。

這一下變化，意外至於極點，我一面罵他，一面已在向前衝去，其間連十分之一秒的耽擱也沒有。他向外一跳，我已經衝到了他的身後，一伸手，抓住了他的衣服。

這王八蛋，他不是嚇人，是真的向下跳，所以，我一抓住了他的衣服，被他向外跳的力道一帶，連得我整個人，也幾乎向外撲了出去！

要不是我左手在千鈞一髮之際，抓住了圍牆，我們兩個人一起自八十多層高的高樓之上掉下去了。

這時，我雖然暫時穩住了身子，情形也夠狼狽的了，我左手的指甲，在圍牆的水泥上刮著，發出難聽之極的聲音，也不覺得疼痛。我的右手，抓住了單思的衣服。單思整個人，已經到了圍牆之外，只憑他身上的衣服在支持著他不至於掉下去。而他身上的衣服，發出了一下下的撕裂聲。

光是這些還不夠，更要命的是，單思手腳亂動，在亂掙扎。

他一面掙扎，一面叫道：「快拉我上去。快，我……我怕……」

剛才，他還擺出一副要尋死的樣子，多少人勸他也勸不住，而且還真的往下跳了下去。如果不是我拉住了地，他這時早已跌死了。然而，就是那一線生機，將他自死亡的邊緣拉了回來，他就不想死了。

我勉力想穩住身形，但是無法將他拉上來，不但無法拉他上來，而且他被我抓住的上衣，還在漸漸撕裂，我一生之中，從來也未有這樣狼狽的處境過，我大叫道：「王八蛋，你別再動了好不好？」

單思像是未曾聽到我的警告，非但仍在不斷動，而且，還發出了可怕的尖叫聲。隨著他的尖叫聲，他上衣撕裂的速度更快，我也忍不住尖叫了起來，而就在這時候，兩隻手臂伸了過來，抓住了單思的手，我大叫一聲，全身脫力，跌倒在地。

我看到黃堂和另一個身形高大的警官，已經抓住了單思的手，將他硬拖了上來。可能由於剛才的情形實在太驚險，將單思拖了上來之後，三個人也一起跌在地上。單思滿臉全是汗，喘著氣，向我望來：「我不知道自己有畏高症……真駭人……還好，我只是有畏高症，不是有閉塞恐懼症，要是有閉塞恐懼症，那我就完了。」

我自然知道他的話是甚麼意思，一個人，如果有「閉塞恐懼症」的話，連升降機都不敢搭乘，別說進古墓去盜墓了。

而在這樣的情形下，他居然還說這樣的話，我陡地坐起身來，一掌向他的臉頰摑了過去，重重地在他的臉上，摑了一掌。

那一掌，摑得他嗥叫了起來，打了兩個滾才停止，而當他再抬起頭來，我看到他口角流血，半邊臉腫起來的樣子，實在高興莫名。

黃堂首先躍起，將單思拉了起來，單思罵道：「衛斯理，你是一個野蠻人。」

我也躍起：「剛才要不是野蠻人拉著你，你這個文明人已經成了一堆碎骨頭了。」單思沒有說甚麼，他實在也沒有機會再說甚麼，因爲黃堂已推著他向前走去，我叫道：「黃堂——」黃堂轉過頭來：「警方會控告他很多罪名，沒有你的事了。」

我並沒有和黃堂多說甚麼，跟著大隊警員，離開了天臺、下電梯，找到我第一個可以找到的電話，和白素通了話。

我和白素通話的內容極簡單，我只是要她立即去找律師，到警局去保釋單思，同時，我們約在警局見面。

白素和律師來到的時候，我已經等了十分鐘，律師立時和警方去進行交涉，我將單思要跳樓的情形，對白素講了一遍。

白素苦笑道：「單思究竟去盜甚麼墓了？」

我道：「誰知道。等一會出來了，就算要嚴刑拷打，我也逼他講出來。」

白素笑了一下，望著我搖了搖頭。我們在警局並沒有等了多久，單思就在律師的陪同之下，走了出來。

單思出來之後，向我作了一個鬼臉，又用手掩住了另一邊並不腫的臉。看到他這種樣子，我倒很抱歉剛才那一掌打得太重了。

我望著他，作了一個「算了吧」的手勢。單思的樣子也顯得很輕鬆，直來到我的身前：「我在你後腦打了一下，你也打回了我，算了，我有很多話要對你說，走，到你家去，還是到我家去？」

我道：「隨便。」

我們一起向外走去，我說「我們」，是指我、白素和單思三人而言，律師跟在後面。單思在中間，我和白素在他的兩邊。

在向外走去之際，單思一直在講話，他道：「本來我真的想死，因為我知道逃不掉，真的逃不掉，沒有人可以逃脫他們的追殺。」我問了一句：「誰在追殺你？」

單思作了一個我不是很懂的手勢：「我會從頭講給你聽，不然你不會相信。現在……剛才掛在高空的那一剎那，我倒想通了，大不了是死，怕甚麼，反正準備死了，也就不必怕。」

我又好氣又好笑：「我看你未必會死，像你這種人，禍害太大，不容易死。」

白素道：「你為甚麼一直想到死？是不是古墓中的咒語給你的印象太深刻？」

白素這時提到了「古墓的咒語」，那很自然，因為齊白的錄音帶中曾經提到過，而單思又曾說過他和齊白一起行事。

單思笑了起來，重複著白素的話：「古墓的咒語？哈哈，古墓的咒語。」

我們一面講著話，一面向外走去，講到這時，已經出了警局，正走下警局門口的石階，我還在問：「那有甚麼可笑的？」

我說著，望向單思，單思也轉頭向我望來，張大口，想對我說話。

事變就在這時候突然發生。變故來得實在太突然，以致我在一開始的十秒鐘之內，根本不知道發生了甚麼事情！在很多情形下，我不夠鎮定，但是白素是我所知，不論男女，最鎮定的人。首先令得我恢復知覺的卻是她的一下驚叫聲。當我和單思互望著，我講了那句「那有甚麼可笑的」，單思也轉過頭向我望來，我們面對面，他張開口，想回答，然而他的口張開，卻沒有聲音發出。

他一張口，他左額上，突然陷下去，出現了一個看來極深的洞，緊接著，鮮紅的血和白色的腦漿，就從這個洞中，一起湧出來，他的口仍張著，人也站著沒有倒。

白素的那一下驚叫聲，令我恢復知覺，使我可以明白眼前發生的事，剛才實在太震驚了，以致我不知道眼前發生的是：單思中槍了。

一顆子彈，自他的左太陽穴直射了進去。

任何人在這樣的情形之下，絕對立即死亡。

單思死了！

我在明白了發生甚麼事之後，也忍不住，發出了一下可怕的叫聲，單思的身子開始向下倒。我看到白素正迅速地奔下去，奔到了一根電線桿後面，抬頭向對街看，對街很多大廈，有很多窗口，有的開著，有的關著。

我可以肯定，射擊單思的，是遠程來福槍，裝上滅聲器，那個射擊手，自然是一流狙擊手，一槍中的，如果不是單思在我身邊，頭已軟垂下來，血染得他滿臉都是，看來可怖之極，我會向那狙擊手的槍法喝采。

我那時候，根本沒有想到那個狙擊手可能還會開第二槍，我也可能成爲射擊的目標。我明明知道單思已經死了，任何人在這樣的情形下，都不可能活著的，但是我還是扶住了單思，不讓他倒下去。

這一切，從單思的太陽穴出現一個深洞開始，到現在，只怕不超過五秒鐘，跟在後面的律師，直到這時才看到了變故發生，他也驚叫了起來，幾個警員奔過來，我一直只是扶著單思。

白素很快就奔了過來，她現出一種極度憤怒的神情，指著對街，喘著氣：「一定從那些大廈中射出來的子彈，一定是。」

我叫了起來，向圍過來的警員叫道：「快，快召救傷車，快去叫救傷車。」

我明知道任何救傷車都沒有用了，但是我實在不願意接受這個事實。

不到一小時之前，我才將一個人從死亡邊緣拉回來，令他對生命充滿了鬥爭的勇氣，也準備將他奇特的遭遇講給我聽，然而，在最不可能的情形下，他卻中了槍，死了。

黃堂奔了出來，很多警官奔了出來，接下來的事情，雜亂之極，也沒有必要一一記述。

我和白素各自拖著疲倦的腳步走進家門，是好幾小時以後的事情了。

在過去的幾小時中，我們一直在警局、醫院之間打轉。單思一中槍，立時死亡；但還是要等到法醫確實證明他死了，我才肯接受這個事實。

雖然在理智上，我知道單思已經死了，是被第一流的狙擊手一槍射死的，這是發生在我身邊的事實，但是在感情上，我卻還是覺得不能接受。因爲一切發生得實在太突然，令得我思緒一片混亂，不知該去想些甚麼才好。

我的一生之中，受過的意外打擊極多，有的根本匪夷所思，可是，卻從來也沒有一椿，令得我感到如此嚴重的震撼。

回到家裏之後，我只是怔怔地坐著，點了一支煙又一支煙。白素坐在我的對面，也不出聲。過了好一會，她才先開口：「我們不妨將事情從頭到現在，整理一下。」

我苦笑了一下，聲音聽來乾澀莫名：「一點頭緒也沒有，怎麼整理？」

白素道：「不是一點頭緒都沒有。」

我深深吸了一口氣，儘量使自己的思緒集中。的確，白素說得對，整件事，發展到現在，雖然莫名其妙，但也不是一點頭緒都沒有。

首先，有齊白寄來的兩卷錄音帶。這兩卷錄音帶，顯示齊白到了某一處怪異的地方。

齊白在錄音帶中說得很明白，那個怪異的地方，是病毒叫他去的。而單思，據他的管家馮海說，是接到了齊白的電話之後動身走的。

假定單思和齊白一起，也到了那個「怪異的地方」（極可能是一座神秘的古墓），那麼，他們的遭遇應該相同。單思在大廈天臺上，曾對我提及過有人追殺他，而且也說過，齊白一定已經死了，這一點，可以證明他們有共同的經歷。

分析到了這裏，似乎只能導致一個結論，由於單思已經死了，齊白下落不明，能夠知道整件事情起源的，只剩下了一個人。

這個人，就是如今已經退休，曾是世界上最傑出的盜墓人：病毒！

我一直在迅速地轉著念，達到了這樣結論，抬起頭來。

我向白素望去，白素知道我在想些甚麼，道：「病毒，只有他才知道齊白和單思究竟是到甚麼地方去的。」

我用力揮了一下：「對，也只有弄清了單思和齊白究竟到過甚麼怪異的地方，才能知道他們究竟發現了一些甚麼，也可以推測單思遇害的原因。」

白素點了點頭，我再次深深地吸了一口氣：「所以，我們應該到埃及去，去見病毒。」

白素點了點頭，同意了我的決定，但是她又道：「我暫時留在這裏，單思死得離奇，警方，黃堂的調查，未必有結果——」

我想了一會：「事情很神秘複雜，你要小心。我去見病毒，我們分頭行事，隨時聯絡。」

第二天下午成行，在成行之前，有一些事，值得記述一下。

黃堂聯絡了幾次，他正在盡一切可能，追查單思致死一案，當他知道白素留下來幫助他，他十分高興。

但是他幾次聯絡，可以看得出他情緒一次比一次低沈，因爲一點頭緒也沒有。嵌在單思頭骨中的子彈，取了出來，那是一種十分奇特的來福槍子彈，本地警方的檔案資料，根本沒有這種子彈的記錄。黃堂盡了一切可能去查，也查不出所以然。當我啓程，在機場，黃堂趕了來，趁飛機還沒有起飛，在機場的餐室中，打開了一隻小盒子，給我和白素看那顆子彈。

我相信黃堂是機械專家，我和白素在這方面的知識，也不必妄自菲薄，然而我們都說不出這顆子彈是用甚麼型號來福槍射出來的。

我將這顆取走了單思性命、細長而線條優美的子彈，放在手心上，細心觀察，嘆著氣：「一定是一種特製的來福槍，一種新的、秘密的槍械。」

黃堂道：「當然是，問題是，使用這種槍械的是甚麼人？」

我道：「有很多種人，例如第一流的槍手，就可能擁有小型的兵工廠，來製造精良的殺人武器。各國的特務機構，所使用的殺人武器，也日新月異，層出不窮。」

黃堂苦笑道：「沒有法子查出這種武器來源？」

我安慰他道：「也不見得，你可以先和國際警方聯絡，向他們取資料，再通過種種關係，和美國、蘇聯、英國等情報機構聯絡，取得這種子彈的記錄。」

黃堂現出一種啼笑皆非的神情來：「很怪異！單思是一個盜墓人，一個盜墓人的死亡，應該和古物、古代的事情聯在一起。可是如今爲了調查他的死，卻要去找最新科技的資料。」

黃堂所說的「怪異」，其實我早有同感。我寧願看到單思是被一柄刻有埃及古代文字的匕首刺死，那麼事情還比較合理。可是偏偏單思是死在一顆我們三個專家都從來沒有見過的來福槍彈之下。

黃堂根據子彈射來的角度，揣測子彈可能的發射地點，確定子彈由警局對面一幢大廈三樓走廊的一個窗口發射。

黃堂說：「從推測到的槍手所在位置，到目標，距離是一百三十六公尺。」

我道：「那不算遠，配備精良的槍械，可以毫無困難地擊中目標。」

黃堂道：「那是一家學校，當時正在上課，走廊上沒有人，奇怪的是，詢問了很多人，都說沒有看到過甚麼可疑人物進出。」

白素道：「學校進出的人很多，狙擊手不會在臉上寫著字，不易引起人家的注意。」

黃堂用力揮著手：「可是，兇手怎知道單思在這時候，會從警局出來的？」

我嘆了一聲：「當然是一直在跟蹤他。在大廈的天臺上，單思就對我說過，有人在追殺他，他一定躲不過去。」

黃堂喃喃道：「他果然沒躲過！」

黃堂心神恍惚地揮手告別，白素說道：「到了埃及，你有把握見到病毒？」我道：「那要看胡明是不是有辦法了。」

胡明是我的一個老朋友，開羅大學的權威考古學教授。和他曾有過一段極其驚險的經歷（見「支離人」）。由於胡明對一切古物都著迷，我推測他可能和盜墓專家病毒有一定的聯繫。

病毒在退休之後，全不見人，所以我在行前和胡明通了一個電話，說我要見病毒，問他有沒有法子替我安排。

胡明一聽我提及病毒，就顯得十分敏感，支吾其辭。我知道胡明的為難之處，作為一個國際知名的權威考古學者，如果他的名字和一個盜墓人聯在一起，那不是很光采。但是在事實上，像胡明這樣的人，有時為了獲得出土的第一手資料和得到珍貴的古物，又必然會和病毒這樣第一流的盜墓人有聯絡。

一聽到他支吾其辭，我就知道自己所料不差，我告訴他：有極重要和神秘的事要見病毒，不管他有甚麼困難，我都要第一時間就能見到他。

白素沒有再說甚麼，我看看登機的時間已到，和她吻別，進入登機處，上了飛機。坐定之後，閉目養神。

我仍在不斷思索，想著見了病毒之後，應該如何開口，據說病毒老奸巨滑，只怕要多費很多唇舌。

我感到有人在我旁邊座位坐了下來，不多久，飛機起飛。也就在這時，我聽到身邊有人以一種十分低沈的聲音，在說著話：「打擾你一下，有一些東西在你手中，那東西對你來說一點用處也沒有，是不是可以請你讓給我？」

我睜開眼來，看到了坐在我身邊的那個人，約莫四十上下年紀，頭髮稀疏，有狡獪貪婪的神態。

我呆了一呆：「對不起，我不明白你在說甚麼。」

那人現出了一絲令人討厭的笑容：「或許，這可以使你更明白？」

他一面說，一面打開了一隻精美的皮夾子，將夾在中間的一張支票，展示在我的面前，支票是一間瑞士銀行的，面額是一百萬瑞士法郎。

我仍然不明自，只是沈著地道：「還是對不起，不知道我有甚麼可以出讓的。」

那人又笑了起來：「你知道的，衛先生——」

那人叫出我的姓氏，我心中更是吃驚。這個人有備而來！

那人向我湊近了些：「如果代價不夠多，還可以再加一些。」

我道：「不是再加一點，而是加很多。」

那人皺了皺眉：「衛先生，我的權限，最多再加一倍。」

我又吸了一口氣，加一倍，兩百萬瑞士法郎，不算是一宗小數目，可是我全然不知他要的是甚麼，那人又道：「一個盜墓人——」

我陡然地一震，想起了齊白和單思，知道這人要的東西，一定和他們有關，我道：「那你必須使你的權限擴大，對於這樣珍貴的古物而言——」

我想他要的東西是齊白在古墓中發現，所以才用了「珍貴的古物」這樣的形容詞。

可是，當「珍貴的古物」這句話一出口之際，我就知道自己一定犯了錯誤了。那人一聽得我這樣講，立時現出了一種十分奇怪可笑的神情。他的那種神情，令我陡然住了口，無法再講下去。

那人看來像是竭力在忍著笑，但是卻終於忍不住，哈哈大笑了起來：「甚麼，衛先生，請你將剛才的話，再重複一遍。」

他這種神態，可以肯定我一定說錯了甚麼。可是卻想不出錯了甚麼，只好將剛才說過的話，重複了一遍。這一次，我說的話，聲音比較大，當我才一住口，不但那人笑著，還聽到笑聲自四面八方傳來，至少有另外四五個人，在大聲笑著。我循笑聲看去，看到發出笑聲的人，是三男兩女。那三男兩女，看起來也全然是普通人，他們這時，都笑得十分開心。

我在一看之間，就可以肯定那三男兩女，正是我身邊那人的同伴，但是他們為甚麼發笑，卻全然莫名其妙。

那人伸手，在我的肩頭拍了拍：「衛先生，真對不起，我們弄錯了，希望你旅途愉快。」

我忙道：「怎麼，你……不要了。」

那人道：「衛先生，你可以留著那『珍貴的古物』，如果你真有它的話。」

一聽得那人這樣說法，我心中真是迷惑之極。我只好繼續充下去，作了一個高深莫測的神情：「是麼？可能你們出十倍的價錢，我也未必肯出讓。」

誰知道這句話一出口，更引起了一陣陣的哄笑聲，那六個人，看來神情高興莫名，而我，完全像是一個傻瓜。我還想再說幾句話來掩飾自己的窘態，在我身邊的那個人，已在我面前揮著手：「算了吧，衛先生。」

一個有著一頭紅髮的女人一面笑著，一面忍不住叫了起來：「天！給我們的資料是怎麼一回事，說他是一個難應付的人。」

其餘的人，繼續笑著。這時候，我不但發窘，而且，真的有些老羞成怒了。我冷冷地道：「一點也不好笑，你們屬於甚麼組織？」

這句話，居然有了效，那幾個人全都停止了笑，互相望著，可以看出他們感到剛才太得意忘形了。

在我身邊的那人在停止了笑聲之後，停了極短的時間：「對不起，我們是聯富拍賣公司的職員。」

我斜睨著他，聯富拍賣公司，那是一家十分出名的拍賣公司，專以主持高價古物的拍賣而聞名於世。那人又道：「聽說齊白又得了一些好東西，可能落在你的手上，所以我們受命來和你接觸。」

如果不是他們剛才那一番譏笑，我或者會相信那人的話，因爲那人的話，聽來十分合情理。一間專拍賣古董的拍賣公司，和盜墓人有聯絡，並不出人意表。可是這時，我卻可以肯定他們是在說鬼話，我絕不相信他們是拍賣公司的人。

不過，我卻並不揭穿他們，只是道：「是麼？齊白有很多好東西在我這裏，貴公司有興趣的話，可以隨時找我來議價。」

那人連聲道：「一定，一定。」他說著，轉過頭，和他的同伴交談。那幾個人不斷在談著古物市場的情形，甚麼一隻明代的青花瓷碗，賣了三十萬鎊，又是一對拜占庭時代的金燭台，賣了六十萬鎊之類。

我一面聽，一面心中冷笑。這些話，分明有意講給我聽，目的是要我相信他們真的是聯富拍賣公司中的職員。

那六個人究竟是何方神聖呢？我心中不住地思索著，一時之間也想不出來。在我身邊的那人，一上來就向我展示巨額的支票，要向我收買甚麼。但不知道我犯了甚麼錯誤，大約太可笑了，所以令得他們忍不住笑了起來，暴露身分。

（要命的是，我無論如何想不出在甚麼地方犯了錯誤，一點頭緒也沒有。）

他們當然是屬於某一個組織的，但看來他們從事秘密工作的經驗不是十分充分，因爲他們輕而易舉暴露了他們不尋常的身分之後，又在作十分拙劣的掩飾。

我閉著眼，思索著，也不再理睬身邊的那個人。在以後的飛行途中，我對他們都不瞅不睬，爲了肯定他們假冒的身分，我只和身邊那人，約略提到了一些著名的古墓，那傢伙，竟然對中國西周的銅器，一無認識，也不知道印度的孔雀王朝是怎麼一回事。

我絕對可以肯定他們的身分是假冒的，但是他們真正的身分是甚麼？我裝成完全不注意，但是卻一直仔細在觀察他們。

在仔細的觀察過程中，我發現了其中一個年輕人在填寫一份表格的時候，先是伸手進他的上衣中摸索了一下，但隨即縮回手來，就在上衣的外袋中，取出了證件來，照著證件填寫著表格。

這個動作的過程十分短促，但卻令得我暗中高興，我可以推測到，這個人在面對表格之際，首先想到的是要照實填寫，所以伸手到上衣內去取證件。但是他立即想到這時，他有一個假的身分，所以才又縮回手來，取出了假的證件。

那也就是說，這個人真正的身分證明，在他的上衣內袋之中。

一有了這個發現，我的心情輕鬆了許多，真的睡了一覺，不再聚精會神地去注意他們。

到達開羅，我在下機時，經過那年輕人身邊，只是稍爲在他的身邊靠了一下，就取了一隻皮夾子在手，放進了自己的袋中。

第四部：盜墓人之王

在通過當地的驗證機構前，我進了洗手間，將取到手的皮夾子取出來，果然，裏面是一份護照。我早就從他們交談的口音中，聽出他們是哪一國人，這件護照，倒也不足爲奇。

奇的是，皮夾子中，除了護照之外，還有一張工作證，我不禁呆了半晌。

那是某國太空總署的工作證，工作證上，有著那人的相片，工作證的背後，有一條黑色的磁帶。我知道這條磁帶記錄著許多資料。太空總署保密性強，工作人員在進出之際，不但要出示工作證，而且工作證要通過特種儀器的檢查，這種磁帶資料，難以假冒。

在工作證上，還註明這個年輕人的軍銜是中尉，工作的單位是機密資料室。

我對那幾個人的身分，作過數十次的猜測，但絕猜不到他們是某大強國太空總署的工作人員。那簡直不可想像。齊白的甚麼東西，會和太空總署扯上關係。

工作證上，那個人的名字是羅勃•悉脫。我相信其餘幾個人，和羅勃一定是同事，因爲他們相互之間十分熟稔。

但是，他們爲甚麼又冒認是聯富拍賣公司的人，而且用僞製的證件來旅行？太空署的人，何以會對齊白這樣盜墓人發現的東西有興趣？

我被一個又一個的問題所包圍，一點也找不出頭緒。我呆呆地對著那張工作證，足有五分鐘之久，才有了決定：去找他們，將那張工作證還給那年輕人，直接揭穿他們真的身分，和他們好好談談。

我走出了洗手間，尋找那幾個人，我通過了檢查，來到了機場的大堂，我東張西望，還在找人，聽到一聲大叫：「衛斯理，怎麼出來得這麼遲。」

我循聲看去，看到胡明正向我走過來。

我向胡明作了一個手勢，一面仍在尋找著那六個人，但是卻並無發現。

胡明來到了我的身邊：「你在找甚麼人？」

我無法向胡明說明我要找的是甚麼樣人，只是順口道：「找六個人，四男兩女，全是西方人。」

胡明「啊」地一聲：「我見過他們，他們離開了機場大廈。」

我忙向外奔出去，奔出了機場，仍然未曾看到他們。胡明跟著奔了出來，樣子十分惱怒：「你究竟是來找我，還是來找他們的？」

我想，暫時找不到那些人，也不要緊，他們一定和自己國家的大使館有聯繫，我只要到大使館去詢問他們的行蹤就可以了。

這樣一想，我就將他們幾個人的事情，擱了下來，對胡明道：「怎麼樣，安排好了和病毒見面沒有？」

胡明一聽，立時皺起了眉：「你這人也真是，病毒是出名的盜墓人，像我這樣的身分，和這種人來往，會遭人非議！」

我又好氣又好笑：「別假撇清了，誰不知道你手中的許多古物，正是病毒從古墓中偷出來的。」

胡明怒道：「少胡說，你這樣講，構成誹謗罪。」

我笑著：「好，我知道病毒最近有一項行動，在這項行動中，他的一個同行齊白——」

我才講到這裏，胡明的臉色陡然一變，失聲道：「啊，齊白。」

我道：「你知道這個人？」

胡明停了半晌，像是在考慮是不是該承認這一點，但是他終於點了點頭。我又道：「齊白最近有一項驚人的發現，他不知道在一座甚麼樣的古墓之中，發現了一些極有價值的東西。」

一提到了古物，提到了齊白的發現，胡明簡直雙眼發光。

我們一面說，一面在向外走去，這時已停在一輛看來十分殘破的舊車前面。

一看到了那輛車子，我就不禁嘆了一聲：「好像並沒有法律禁止考古學家用新車。」

胡明翻著眼：「我喜歡用舊車。」

我不和他在這個問題上爭論，一起上了車，由他駕車，我開始將齊白寄給我錄音帶的事情講給他聽。

他聽到一小半，就叫了起來：「天，那些麻布上哪兒去了？」

我怔了一怔：「甚麼麻布？」

胡明道：「你說的，用一種殘舊的麻布包著，有一陣黴味。」

我怒道：「這種破布，早就丟了。」

胡明不顧車子在疾駛，轉過頭來，瞪大眼睛望著我：「你這個人，齊白拿出來的任何東西都可能是極有價值的古物。」

我悶哼了一聲，並不接口，胡明唉聲嘆氣片刻，仍然不心死，又問道：「你在扔掉那兩塊布之前，有沒有仔細看過？有沒有注意到麻布的經緯之間，可有著小小的十字結？」

我大聲道：「沒有注意，連看也不曾看就扔掉了。我在說那兩卷錄音帶的事，那兩卷錄音帶顯示，齊白身在一座極度怪異的古墓中。」

胡明道：「玻璃破裂聲？」

我道：「玻璃最早出現的紀錄，就是在古代的埃及。」

胡明道：「不錯，但那時，玻璃極度罕貴。」

我道：「或許，在那古墓之中，就有著大量的玻璃製品？」

胡明道：「就算是，齊白爲甚麼要打破它們？古埃及的玻璃器具，是稀世珍品。」我道：「你一定知道一個人叫單思——」

胡明點頭：「單思？哦，這個人真了不起，他曾經協助我解決過不少難題，他——」

我道：「他死了，爲了不知甚麼東西而死。」

胡明陡地停往了車，車子在急速停頓的過程中，震得我直彈了起來。胡明顫聲道：「甚麼？單思死了？我才見過他。」

我也不禁一怔：「你見過他？甚麼時候？」

胡明道：「不到兩個月前，就在開羅。」

我迅速地計算一下，單思接到了齊白的電話，到了埃及來，胡明可能就在這時見過他。這一點，對瞭解單思的行動，十分重要。我知道胡明不是敘事十分有條理的人，若是問得急了，他便會語無倫次。

所以我只是道：「將你和單思見面的經過，詳細講給我聽聽。」

胡明伸手，抹了抹汗：「好的，他那次來見我，情形有點怪。」

以下，就是胡明和單思那次見面的情形，和他們之間的對話，這一段經過十分重要，所以我的記述，也比較詳細，請留意。

胡明正在他私人的研究室中工作，他工作的時候，照例是不受任何打擾，他有一個助手，這個助手的任務，便是在胡明工作的時候，替他阻擋一切外來的侵擾，包括來找他的人、電話等等。可是那個助手，並未能擋得住單思。單思是直闖進來的。

助手企圖攔阻單思，單思已經來到了緊閉的工作室門前，拿起一張椅子來，就向門上砸去。

門上發出來的聲音，使得胡明無法繼續工作，也令得他十分憤怒，他用力拍著桌，一面喝罵著，一面走過來，打開了門。

門一打開，單思直闖進來，胡明看到了是單思，怔了一怔，雖然仍然滿面怒容，但是他向助手作了一個手勢，表示沒有他的事，轉身關上門。

胡明和單思很熟，當然，他們之間的關係，不止是盜墓人和考古學家之間的關係。單思雖然是「業餘」古物愛好者，但是他的學識，足以令得胡明這樣的學者傾心。

胡明瞪著單思：「看來我要選一個摔角選手來作助手才好。」單思像是根本沒有聽到，大聲問道：「有沒有見到齊白？有沒有見到他？」

單思的神情，看來十分焦急，胡明攤開雙手：「沒有，最近沒有聯絡，你找他有甚麼事？可是他最近有了甚麼發現？」

單思發出了一連串的苦笑聲，團團亂轉，胡明好幾次想令他坐下來，但是都不成功。單思一面亂轉，一面道：「當然是，他的發現——」

他講到這裏，雙手按住了桌子，瞪著胡明。胡明也興奮了起來，他知道齊白在盜墓方面的偉大，如果齊白有了令單思也舉止失常的發現，那一定是一項極度了不起的發現。

胡明忙問道：「是甚麼發現？」

單思陡地尖叫了起來：「是甚麼發現？那……發現足以令得，令得——」他講到這裏，急速地喘著氣，突然之間，一伸手，將胡明桌子上的大半東西，掃跌在地上。單思的動作，令得胡明幾乎全身血液凝結。在桌上，不但有許多胡明心血結晶研究的結果，還有不少用作參考研究用的古物，包括一疊可能是聖經原稿。

單思應該知道這些東西的價值，但這時，他卻將這些東西當是垃圾掃落。

胡明在驚怒交集之餘，陡地叫了起來：「你瘋了？」

單思卻尖聲笑了起來：「我瘋？你才是瘋子！」他指著桌上，地上的東西：「這些算是甚麼？這些東西，也值得研究？既然你沒有見過齊白，不再打擾，再見。」

單思轉身就走。胡明卻不肯放過他，一躍向前，將他一把拉住：「等一等，你還沒有說清楚，齊白和你發現了甚麼？」

單思道：「真對不起，胡教授，我們的發現，你不會感到興趣，那是你知識範圍以外的事。」胡明一聽得單思這樣講，心中極其惱怒，一時之間講不出話來，單思用力一掙，已掙脫了胡明，哈哈大笑著，向外走去。

胡明在他的身後，大聲叫：「只要是你和齊白的發現，就一定我知識範圍之內。」

我立時問道：「單思怎麼回答？」

胡明神情悻然：「他沒有回答，一直笑著，走了。」

我握著拳：「你沒有追？」

胡明冷笑：「我爲甚麼要追他？不論他們有甚麼發現，弄不明白了，去找誰？

只有我可以解答他們的問題。」

我問道：「那麼後來，齊白和單思，有沒有再來找你？」

胡明現出了十分憤然的神色：「沒有，我甚至不知道單思已經死了。」

這時候，我心中的疑惑，也到了極點。照常理來說，齊白和單思，在埃及，要是找到了甚麼極其隱蔽的古墓，他們應該找胡明。可是單思去找胡明，只是爲了打聽齊白的下落。齊白也沒有和胡明聯絡過，反倒將兩卷錄音帶寄了給我。

我知道胡明自尊心強烈，所以我小心地問：「照你看來，是不是有甚麼埃及的古墓，在你的知識範圍之外？」

我已經問得小心翼翼，可是胡明還是勃然大怒：「放屁！」

我爲了避免給他再罵下去，轉頭向外，這才發現，車子已在開羅市郊的公路上，我道：「我們到哪裏去？」

胡明沒好氣：「你不是要去見病毒？」

我高興地叫了起來：「我早就知道你有辦法。」

胡明道：「他是不是見你，我還不能肯定，我只是和他的一個主任看護聯絡過，看護說他習慣於安靜生活，不很肯見人，我們要到了他那裏再說。」我攤了攤手：「那不要緊，我可以令得他有興趣見我，因爲我知道齊白到那個怪異的古墓，是出於病毒的意思。」

車子一直向前駛，轉了一個彎，那時，已經是夕陽西下時分了，在滿天晚霞之下，我看到了那棟白色的大房子。

說是「一棟房子」，或者不怎麼貼切，應該說，那是「一組房子」，一棟大洋房的主體，還有許多附屬的建築物，然後才是相當高的圍牆，一體純白色，在夕陽下看來，美麗之極。

圍牆外，是一大片極整齊的草地，草地中有一條車路，直通大鐵門。

胡明吸了一口氣：「這就是盜墓人之王，病毒的住所。」

我吸了一口氣：「看來他比法老王還更會享受。」

胡明道：「像他這樣的人，真不知應該如何評價。他是盜墓人，但他對發掘人類古文化的貢獻，在任何人之上，不知有多少古墓，自建成之後，首次進入的人就是他。」

我對於病毒應該獲得何等樣的評價，沒甚麼意見，只是想快點見到他。車子在門口停下，已經有一個穿著鮮明制服的看門人在門後出現，胡明自車中探出頭來，看門人的神情十分訝異，道：「胡教授，主人沒吩咐說你會來拜訪。」

胡明沈聲說道：「現在去告訴他。」

看門人面有難色，但還是打開了門，胡明駕車直駛進去，大花園中設施之豪華，我不擬細述，車子停下後兩分鐘，兩個穿著同樣鮮明的制服的男僕，將我和胡明，延進了客廳。

大約等了十五分鐘，我開始有點不耐煩時，一個妙齡少女走了進來，她穿著護士制服，容顏明麗：「胡教授，主人在休息室見你。」

我一聽，立時站起來，那護士向我抱歉地一笑：「對不起，主人沒說接見閣下。」

她和胡明走了進去，不一會，她就急急走了出來，神色張惶：「真對不起，原來主人要見的一個人是你，不是胡教授。」

她正說著，胡明也氣鼓鼓走了出來，向我瞪了一眼：「要不要我等你？」

我向他作了一個「不是我錯」的手勢：「不必了，我會和你聯絡。」那護士向胡明千道歉萬道歉，等胡明走了之後，才領著我進去。在經過了一條走廊之後，我來到了病毒的「休息室」。

那休息室，根本不是「室」，而是一個極大的棚，至少有五十公尺見方，一邊是一個大游泳池，頂上是玻璃，內中的一切佈置，全是熱帶式的，自頂上垂下許多熱帶的蔓籐類植物，南太平洋情調的音樂輕播。一個老人，躺在一張懸掛在架上的睡椅上，有一個護士，正在輕推著那張睡椅，令得睡椅緩緩地搖。

我知道老人就是病毒，天下第一的盜墓人，我對這個人，聞名已久，他真是一個十分特異的人物——外形上的特異。

那張睡椅十分大，而且很柔軟，病毒的身子，有一半陷在柔軟的墊子之中。他個子小得出奇，看來至多一公尺多一點，站起來的話，只到普通人的腰際。

他不但矮小，而且出奇的瘦，滿是皺紋的皮膚，就像是披在身上，隨時可以脫落。

我不論如何想，都未曾想到過，這個世界上最出色的盜墓人，贏得了「病毒」

這樣外號，在這裏過著帝王般生活的人，會是一個侏儒。

病毒的頭髮稀疏而長，唯一令人感到這個侏儒不像普通人之處，是他的一雙眼睛，十分有神，他向我望過來，有一股懾人的力量。

他一看到了我，就向我招了招手：「過來，過來。」

他一開口，聲音洪亮得驚人，令我怔了一怔，他接著道：「你是齊白說的那個人，衛斯理？」

我道：「是的。」

一個護士搬了一張籐椅過來，我坐下。病毒一直用他炯炯發光的眼睛打量著我：「齊白不怎麼肯服人，但是他說，如果你入我們這一行的話，會比他出色。」

我不禁苦笑，這算是稱讚？我只好道：「那是他個人的意見。」

病毒不置可否地「嗯」地一聲，從他的神情看來，顯然不以為我是可造之材：「你是齊白的朋友，你來找我，為了……」

我直了直身子：「齊白寄了兩卷錄音帶給我。」

病毒又「嗯」了一聲，並沒有甚麼表示。

我想了一想，直截了當地道：「那兩卷錄音帶，顯示他在一個十分奇特的地方，而他說，是由於你的提議，他才去的。」

病毒道：「是啊，現在我退休了，我常將一些有價值發掘的地方讓他去，除了我之外，他最好。」

我開始有點緊張：「那麼，大約兩個月前，你叫他到甚麼地方去？」

病毒揚起手來，在他自己的額角上，輕輕叩著：「讓我想一想，對，根據資料，美索不達米亞平原上，有一座很值得發掘的古墓——」

我道：「不會是那地方，我看多半是在一個叫伊伯昔衛的小鎮附近。」

病毒用他宏亮的聲音，「呵呵」笑了起來，道：「尹伯昔衛？那是齊白的住所之一，在那裏，他有一棟漂亮的房子，和幾個漂亮的女人！」

我呆了一呆，兩次錄音帶和他拍給我的電報，全是從那地方來，還以爲他到的怪異地方，一定是在那小鎮附近。

我心中有點發急：「那麼，你再說說那個美素不達米亞平原上的古墓。」

病毒道：「那是屬於一個富有商人，正確的遺址，還未曾找得出——」

我忙道：「那麼，另外還有甚麼？」

病毒道：「還有一個中國皇帝，死前一共造了七十二個假墓，但是我已經可以知道他真正是葬在哪裏，我也曾要齊白去發掘，那個皇帝叫——」

我忙揮手道：「他不會是。」

我之所以阻止他說下去，是因爲我對「曹操七十二疑塚」的所知，不會比病毒少，不想聽他多解釋。病毒接著，又提及了幾處地方，一處甚至在澳洲，我道：「我看都不是，那地方一定十分特異，特異到他的精神狀態十分不正常。」

病毒「哦」地一聲：「所有古墓的內部，都是極異特，因爲——」

他接下來，就一直不絕地用盡了形容詞，來形容他到過的古墓中的特異情形。

我聽了不到十分鐘之後，就不禮貌地打斷了他的話頭：「真對不起，我對古墓不是很感興趣，我只想知道齊白到過甚麼地方。」我講到這裏，頓了一頓：「因爲我有一個好朋友因此而被人槍殺，他的名字叫單思。」

病毒一直躺著，一直到我說出單思被人槍殺，他才陡地坐了起來。別看他全身老得起皺，可是他動作卻敏捷得驚人，一坐了起來之後，就失聲道：「甚麼？單思死了？單思死了？」他的那種震驚，出自自然，而當他吃驚之際，眼中的光采更甚。

病毒伸出手來，想抓住甚麼，一個護士忙伸出手去，給他握著。

他氣咻咻道：「誰殺死他的？」

我苦笑道：「一個一流的狙擊手。至於是甚麼人，一點頭緒都沒有。」

病毒的神態更是激動，口唇掀動著，可是卻並沒有說出甚麼來，看他的情形，像是單思的死訊給他的打擊太大，以致他不知道說甚麼才好。

我怔怔地望著他，病毒的震動是突如其來的，消失也極快。不到一分鐘，他已經完全恢復了常態，鬆開了護士的手，緩緩躺了下來。

在他躺了下來之後，用一種極度平淡的口氣道：「哦，單思死了。」

我從來也未曾見過一個人能在那麼短的時間之中，從極度的震撼，變爲這樣平靜。這時，他的平靜，顯然是假裝出來的。儘管他僞裝平靜的功夫極好，可是他剛才的震驚，卻無可掩飾。

我對病毒的這種態度，感到一陣厭惡，所以我的語氣，聽來冰冷：「你不感到應該對單思的死亡，負一點責任？」

病毒在聽到了我這樣問他之後，甚至伸出一個懶腰：「我？要負責？難道你說的那個第一流槍手，是我派出去的！」

我早就知道病毒是一個超級老滑頭，但是我卻未曾料到他不止是超級，而且是超特級的老滑頭。要對付這種超特級的老滑頭，不是一件容易的事，但也不是完全沒辦法的。

辦法就是開門見山，直截了當，不和他去繞彎子。

所以，我一聽得他這樣回答，立時道：「單思好好在家裏，是齊白打電話去，叫他一起參加工作。」

病毒的眼睛半眯著，發出一下拖長了的鼻音，「嗯」地一聲：「那又怎樣？」

我伸出手指，直指著他：「而齊白到那個古墓去，是你叫他去的。」

我話一講完，不等病毒有反應，更不給他以否認的機會，立時又道：「別否認，我有齊白的錄音帶，可以證明這一點，剛才你也承認過。」

病毒呵呵地笑了起來，他的笑聲，聽來甚至是十分溫柔：「年輕人，我已經說過了，最近我給了他幾份資料，我實在不知道他到了其中哪一處地方——如果沒有別的事情——」

他下面的話未曾說下去，可是逐客的神情，已經十分明顯。講完了那句話之後，緩緩閉上眼睛，像是當我已不在他的面前。

我忙道：「對不起，我——」我話沒有講完，那兩位美麗的護士，已經站起來，向我揮著手：「請你離開。」

我搖頭道：「不行，我要問的事——」

這一次，仍然是我的一句話還沒有講完，便聽到了一個粗魯的聲音：「你要問的話，全部問完了。」

我循聲看去，不禁倒吸了一口涼氣。有兩個身形極其高大粗壯，估計體重超過一百五十公斤，而且全身都是堅實肌肉的大力士，穿著古埃及武士的服飾，正向我走過來。

那兩個大力士，還不是單獨來的，他們的手中，各自牽著一頭黑豹。

這種黑豹，是所有凶殘動物之中最危險的一種，我沒有把握赤手空拳，戰勝那兩頭黑豹。

我一面後退，一面搖著雙手：「還有幾句話——」

我話沒有說完，那兩個大力士鬆了鬆手，兩頭黑豹向前撲來，牠們的動作如此之快，一下子，撲到了離我身前還不到三十公分處，我甚至可以感到那兩頭黑豹口中噴出來的那股熱氣。

我退得極其狼狽，幾乎跌倒，而且一退之後，轉過身，一直向前奔，奔出了病毒宮殿一樣的美麗住宅的大鐵門，那兩個大力士一直牽著那兩頭黑豹，在我後面，亦步亦趨地追著。

我奔出了鐵門，心中窩囊之至。我，衛斯理，竟然叫人這樣狼狽不堪地趕了出來。

可是既然已經叫人趕了出來，還有甚麼辦法可想？我回頭看一下，看到那兩頭黑豹，倚在鐵枝上，人立著，爪甲銳利，發出低沈的吼叫聲。

我未曾料到會這樣一無結果，很後悔沒有叫胡明等我，以致我要走一大段路，才搭得上車子，來到了胡明的住所。

胡明開門，迎我進去，他的神情很緊張：「怎麼樣？有甚麼結果？」

的。」

我搖頭道：「沒有，一點收穫也沒有，我是被兩個大力士和兩頭黑豹趕出來的。」

胡明苦笑了一下：「這樣受過訓練的黑豹，一共有八頭之多。你知道，病毒的住所，真正是一座寶庫，他並不相信銀行，他歷年來所得的寶物和金錢，全在他的住所中。」

我進入了胡明的書房，撥開了幾堆書，找到了一張椅子，坐了下來：「病毒甚麼也不肯說，我看，只好去找齊白。」

胡明苦笑道：「我不知道齊白在甚麼地方，真的不知道，很久沒有和他聯絡了。」

我道：「不要緊，我知道他在尹伯昔衛鎮上，有一所住宅，明天我就動身去找他。」

胡明望了我半晌道：「其實，單思的死，可以完全交給警方去調查。」

我吸了一口氣：「整件事疑團太多，單思有人追殺，齊白下落不明，大國太空署人員冒充是拍賣公司的人——別勸我放棄這件事。」

胡明攤了攤手，重重放了下來，拍響他的身體：「祝你好運。」

我向他望去：「電話在哪裏？」

胡明道：「自己找吧，反正一定是叫書本壓住了。」

他不再理會，我費了好大的勁，也找不到電話，還是電話忽然響了起來，才知道它在甚麼地方，電話響，是大學有人來找胡明，胡明匆匆離去，我打了一個長途電話給白素，白素又不在家。

我只好坐了下來，胡亂翻閱著一些書。那些研究古埃及歷史的書，我也看不進去，尤其是在思緒極度紊亂之際。我撥開了一些書，居然給我看到了一具小型電視機，我順手打開。

第五部：怪電話

電視上在做問答節目，我也沒有心思看，正想休息一下，電視節目突然中斷，出現了一個報告員，用急速的聲音道：「半小時之前，有一架小型飛機，起飛後發生爆炸，機上人員，無一生還，飛機殘骸，遍佈在沙漠上。」

我向電視機看，看到沙漠上，有一個斷下來的機尾，隔老遠，才有另一塊機翼尖。

那報告員又道：「據知，除了機上人員之外，這架小型飛機的搭客，一共六人，他們全是著名的拍賣公司，聯富拍賣公司的高級人員，飛機是他們的專機——」

聯富拍賣公司的六個高級人員！

就是我在飛機上見到的那六個人？

我感到事情極不尋常，因爲我至少知道這六個人全是太空署的工作人員。

太空署的工作人員，爲甚麼要冒充拍賣公司的職員，向我高價購買盜墓人從古墓中得到的東西，這一點，想破了我的腦袋，也想不出來。但是，六個人突然一起死亡，這事情實在太不尋常。

我來到電話之前，打電話到大使館去，在電話接通之後，我要求和大使通話。對方的回答是：大使正在忙碌中，有甚麼事，可以和他秘書談。

秘書來聽電話，我道：「告訴大使，我對於飛機失事而死的那幾個人的真正身分，十分清楚，不想秘密洩露，最好請大使來講話。」

在說了這番話之後的二十分鐘，我才聽到了另一個聲音：「對不起，大使不能聽你的電話，同時，他根本不知道你在說些甚麼。」

我感到十分惱怒：「貴國太空署的官員，冒充拍賣公司的職員，這一點，相當有趣吧。」

對方的回答來得很快：「我們每天都接到不少神經病患者的電話，但是以閣下的病情最嚴重。」

他一講完，就立時掛上了電話。

我握著電話聽筒，怔了片刻，實在無法知道是發生了甚麼事。我有極其確鑿的證據，可以證明那六個人不是甚麼拍賣公司的職員，而是太空署的官員，可是該國的大使館，卻斷然否認。

本來，那六個人就算因爲飛機失事而喪生，也全然不關我的事，我本身的煩惱已經夠多了，單思離奇死亡，齊白的行蹤詭秘，我才沒有空閒去理會甚麼太空署不太空署。

可是，偏偏那六個人，又曾向我提出，要以鉅款購買齊白給我的「東西」。齊白在全然風馬牛不相干的人和事，就是因爲他們這一行動，而發生了聯繫。齊白在古墓中發現了甚麼？何以會導致太空署人員假冒了身分來向我收購？

不論我想像力如何豐富，都無法找出答案，再加上會見病毒一點收穫都沒有，我心中沮喪之極，走動了幾步，又移開了一大堆書，在一張躺椅中，躺了下來。

我思緒一直在活動著，才一躺下來不久，我就想到：那六個人在飛機上和我相遇，應該不是偶然。我搭那班飛機，他們恰好在機上；那是他們一直在跟蹤我的結果。

一想到了這一點，我直跳了起來。

跟蹤！一直有人在跟蹤我！

這和單思要跳樓之前，說有人要追殺他的情形，十分相似。那麼，要追殺單思的，是不是就是那六個人？

太空署的人員，追殺一個盜墓專家，這件事聽來雖然十分無稽，但也不是絕無可能。那麼，如果作進一步的推論，單思的神秘死亡，也和那六個人有關？和太空署有關？

一層層推下去，我感到已經掌握了一些甚麼，可是還十分模糊，我想起那顆取走了單思性命的子彈，屬於我從來也未曾見過的槍種。一個大國的太空署，掌握先進科學尖端，它的工作人員，有不爲世人所知的新型武器，不是甚麼奇怪的事。

然而，奇怪的是，何以太空署的人，要對付一個盜墓人？

我像是捕捉到了一些甚麼，可是想下去，卻又只是一片紊亂。

胡明還沒有回來，我應該如何是好？是立即去伊伯昔衛找齊白？還是再找大使館聯絡？

我來回踱著，來到了書桌旁，就在這時，電話鈴忽然響了起來，我讓它響了很久，都不想去接聽，因爲胡明不在，我聽了也沒有用。

電話鈴響了足有兩分鐘之久才停止，不到十秒鐘，又響了起來。

我拿起了電話：「胡明教授不在家。」

那邊靜了片刻，才有一個聽起來十分刺耳尖銳而又短促的聲音。我必須先形容一下那種聲音，雖然它很難形容。

這種聲音，聽來像是變更了速度的錄音帶，將速度變快了，聽了不舒服、不自然。但所講的話，速度卻並沒有加快。

我一聽，第一個感覺便是：這不像是人發出來的，倒像是一具甚麼機器的聲音。然而，這種感覺，立刻就被那聲音所說的話引起的震驚所替代，在我說了一句之後，聲音傳來：「衛斯理先生？」

我在胡明處，到目前爲止，只有白素一人知道。病毒也有可能知道，但我決不以爲病毒在將我趕了出來之後，還會打電話來找我。而那聲音，顯然又不是白素的聲音。我「嗯」了一聲，反問：「是，哪一位？」

那聲音又靜了片刻，在那片刻之間，我在思索著，那是甚麼人打來的電話，在這一段時間中，我又向著電話，「喂」了幾次。

大約在二十秒之後，那聲音才又響了起來：「衛先生，對你來說，我是陌生人，但是我很想見你。」

我說道：「爲甚麼？」

那聲音道：「見面再講，好不好？」

我必須再形容一下那聲音，那聲音聽來十分刺耳，可是所使用的，卻是極其標準典雅的英語。如果沒有極高的教育水準，一般來說，不會使用這樣的語言。我心中充滿了疑惑：「好，你知道我在哪裏，可以來見我，我等你。」

那聲音忙道：「不，不，真對不起，我不能來見你，要請你來見我，當然那是不應該的，可是真的，只能你來見我。」

我悶哼了一聲：「有點滑稽！我根本不知道你是甚麼人，而且，是你要見我，一般來說，當然你是有事情求我，爲甚麼你不能來見我？還有一個問題，你究竟是甚麼人？如何知道我在胡明教授處？」

那邊並沒有回答。

我又「喂」了幾聲，才聽得那聲音道：「你來了之後，就會明白，真的，到時你一定明白。」

我迅速地思索著：「好，你在哪裏？」

那聲音道：「二十九點四七度，二十九點四七度。」

我低聲罵了一句：「那是甚麼地址？」

那聲音呆了一呆，像是反而在奇怪我這樣的反問是甚麼意思，然後，他才道：「對不起，我忘了說明，是北緯二十九點四七度，東經二十九點四七度。」

剛才，我是聽不懂「二十九點四七度」是甚麼意思，但在對方加上了說明「東經」和「北緯」之後，我當然明白了。

東經和北緯的交岔點，可以標明一個所在。但是，甚麼人會用這樣的方法，來說明自己的所在？一時之間，我思索著，還想問甚麼，但是那聲音已道：「衛先生，請你要來，盡快來到，請你要來。」我忙道：「等一等，你——」那聲音卻不理會我在講什麼，只是一直重複著，道：「請你要來，儘快來到，請你要來。」

聽起來，重複的聲音，像是錄音帶在不斷重播。在重複了約莫十次之後，電話就掛斷了。

我又大聲「喂」了幾下，沒有反應，放下電話後，我感到一陣昏眩，這個電話，神秘之極。我並沒有呆了多久，立時找到了一張地圖，一看經緯度，東經二十九點四七度，北緯二十九點四七度，全在埃及境內。

我再找了一張埃及的地圖，迅速地查看著。經度和緯度的數字一樣，這倒也不足為奇，我找到的地圖不算是很詳細，但即使是一份普通的地圖，也可以找得出，那個經緯度的交點，是在埃及開羅西南方向的一處沙漠。用直線來計算距離，在開羅西南兩百公里。我對北非的沙漠不算是很清楚，但是也可以知道，那一大片沙漠，極其荒涼，如果說剛才那人在「二十九點四七」處打電話來給我，那簡直不可思議。

但是，我又的確接到了這樣的一個電話，給了我這樣的一個「地址」。

我也知道，在地圖上看來，雖然只有兩百公里，但是實際上就算有充分的準備和理想的交通工具，變幻的大沙漠之中，也充滿了各種各樣想不到的凶險。我是不是應該為了一個莫名其妙的電話，而去冒這樣的險？這可能是病毒的把戲，他為了怕我在開羅繼續在他的口中得到些甚麼，就有理由把我「充軍」到兩百公里外的沙漠去！

在放下電話的一剎那間，我已經決定到「二十九點四七度」去，但這時細想了一下，有點動搖，我想多找一點這個「地址」的資料，我在亂翻亂找，胡明推門走了進來，叫道：「天，你在破壞甚麼？」

我直起身來，道：「我想找一點地理資料。」

胡明瞪著我，張大口，看他的樣子，他的口若是夠大，會把我吞下去。而就算他的口不夠大，他也會衝過來咬我一口，我可不願意冒這個險，所以忙搖著手：「別緊張，我接到了一個極神秘的電話，叫我到二十九點四七度去見他。」

胡明畢竟是一個出色的考古學家，考古學家須要在各種莫名其妙的地方發掘古墓，對於用經緯度來探明一個所在的方法，不會陌生。

他聽了我的話之後，怔了一怔：「北緯？」

我連連點頭：「東經也是這個數字，你對於那地方，有甚麼概念？」

胡明又望了我片刻，咕噥了一句：「亂抄亂找，弄亂我的東西。」

他一面說著，一面已迅速地打開了一個櫃子，取出了一個老大的文件夾來：「那地方是沙漠，開羅西南，大約兩百公里——」

他打開了文件夾，其中是一幅一幅的地圖，看來如軍用地圖，十分詳盡。他迅速地翻看地圖：「這是探險地圖，比軍事地圖還要詳細，三年前，或者是四年前，我曾率領一個考古隊到過那個地方，病毒告訴我——」

胡明講到這裏，有點神情忸怩。他一直以爲，以他的身分而言，和病毒這樣的人來往，十分不光采，可是他的事業，又使他和病毒有聯繫。

他頓了一頓，又自嘲地笑了一下：「病毒告訴過我，他的一個徒弟，就在那一帶，發現過一些銀器，來歷不明，有著很古老的花紋——」

我怕他再說下去，又要長篇大論討論那些銀器的來歷，所以連忙打斷了他的話頭：「先別理這些，你找出那地方的地圖來再說。」

胡明又瞪了我一眼，口中唸唸有詞：「二十九點四七，二十九點四七——」

過了不多久，他就抽出一張地圖來，他先不看地圖，望向我：「你知道用經緯度來定地點的意義麼？」

我道：「當然知道。」

胡明「嘿」地一聲：「說說看。」

我有點不耐煩：「任何中學生都可以回答得出，一條縱線，一條橫線，交點，就是那地點。」

胡明道：「請問，那地點有多大？」

我呆了一呆，一時之間，答不上來。胡明又道：「在平面幾何上，點只有位置，沒有面積，所以，經緯度的交點，只是在地圖上的一個位置——」

我一伸手，自他手中，將他揀出來的那幅地圖，搶了過來：「只要有這個點，我就可以見到這個人。」

我一面說，一面向地圖看去。我也經歷過不少探險的歷程，所以看得懂探險地圖，我看到圖上有一個紅色交叉。這個符號，代表極度危險。

在那紅色交叉之下，注著一行小字：「流沙井，旋轉性，沒有時間性。」

我再看那交叉點，恰好是在地圖上標明的經度的二十九點四七度上。

我呆了一呆：「流沙井的意思是——」

胡明湊過頭來，看了一眼，立時「哼」地一聲：「一定是有人在開玩笑。」

我「哦」地一聲：「何以見得？」

胡明道：「流沙井是最危險的一種沙漠現象。沙漠中的沙在不斷流動，像是水流一樣，當然速度要慢得多。流沙井由一種特殊的地形和這個地區的風力所形成，是沙的漩渦。表面上甚麼也看不出，但是沙的漩渦，幾乎可以將任何東西，頑固地扯進沙裏面去，永遠沒有機會再冒出來。」

我一面聽胡明的解釋，一面不禁暗中捏了一把汗。胡明說這是「開玩笑」，那根本不是開玩笑，簡直就是謀殺。我道：「如果我去的話——」

胡明一攤手，聳了聳肩：「你一進入流沙井的範圍，就是一直向下沈去，天知道你會沈到多麼深。」

我皺了皺眉：「在流沙井的四周圍，應該有危險的警告？」

胡明呵呵笑了起來：「在沙漠中豎警告牌？你好天真！」

過了好一會，我才說道：「只有病毒才知道我和你在一起。」

胡明怔了一怔：「甚麼意思？」

我道：「電話，是打到這裏來的。」

胡明的眼睛瞪得很大：「病毒叫你去那裏幹甚麼？想害你？別亂想了，他知道你和我在一起，也知道我熟悉沙漠的地形，不會用這個笨法子來害你。」

胡明的話，聽來十分有理。那麼又是誰打來的電話？胡明道：「你當然不會去？」

我道：「去了只是送死，當然不去。」

胡明道：「到那裏去，保證你見不到任何人。在流沙井上，只有一種特殊的蜥蜴，才能生存，這種蜥蜴，甚至也不敢同時用四隻腳站在流沙上，只敢用兩隻腳，交替著停留，行動保持極快的速度，不然，就會被沙的漩渦扯下去。」

胡明的話，不知道是不是過甚其詞。但是他表情嚴肅，倒也很有令人不能不相信的效果。

胡明笑了一下：「你準備甚麼時候去伊伯昔衛？」

我道：「其實，到伊伯昔衛去，只怕也是白走。希望能再和病毒好好談一下！」

胡明一聽，臉上變色：「別再想我替你搭路，你要見他，自己去想辦法。」

我不理會胡明，在椅子上坐了下來，閉上眼睛想：是不是有可能偷進去？

從今天一進一出的印象來看，病毒的華麗住宅，似乎沒有甚麼特別的防守。但愈是先進嚴密的保安系統，在表面上愈不容易看出，有刺的鐵絲網防盜，早已落伍。

問題是，即使突破了保安網，見到了病毒，又有甚麼用？我又不是沒有見過他，還不是一點收穫都沒有！想來想去，似乎沒有一條路走得通，只好長嘆了一聲，睜開眼來。

胡明正瞪著我，我苦笑了一下：「只要知道齊白到過的古墓在甚麼地方，那就好了。而齊白說得很明白，是病毒叫他去的。單思可能也去過，不過他已經死了，知道那古墓所在的，只有病毒和齊白兩人。」

我的話才一講完，就聽到一陣門鈴聲，接著是開門聲和一連串急促的腳步聲。急驟的腳步聲一直來到我們所在的房間門口才停止，胡明去開門。一個滿頭大汗的埃及人，神情極度惶急，手中拿著一頂布帽，那頂布帽可能一直用來抹汗，濕得幾乎可以絞出水。

胡明一看到那人，就叫了起來：「阿達，甚麼事？」

那個被稱爲「阿達」的埃及人，張大了口，喘著息，腳步踉蹌，撞散了一疊堆得相當高的書，來到了書桌之前，伸手按住了書桌的一角。

他面色灰敗，身子發抖，汗水隨著他的發抖，落下來，滴在書桌的桌面上，發出輕微的「拍拍」聲。從這個人的神情來看，他心中的惶急恐懼，當真已到了極點。我忙向胡明望去，道：「這位朋友——」

胡明也走了過來：「他叫阿達，是……是……」

胡明在介紹阿達身分之際，像是十分難以開口，猶豫了一下：「他是病毒的徒弟，我和病毒有點聯繫，阿達是中間人。阿達本來是我的學生。」

我向阿達望去，阿達一直在喘氣，直到這時，才緩過一口氣來：「他們又來了。」

這句話，乍一聽，全然莫名其妙。但由於阿達的神情是如此可怖，聲音之中也充滿了震驚，是以這樣平常的一句話，聽來竟也令人充滿寒意。

胡明忙問道：「誰又來了？」

阿達雙手掩著臉：「他們！他們！」

我大喝一聲：「他們是甚麼？」

我不問「他們是甚麼人」，而問「他們是甚麼」，是我已在阿達的神態之中，感到「他們」一定是一種極其可怕的東西，不然，阿達不會怕成那樣子。

我已經算是問得疾言厲色的了，可是阿達根本沒有聽進去，他還是自顧自地用震驚已極的聲音道：「一定是齊白沒做成功，所以他們又來了。」

一聽得他這樣講，我再也坐不住，一下站了起來：「你說甚麼？」

阿達忽然現出一個想哭的神情，我看出他的情形很不正常，一面向胡明喝道：「酒！」一面我手指「拍」地彈出，彈在阿達的太陽穴上。

這一彈，還真有用，阿達全身一震，搖搖欲墜，我忙扶著他坐了下來，這時，胡明也已經遞過了一杯酒。

我接酒在手，那酒的酒味之烈，得未曾有，刺鼻之極，決計不會是甚麼陳年佳釀。但這時，酒的目的，不過是要使阿達鎮靜下來，酒味是不是好，無關緊要。

我一接酒在手，就握住了阿達的臉頰，令他張開口來，然後，向他口中，灌酒進去。

阿達被逼著連喝了三大口，才怪叫了起來，整個臉上的肌肉全在抽動，怪叫道：「天！這是甚麼東西？」

我冷冷地道：「不會是浸木乃伊用的——」

我只講了半句，胡明陡地向我使了一個眼色，並且用肘碰了我一下，我吃了一驚，不敢再說下去，忙改口說道：「你現在是不是好多了？」

阿達又喘了幾口氣，然後，以極度懷疑的目光，注視著杯中的半杯剩酒，咕噥著道：「我敢打賭，木乃伊喝了這樣的東西，也會醒過來。」

我吸了一口氣：「你剛才提及『他們又來了』，又說『齊白一定沒有成功』，究竟是甚麼意思，請你從頭說一說！」

阿達立時以望著那杯酒相同程度的懷疑眼光望向我，又向胡明投以詢問眼光。

我道：「我叫衛斯理，是胡教授的好朋友。」

阿達「哦」地一聲：「是你！你今天見過病毒，在你走後不久，他們又來了。」

他又重複了「他們又來了」這句話。這時，我已經看出阿達敘事沒有條理，若由他從頭講起，只怕更糟，還不如一點點問他，自行將他的答案連貫起來的好。

我也已經感覺到，阿達所講的「他們」，和「齊白沒有做成功」，可能和我的探索有極大關連。

我盡量使自己的聲音聽來平靜：「他們？他們是甚麼？」

我仍然用第一次問的問題，阿達直視著我，反問道：「你以爲他們是甚麼？」

我忍住了氣惱，說道：「我怎麼知道，我又沒有見過他們，是你，因爲他們又來了，才感到那樣害怕？」

阿達怔了怔，喃喃自語：「我害怕？我害怕了？我十分害怕。」我悶哼了一聲：「你剛才進來的時候的那樣子，害怕得像是被十隻餓貓圍住了的老鼠。」

阿達苦笑了一下，伸手在臉上抹了抹汗：「其實沒有甚麼可怕。」我真被他的態度弄得冒火：「如果你不再老老實實回答我的問題，那麼，你一定會害怕！」

胡明叫道：「衛斯理，這樣子恐嚇人，十分卑鄙。」

我實在忍無可忍，用力一拳，打在桌子上，發出的聲響之巨，令我自己也吃了一驚。這一拳的力道，我在盛怒之下，的確是大了一些。但胡明的古董桌子，一定也年代太久遠，木質起了變化，以致我一擊之下，巨響之後，桌面竟被我擊穿了一個洞。

阿達雙眼瞪得極大，整個人直跳了起來，伸手指著我，顫聲道：「你……你……

是他們一夥的？」

我厲聲道：「他們是甚麼？」

這已是我第三次問這個問題了，阿達吃驚地向胡明望去，胡明也又驚又恐，又無可奈何：「他問甚麼，你就回答甚麼吧，別惹他再生氣，這個人生起氣來，完全不像人。」

阿達又向我望來：「那……你們……是一夥的。」

仍然一點也沒有問出甚麼。但是我倒可以知道了一些事。其一，「他們」是人，不是甚麼怪物，因為阿達認為我是「他們的一夥」。其二，「他們」的脾氣多半也不很好。

我盯著他：「好，他們又來了，今天？」

阿達先後退了兩步，才連連點頭。我又問道：「那麼，他們第一次來，是甚麼時候？」

阿達道：「三……三個月前……大約……三個月前。」

我道：「他們來見病毒？有甚麼事情？」

阿達又望了我半晌，直到像是肯定我打穿桌面的拳頭不會向他身上招呼，才鎮定了一些，可以開始比較有條理地回答我的問題了。

第六部：「他們」又來了

我說「比較有條理」，其實也雜亂無比，所以，我並不將阿達的回答照話實錄，而是在整理了一番之後再寫出來，這樣，對於當時曾發生了一些甚麼事，比較容易明白。

阿達是病毒的徒弟之一，病毒究竟有多少徒弟，不必去深究，其中有些很有身分，像阿達就是，他有大學考古學的碩士銜頭，出生在一個富有的商人家庭，可是偏偏熱衷於盜墓。據他後來自己陸陸續續向我說起，單為了見病毒一面，就不知花了他多少心血，而終於能拜在病毒門下，做病毒的徒弟，所花的時間、精力，比四年大學課程更甚。

但是，阿達在病毒門下，學到了一些甚麼呢？前後七年，甚麼也沒有學到。因為不幸得很，阿達被病毒認為沒有天分。

盜墓人也要有天分麼？病毒的說法是：當然要有！任何藝術家，都是九分天才，一分努力。莫扎特四歲就能作曲，他再努力，也不過四年的時間，你能叫一個鞋匠花四年功夫就學會作曲嗎？盜墓是一種高度的藝術，非靠天分不可。他在三歲時就能爬進曲折的墓道，把墓裏最名貴的東西帶出來，這不是天分是甚麼？

阿達由於沒有盜墓的天分，所以在病毒門下，一直庸庸碌碌，毫無表現。不過，他總算是病毒的弟子，在病毒豪奢的住宅中，聽病毒吩咐他辦一些瑣事的資格，還是有的。

阿達在提到他自己有這個資格時，曾十分鄭重地聲明：千萬別輕視這個資格，要能在病毒身邊辦瑣事，比當埃及總統的隨身保衛還要忠貞靠得住，比當考古學教授要有更多的知識。

（胡明聽到這樣聲明，只好悶哼一聲。）

阿達說病毒從來不相信別人，甚至連死人都不相信，所以，不是他認爲靠得住，不能常在他身邊。而病毒對各地古墓的認識之深，如數家珍，在他身邊，如果不是有這方面豐富的知識，根本一句話也說不出去。

我始終覺得阿達很可憐，所以他在這樣自我標榜的時候，我並沒有表示甚麼意見，而且，竭力忍著，不使自己笑出聲來。

在明白了阿達的身分之後，才可以明白何以那三個人來的時候，阿達首先看到「他們」。

是的，阿達口中的「他們」，是三個人，三個男人，三個穿著沙漠中遊牧民族服裝的男人。

沙漠中遊牧民族的服裝，寬大，連頭套住的白色長袍。那三個男人來的時候，將頭罩拉得十分低，連他們的臉也看不清。

阿達在警衛室中——病毒的住宅，有許多間警衛室。每一間警衛室的設備，大致相同，有許多閉路電視，可以察看各個角落的情形。

阿達所在的那間警衛室，專門負責監看整個住宅的大門和圍牆。大門就是我去拜訪病毒時首先到達的那座大鐵門。

在大鐵門附近發生的事，警衛室都看得見，在那裏發出來的聲音，警衛室中，也都聽得見。

時間是下午，他看到電視螢光幕上，大鐵門外，出現了一輛車子，車子駛近，在大鐵門前停下，從車中下來了三個穿著白長袍，連臉面也看不清楚的男人。看門人迎了上去，那三個來人中的一個道：「我們要見哲爾奮先生。」

看門人呆了一呆，連他也不知道誰是「哲爾奮先生」。看門人道：「這裏沒有甚麼哲爾奮先生。你們早已闖進了私人地方的範圍，請立即離去。」

那來人的聲音，聽來冷而堅硬，極不自然，像是由甚麼機器，而不是由人發出來的。

（阿達用這樣的話形容三個人的聲音，我大吃一驚，立時想起了我接到的那個怪電話。）

那人又道：「怎麼會沒有？哲爾奮先生，就是你們的主人，這所巨宅的主人。」

看門人的神情極疑惑，通過電視在監看的阿達，也極其疑惑。「哲爾奮先生」這個名字聽來十分陌生，連阿達也沒有聽說過。

看門人道：「我相信你弄錯了，我的主人是——」

他講到這裏，停了一停，主人的外號是「病毒」，但畢竟只能在背後叫叫，是不能當著外人講出來的。那三個人中的一個道：「是，他……人家全叫他病毒，不過哲爾奮才是他的名字，請你去告訴他，有三個遠方來的朋友要見他。」

阿達這時，也感到十分奇怪，他通過傳訊系統，向看門人道：「請三位來客等一會，我去通報。」

阿達轉過身，按動了一下掣鈕，向病毒報告有人客來訪的情形。

病毒當時，獨自一個人在第三號收藏室中。

在病毒的住宅之中，一共有二十間收藏室。連他，作爲病毒的徒弟，已經有資格在這所豪華住宅中隨便行走的人，這二十間「收藏室」也是禁地，除了病毒之外，只有齊白進入過這二十間收藏室，還有一個中國人，也曾由病毒帶進去過。

阿達不知道這個可以享受特殊待遇的中國人的名字，但可想而知，那一定是單思。

（阿達提及那二十間「收藏室」，胡明的眼睛都幾乎凸出來，而且不由自主，吞著口水。當然，病毒的收藏室中，不知藏有多少得自世界各地的古物，足以令胡明這樣的考古學家，做夢也想看。）

病毒的聲音十分憤怒：「甚麼人要見我？我在收藏室的時候，不見任何人。」

阿達忙道：「是，是，師父，不過這三個阿拉伯人，他們要見哲爾奮先生，並且說，那就是你的名字。」

病毒發出了「啊」地一聲，靜了好一會：「我在書房見他們，你去帶他們進來。」

阿達駕著車，帶那三個人走向建築物。阿達心中十分好奇：「主人的名字是哲爾奮？連我也不知道。」

那三個人中的一個道：「的確，沒有甚麼人知道，那是他很早的時候用過的一個名字。」

阿達又向那三個人望了一眼，這時，他和那三個人面對面，隔得極近，但是卻仍然看不清那三人的臉面，因爲三個人的頭巾壓得很低。

車子在建築物的門口停下，阿達先下車，請那三個人也下車。帶著那三個人，經過了一條相當長的走廊，才到達一個寬敞的接待廳。

在通過那條走廊的時候，實際上已經進行了一系列安全檢查：全是在暗中進行。如果來人身上有危險物品，警衛室早已知道。

到了接待廳之後，兩個彪形大漢走了過來：「主人在書房。」

阿達帶著他們，走進另一條走廊。那條走廊的裝飾，比古埃及的宮殿，還要豪華。在阿達的記憶之中，經過這條走廊而能不東張西望發出驚嘆聲的，只有那三個人。

走廊的盡頭是兩扇鑲有各種寶石圖案的門，他們來到門前，門自動打開，裏面是一間極寬敞的書房，病毒坐在書房一角的沙發，他看來瘦小，但是雙眼有神。

阿達帶著那三個人直來到了沙發前，令得他感到有點驚訝的是，病毒很少見客，萬一要見，那幾個保鏢一定在場，但這時，卻只有病毒一個人。

當阿達帶著那三個人來到那組沙發前面時，病毒道：「三位請坐，三位從庫爾曼來？」

庫爾曼是波斯北部的一個山區，十分偏僻。

那三個人中的一個道：「不，不是，我們不是從那裏來，比庫爾曼遠得多了，哲爾奮先生。」

病毒略為震動了一下：「阿達，你出去。」

阿達答應了一聲，剛要退出去，病毒忽然又改變了主意：「阿達，你留下來也好，聽聽我們的客人有甚麼話說。」

阿達立時又站定，就在這時，那三個來客中的一個，抬頭向他望了一眼，使阿達有機會和那人的目光接觸。那人的目光一閃，阿達震呆了二十秒之久，當他又定過神來之際，三個來客，都已坐了下來，病毒在說著話：「我沒有用那個名字超過七十年，三位居然還能知道。」

那三個人中的一個道：「誰會忘記這個偉大的名字？東突厥頡利可汗所建的神廟，隱沒在地下一千多年，就是由這個偉大的名字發掘出來的。」

病毒滿是皺紋的臉上，現出了高興的笑容。人總是喜歡他人稱讚，病毒甚至高興地挪動了一下身子：「三位來，是——」

還是由那個人開口說話：「我們想委託哲爾奮先生進行一件事。」

病毒皺了皺眉：「我已經退休了。」

那人的聲音，聽來顯得十分急切：「除了你之外，我們想不到有甚麼人可以進入那墓室去。」

（我聽到這裏，和胡明互望了一眼。胡明「啊」地一聲：「那三個人，是要求病毒進入一座古墓。」胡明所說的，和我所想的一樣。）

病毒「嗯」地一聲：「早十年，我或許會接受這樣的挑戰，如今，真的已經退休了。」

那人的聲音更急促：「但是……但是你是世界上最偉大的盜墓人，你能進入任何墓室，那個墓室，除了你之外，沒有人可以進得去。」

病毒仍然搖著頭，那人身邊的另一個人，碰了那人一下，低聲講了一句甚麼，像是在提醒那人，那人忙道：「或許，我還沒有提及報酬——」

病毒笑了起來，攤了攤手：「你們一定也可以看得到，沒有甚麼東西可以引起我的興趣，我這個年紀——」

病毒講到這裏，打了一個呵欠，又道：「我這個年紀，說退休，就是真的退休，沒有甚麼酬勞再可吸引我。」

病毒幾乎已擁有一切，金錢對於他，沒有任何刺激作用了。

那三個靜靜聽病毒講著，等病毒講完，那人才道：「哲爾奮先生，我們提出的酬勞，是——」

他講到這裏，向阿達望了一眼，阿達又陡地怔了一怔，因爲那人的眼睛，看來也是一種深邃的暗綠色，那種令人震驚的程度，就像是在黑暗之中，忽然用電筒照亮了一隻黑貓的眼睛。這是阿達上一次吃驚的原因。

由於震驚，他沒有聽清那人對病毒講了甚麼，只聽到病毒在叫他，叫到第三聲，他才定過神來，病毒只說了一句極簡單的話：「阿達，你出去。」

阿達答應著，離開了病毒的書房。

我有點惱怒，道：「你就離開了？」

阿達睜大了眼：「是啊，我當然要離開。」

我悶哼了一聲：「那麼，那三個人——」

阿達道：「我出了書房，主人只吩咐我離開，沒有叫我走遠，所以我在書房的門口等著，大約等了十分鐘，我才又聽到了主人的聲音，叫我進去。」

我又悶哼了一聲，瞪著阿達，心中罵了他十幾次笨蛋，但爲了避免打擾他的敘述，忍住了沒有罵出來。

阿達又進了書房，看了病毒正在急速地來回踱步，神情顯得異常的興奮，一看到阿達，就道：「快，用一切可能，用最短時間，找齊白來。」

阿達連聲答應，又忍不住向那三個來客望了一眼，三個來客沒有甚麼特別，仍然坐著。

阿達又退了出去，他退出來之後不久，另一個病毒的徒弟匆匆走向書房，阿達和他講了幾句話，那徒弟說：「主人要安排一間最好的客房，客人是甚麼人？」

阿達沒好氣道：「鬼知道。」

那三個神秘的客人，在接下來的三天，住在客房之中，病毒每天都問上幾次，找到齊白沒有？

齊白在三天後聯絡上，他在巴黎，病毒的私人飛機立時起飛，將齊白自巴黎接到開羅來。

齊白是阿達陪進去的，阿達已盡自己所知，對齊白說了病毒要見得那麼急的原因，是因爲有三個人，要求病毒進入一個墓室。齊白中等身材，膚色黝黑，看起來既像是東方人，又像是西方人，他究竟多大無法從他的外表上看出來。他的步履永遠輕盈矯健，全身精力瀰漫。他衣著入時、華貴，齊白在高級社交場合出現，人人都當他是東方的甚麼貴族，氣派萬千，沒有人知道他是盜墓人。

齊白當時，聽得阿達簡單地介紹了病毒要見他的原因之後，笑著，在阿達的面前，彈著手指，發出「拍」地一聲響：「你師父退休了，他推薦我去做。」

阿達也料到這樣，雖然他覺得有點委屈，因爲他也自以爲是一個傑出的盜墓人，病毒爲甚麼不把任務委託給他？

但他想到自己和齊白相比較，畢竟還相去甚遠，他倒也心平氣和：「那一定是十分難以進入的一個墓室。」

齊白笑道：「對我來說，沒有甚麼墓室難進入。」

阿達嘆了一口氣，齊白有資格這樣說，他就不能這樣自誇。

說話之間，已經到了書房門口，書房門自動打開，病毒和那三個來客，全在書房中。阿達記得十分清楚，齊白一現身，那三個神秘來客，一起轉頭，向齊白望來，阿達就注意到，齊白陡地震了一震，阿達知道齊白震動的原因，一定是因爲那三個人的眼睛所發出的光芒，實在令人吃驚。

病毒看到齊白：「過來，有一件事，交給你去做。」

齊白一面張開雙手，一面向前走過去，來到了病毒面前，將病毒緊緊擁抱了一下：「酬勞是甚麼？」

病毒呵呵笑著：「我早知道你第一個問題是這個。」

齊白坐下來，翹起了腿：「你一定早已想好答案了？」

病毒道：「是。只要你做得成，酬勞是——」

他講到這裏，略頓了一頓，才又道：「酬勞是，我二十間收藏室，隨便你要一間。」

病毒這一句話才出口，齊白整個人都呆住了。齊白是呆住了沒有出聲，在一旁的阿達，卻沈不住氣，發出了「啊」地一下驚呼聲。

阿達發出驚呼聲，不能怪他，因爲病毒的那二十間收藏室，他雖然沒有到過，但究竟有多少稀世奇珍收藏著，他也約略知道。病毒一開口，提出給齊白的酬勞如此驚人，那麼，他有甚麼好處？那三個神秘客人許給病毒的好處是甚麼？

阿達根本沒有機會定過神來，他一發出驚呼聲，病毒已經喝道：「阿達，出去。」

阿達敘述到這裏時，我不由自主叫了起來：「不，阿達，你要留著。」

阿達向我望來，誰知道胡明就在這時，忽然像發了狂一樣，雙手抓住阿達心口的衣服。

阿達吃驚之極：「胡教授，你幹甚麼？」

我也吃了一驚，因爲我也想不出胡明爲甚麼突然之間，會如此失態的。

胡明喘著氣：「阿達，你這混蛋，你爲甚麼從來也未曾向我提起過這點。」

阿達道：「我……不知道你想知道。」

胡明的神情仍然極其激動：「病毒不會這樣對齊白說，不會。」

阿達道：「是真的，真的。」

胡明喘著氣：「如果齊白要的是病毒收藏之中，一個完整的金字塔中心部分，病毒難道也答應？」

阿達叫道：「我不知道，我不知道。」

我走過去，將胡明和阿達分了開來，阿達神情駭然地看著胡明。胡明又喘了一會氣，才鎭定下來：「對不起，阿達。」他立時轉向我：「你不知道，病毒的收藏中，有一組寶物，是他在金字塔中得來的，一個法老王用來葬他小兒子，那是無價之寶，全是黃金鑄成。」

我聽得胡明這樣說，不禁又好氣又好笑：「那又怎樣？這組寶物在病毒處，和在齊白處，有甚麼不同？」

胡明的眼睜得老大：「當然不同，病毒已經老了，他死了之後，就有可能將他的全部珍藏，都捐給國家，而齊白，任何東西到了他的手裏，就一定賣給人。」

我搖頭道：「你不必瞎緊張，你沒聽阿達說，齊白要完成任務之後，才能得到報酬？」

胡明苦笑了一下：「沒有甚麼墓室是齊白進不去的！他一定可以完成任務。」

一聽得胡明這樣講，我心中陡地一動。

我已經知道齊白進入了一個極其奇特的墓室，而這個墓室，是病毒叫他去的，條件極其優厚。而齊白之所以會進入那個墓室，是有三個神秘人物的要求，病毒自己不去，才委託了齊白。

至於那是甚麼樣的墓室，我全然不知，只知道那墓室一定怪異莫名——這一點，有齊白寄給我的那兩卷錄音帶可資證明。

齊白是怎麼進了那墓室的，我也不知道，齊白是不是曾邀請單思共同行事，單思在整件事中，扮演著甚麼樣的角色，我也不知道。

整件事仍然在迷霧中，但是總知道是怎樣開端的。我問阿達：「你真的離開了？」

阿達苦著臉：「師父……主人叫我離去，我怎麼能不走？」

我用力揮了一下手：「那麼，你不知道病毒要齊白去的墓室是在甚麼地方？」

阿達搖著頭：「不知道。」

阿達在驚叫了一聲之後，病毒就喝令他出去，齊白在那一剎那間，定下神來。阿達不敢違抗病毒的命令，但是他實在十分不願意，他故意走得很慢，所以在他離開之前，還聽到了幾句對話。

齊白長長吸了一口氣：「真的？」

病毒道：「我甚麼時候騙過你？」

齊白再吸了一口氣：「好，那墓室在甚麼地方？」

病毒道：「這三位客人，會向你詳細的解釋，他們要的，是那墓室中所有的屍體。」

阿達只聽到這裏，腳步已慢到不能再慢了，病毒發現他故意拖延，又大喝了一聲：「阿達，你怎麼還在？」

這一聲大喝，令得阿達急急打開門，離開了病毒的書房，書房之中，齊白、病毒和三個神秘客人，又說了一些甚麼，阿達聽不到了。

這次，論到我緊張，我伸手指著阿達：「你聽淸楚了？病毒說『他們要的，是那墓室中所有的屍體』？是這樣說？」

阿達極其肯定地道：「絕對。」

我望向胡明：「有人偷入古墓去，目的只是為了偷盜屍體的？」

胡明道：「當然有，看是甚麼人的屍體。屍體、木乃伊，本身都極有價值。」

我悶哼了一聲：「病毒許給齊白的酬勞如此驚人，可想而知，病毒能在那三個神秘人物處所得的好處更甚，屍體除了學術上的價值之外，還會有甚麼價值？」

胡明翻著眼，答不上來。

我又道：「他們用甚麼東西打動了病毒的心？」

胡明沒有好氣道：「我和你一樣，甚麼也不知道。」

我呆了好一會，的確，這幾個問題，除了病毒本人之外，似乎沒有甚麼人可以代爲解答。

我又向阿達望去：「你剛才進來的時候，嚷叫著那三個人又來了？」

阿達道：「是他們來到。」

我道：「他們來，你爲甚麼害怕？」

阿達的神色驚疑不定，像是不知該說好，還是不說好。

我道：「你只管實說，只要你說的是實話，病毒就算知道了，也不會怪你。」

阿達連喘了幾口氣：「我只覺得那三個人很怪，因爲他們上次來過了之後……主人……也變得很怪。」

我揚了揚眉，不再發問題，讓阿達講下去，阿達想了片刻：「我退出書房之後，自然不知道他們在裏面又講了些甚麼。過了大約半小時，書房門打開，齊白哈哈大笑，走了出來。」

齊白哈哈大笑著，走了出來，向在書房門口呆立著的阿達，作了一個鬼臉，一拳打在阿達的肩頭上：「阿達，你猜我要了老頭子的甚麼寶物？」

阿達悶哼了一聲：「齊白先生，我也學會了不少盜墓的本領，可是一直沒有像樣幹過，如果你要助手的話——」

阿達的話還沒有講完，齊白又已經大笑了起來，指著阿達：「你？不行！不但你，連老頭子也不行。只有我，偉大的盜墓者齊白，才可以做得到，那是非同凡響的一次偷盜，足以名垂青史！」

阿達的脾氣十分好，雖然齊白那樣奚落他，他還是道：「齊白先生，你總要助手的。」

齊白「哈」地一聲：「對，你倒提醒了我，我需要找一個人合作，嗯，全世界夠資格的，也只有那個中國人了。」

齊白一面說著，一面已不再理會阿達，步履輕鬆地走了出去。

阿達當然知道，齊白口中提及的那個「中國人」是單思：病毒、齊白和單思，是當世最偉大的三個盜墓人。阿達自度本領不能和他們三人相提並論，自然也沒有甚麼話可說。

齊白一走開，病毒在書房叫道：「阿達，送客人離開。」阿達一回頭，那三個人已經站在門口。

自始至終，那三個人的頭巾一直壓得很低，阿達一直未曾看清他們的臉面。

他答應了一聲，便領著三個來客向外走去，一面找點話來客套：「三位不在這裏多住幾天，要回去了？」

阿達只隨便問一句，三人中的一個，突然以聽來十分兇狠的語氣道：「回去，齊白事情辦不成，誰也別想回去。」

那人的聲音，本來就刺耳，這時聽來，更是令人不寒而慄，接著，他聽到另一個人，以一種他聽不懂的語言，低聲講了一句，剛才那人也就不再出聲。

阿達直到這時，才回過頭來，向那三人望了一眼，那三人倒也沒有甚麼異狀。阿達繼續帶著他們向外走：「齊白是第一流的盜墓人，但即使是第一流的盜墓人，有時也會失手。」

還是剛才那個用兇狠聲調講話的人開口，不過這次，他的聲音咕噥著，聽來像是自言自語：「最好齊白能成功，不然，哲爾奮也得不到他的酬勞，哼哼，那時，他可完了。」

阿達本來就覺得事情有點不對頭，這時心中更是駭然，可是他又不知道該怎樣做才好。他將那三個人送出了大門，看著那三個人登上他們來時所乘的車子，疾駛而去。

阿達一直心中惴惴，不知道齊白如果不成功，會有甚麼不幸降臨，他也曾用言語試探，可是他的智力和病毒相去太遠，話還沒有說出來，就叫病毒一瞪眼，將他的話瞪了回去。

不過，據阿達說，他在暗中觀察，發覺自那三個人和齊白離去之後，病毒的情緒變得很古怪，像是焦急地期待著甚麼。

病毒吩咐，一有齊白的消息，立時通知他。但是齊白卻一直沒有消息。

看起來，齊白自從那次離開之後，一直沒有和病毒再聯絡過，反倒寄了兩卷錄音帶給我。

病毒焦切地在等待齊白的消息，明知齊白曾寄過錄音帶給我，居然能沈得住氣，不過，他聽到了單思的死訊，大是震驚，原因我多少有點明白。病毒知道齊白接到任務，考慮到一個人不易完成，會去找單思，單思死了，說明齊白的工作進行得極不順利，所以他才那樣震驚。

由此可知，病毒對於齊白的工作進行如何，十分緊張和關切，當然是基於那三個神秘來客許給病毒的酬勞。

我將事情約莫整理出了一個頭緒，和胡明商討著，胡明也同意我的見解。然後，我問道：「那三個人，究竟許了病毒甚麼好處？」

胡明嘆了一聲：「是不是那三個人威脅他，要是齊白辦不成這件事，會對他不利？」

我道：「就算那三個人曾這樣說過，病毒也不見得會怕，他有足夠的條件，防止任何對他不利的事。」

胡明道：「這就真猜不透了。」他望向阿達：「那三個人又來了？」

阿達又現出驚駭的神情來：「是的，他們又來了，就在兩小時前。」阿達又見到那三個人，那三個人的裝束、動作，和上次來的時候，完全一樣。

他看到那三個人由人帶領著，來到了書房的門口，正以十分急促的腳步，走向書房。書房門打開，三個人走進去，阿達趁門打開的時候，向內裏望了一下，看到病毒在書房之中，背負雙手，急速地踱著步。

在阿達的記憶之中，病毒不論碰上甚麼大事，都未曾這樣急躁不安。再加上阿達早就認定這三個人身分神秘，不懷好意，所以當三個人進去，書房門關上之後，他就守在書房的門口。

書房的隔音設備極好，阿達在門外，動用了一些竊聽的儀器，聽到了一些劇烈的爭吵聲，愈聽愈是害怕，想來想去，沒有甚麼人可以訴說，只有胡明是他的好朋友，所以才直奔胡明的住所而來。

阿達的敘述告了一段落，胡明的臉色，難看之極，冷冷地道：「你現在來找我有甚麼用？我能幫忙甚麼？事情的整個經過，我到現在才知道。」

胡明是在怪阿達為甚麼事情一開始的時候，沒有和他提起過。

我道：「阿達，照你看來，病毒是不是受著甚麼脅逼？」

阿達道：「我不知道，真的，那三個人是甚麼路數，我完全不知道。」

我望向胡明：「病毒上次和我見面，一點實話都沒有說，我要再去找他。」

胡明深深吸了一口氣，現出爲難的神情。我正想責備他沒有用，而且，我也擬定了一套可以使病毒見我的言詞。而就在這時，門鈴又響了起來，我聽到一個十分急促的聲音在問道：「有一位衛斯理先生，在不在？」

胡明和阿達一聽到那聲音，就怔了一怔，分明那是他們的熟人。阿達立時壓低聲音：「糟，大師兄來了，我得躲一躲。」

我還未曾明白阿達口中的「大師兄」是甚麼意思，胡明已打開了書房的另一扇門，連拉帶推，將阿達塞了進去，接著，他就打開了書房的門，大聲道：「啊哈，是甚麼使我們偉大的人物到我這裏來的？」

隨著那過分阿諛的歡迎詞，一個身形異常高大，看來極神氣的中年人，走了進來。那中年人帶著一股極度的傲氣，在走進來的時候，只向胡明略爲點了一下頭。可是一看見我，態度立時大大轉變，竟然向我深深鞠了一躬。

我深知「禮下於人，必有所求」的道理，這人氣派非凡，但既然是他有事來找我，我樂得搭搭架子，所以我只是愛理不理地點了一下頭。

那人道：「衛斯理先生，我主人差我來看你——」

我冷冷地道：「你主人是誰？」

胡明在一旁，像是生怕我得罪了那個人一樣，搶著道：「這位是都寶先生，是最偉大的盜墓人的首傳弟子。」

我直到這時，才知道阿達口中的「大師兄」是甚麼意思，原來這個人是病毒的大徒弟。

病毒派他的大弟子來見我，一定是有要事要求我，我心中極其高興。態度卻仍然冷漠：「哦，我還以為盜墓人一定要小個子才好，容易從掘出的地道之中鑽進去，哈哈。」

我毫不留情地調侃，胡明的臉色發青，那身材高大的都寶，神情也很尷尬：「衛先生，主人說，上次他對你不禮貌，請你原諒。」我悶哼了一聲：「如果我已成了那三頭黑豹的點心，不知道你主人準備怎麼補救？」

都寶對我的問題，避而不答，自身邊取出了一架小錄音機來：「主人託我帶來了幾句話。」

他說著，自顧自按下了一個掣，錄音機中，傳出了病毒的聲音。

病毒先叫了我一聲：「衛先生。」在叫了我一聲之後，停了好一會，像是老奸巨滑如病毒，也不知道該如何措詞才好。在大約十秒之後，他的聲音才繼續下去，「不論你要甚麼酬勞，我都可以答應。請你跟都寶來，我們可以面談。」

病毒帶來的話，真是只有「幾句話」。這幾句話中，也已表達了他對我的要求。

我呆了一呆，胡明卻已發出了一下歡呼聲：「衛，答應他，答應他。」

我狠狠瞪了他一眼，問都寶道：「我可以和他會面，但是絕不等於我會替他工作。」

都寶忙道：「不要緊，不要緊，主人說，務必要請你去和他見見面。」

剛才我還挖空心思想見病毒，忽然之間，情形反了過來，我不禁哈哈大笑。都寶顯然不知道我爲甚麼發笑，只是瞪著眼望著我。

我一面笑，一面道：「好了，這就走吧。」

都寶忙道：「是，是，車子就在外面。」

胡明來到了我的身邊，壓低聲音：「問他要那一組完整的黃金葬品。」

我曾聽他講起過病毒所有的那一套「完整的黃金葬品」，那是一個法老王爲了他夭折的兒子所製造的，據說，單是黃金的本身，重量已超過二十噸，再加上全是一系列的藝術精品，價値之高，無可估計，是真正的無價之寶。

三個月前，齊白也曾得到過病毒的許諾，他是不是也提出要這套陪葬品，不得而知。我這時聽胡明這樣提醒我，想到的倒不是這組陪葬品的價値如何，而是想到，病毒向我提供了對齊白同樣的許諾，那麼，他要我做的事情是甚麼呢？

會不會他要我做的事，就和他要齊白去做的一樣？

第七部：三個神秘訪客

他也要我去盜墓看來有點不可思議，但卻也不是絕無可能。我必須盤算一下，如果他真的提出了這樣的要求，我應該如何應付。

我想著，都寶一副極其熱切的神情望著我：「衛先生，請你立刻走，主人好像很急於見你。」

我笑了一下，突然冒出一句話來：「是不是那三個神秘來客在逼他？」

都寶一聽，陡然呆了一呆：「真是有三個客人在，也……很神秘。」

我道：「神秘到甚麼程度？」

都寶道：「我……也說不上來，不過他們三個人，在室內……也套著頭套，看不清臉面，一般來說，阿拉伯人不會這樣的。」

我吸了一口氣，現在，我至少已經知道，那三個人的確相當神秘，而且，他們似乎有一種力量，可以使得病毒爲他們做事——在將我趕了出來之後，又低聲下氣地派人來請我去。

我沒有再說甚麼，點了點頭，就跟著都寶走了出去。胡明送了出來，一直送我登上了病毒派來的那輛豪華得過了分的大房車。

胡明看來很想跟我一起去，但是他終於只是不捨地向我揮了揮手。

車子前面，除了都寶之外，還有一位三十多歲的司機。那司機的駕駛技術極高，性能超越的大房車，在路上，簡直像是「飛行」一樣。

半小時後，病毒的「皇宮」在望。車將到門前，大鐵門就自動打開，車子直駛而入，在建築物前停下。

都寶跳下車，替我打開車門，一下車，就有十來個人自屋中走出來，一字排開，躬身歡迎。

這十來個人高矮不一，老少不齊，裝束神情也各異，看來全是病毒的徒弟。

我跟著都寶進了建築物，和上次胡明帶我進來時不同，走向另一個方向，經過刻意裝飾過的走廊，走廊兩旁所掛著的油畫，足以令得世界上任何一個油畫收藏家看了心臟病發作。

在走廊的盡頭，是兩扇精雕的桃花心木門。我已經聽過阿達的敘述，知道那是病毒的書房。都寶一到門口，門就打了開來，同時，我聽到病毒焦切的聲音：「請進來，衛先生，請進來。」

都寶站在門口，向我作了一個「請進」的手勢。我經過他的身邊，走進書房。才一進去，書房的門就關上了。

一進了病毒的書房，我先不去打量書房的豪華佈置，首先，我的視線，落向坐在一角的那三個人的身上。那三個人，坐在一張長沙發上，情形相當怪，正襟危坐，三個人一個擠一個，坐得十分接近。

那張長沙發，本來是為三人坐得極其舒適而設計，但由於三個人坐得擠在一起，所以，他們三個人集中在一邊，另外一半，空著。

那三個人，正如阿達所說，穿著阿拉伯人的白色長袍，頭上套著頭套，拉得很低，根本看不清他們的臉面。當我一進來，向他們望過去之後，他們也向我望了過來，我只是感到他們的頭部抬了一下，在看不清臉面處，有他們的目光閃動，隨即，他們就恢復了原來的姿勢，坐著不動。

病毒極其精明，我一進來，先不望向他，而去看那三個人的情形，他一定看在眼裏，所以他立時道：「這三位是我的朋友，我們將要商量的事，不必瞞著他們。」

我不置可否地笑了一下，這才向病毒看去，只見他穿著十分舒服的絲質衣服，瘦小的身子，整個陷在一張銀白色的天鵝絨安樂椅中，他作出了一個想站起來歡迎我的姿勢，但是看得出他其實根本沒有站起來的意思。

本來，他的年紀那麼老，我應該客氣一下，但是我氣他上次出動獵豹來驅逐我，所以我只是冷冷地望著他，並不作聲。

病毒面色略變，但是隨即浮起殷切的笑容，居然真的站了起來：「衛先生，請坐。」

我點了點頭，在他的對面坐下。這時，我可以肯定：病毒有事求我。

我坐下之後，病毒也坐了下來，我向那三個一直坐著不動的人點了一下頭：「你不準備向我介紹這三位朋友？」

病毒怔了一怔，像是想不到我會提出這樣的要求。他立時道：「不必浪費時間了，衛先生，我講究辦事的速度，不喜歡轉彎抹角。」

我揚了揚眉：「好，想我做甚麼事？」

病毒沈吟了一下，像是在考慮如何開口：「齊白曾經說過，如果你參加盜墓這一行，會做得比他更好。」

我悶哼了一聲：「做一個比齊白更好的盜墓人，並不光榮，也不值得爭取這個銜頭。」

聽得我這樣說，剎那之間，他的臉色變得相當難看，喃喃地說道：「不應該這樣說，比齊白好，就幾乎和我一樣，那簡直偉大！」

我冷笑道：「我看不出甚麼偉大之處。」

病毒的神色更難看，用他那雙目光炯炯的眼睛，注定了我，但是沒有多久，他就恢復了原狀：「別討論這些了，有一事──」

他講到這裏，又頓了一頓，才道：「想請你去一處地方，將那裏的屍體全弄出來，酬勞，隨便你要，如果你能成功。」

我想得不錯，他真是要我去盜墓！而且怪得很，要盜的並不是墓中的寶物，而是墓中的屍體。這真是怪異得可以。雖然我已在阿達的敘述中，知道當日病毒要齊白去做的就是這件事，但是仍然覺得極度的怪異。

我吸了一口氣，剛想發問，病毒已擺了擺他的手：「不能問為甚麼。」

我對他的這種語氣，十分反感，冷冷地道：「不准問為甚麼？齊白或許就因此失敗。」

病毒陡然震動了一下：「你怎麼知道齊白失敗了？」我冷笑一聲：「別以為我那麼無知，不然，你也不會找我。」病毒嘆了一聲：「其實，不是不准問，而是問了，你也得不到答案，連我也不知道為甚麼。」

病毒一面說，一面向那三個人望去。我也向那三個人望去：「那麼，三位，為甚麼？」

那三個人中的一個，發出了一種聽來相當生硬艱澀的聲音：「不能說。」

我站了起來：「很對不起——」一面說著，一面轉向病毒：「哲爾奮先生，我從來不做自己不明白的事情。」

我故意叫出「哲爾奮」這個名字來，是想令病毒吃驚，同時也可以讓他知道我神通廣大，使得他更認為我是他委託的最佳人選。

果然，病毒又震動了一下，盯了我半晌，面上的皺紋在不住顫動著，過了好一會，才道：「考慮一下你可以得到的酬勞。」

我伸了一個懶腰，作出絲毫不感興趣的樣子，病毒立時向那三個人望去，那三個人互相望了一下，看來他們都不是喜歡說話的人，在這樣的節骨眼上，他們居然都一言不發。

這不禁使我感到十分狼狽。因爲我雖然裝出一副沒有興趣的樣子，但實際上，就算沒有酬勞，我也肯答應這件事。因爲一切神秘的事，全是從齊白盜墓開始。如果我也能進入這古墓之中，那麼，一切疑問謎團，說不定都可以迎刃而解！

那三個人不出聲，態度如此堅持，我沒有辦法，只好又打了一個呵欠，懶洋洋，十分不在乎，半轉了一個身，向外走去。

我才走了一步，那三個人中的一個，已經叫道：「請等一等。」

那人講話的聲音，始終十分生硬，雖然他講了一個「請」字，但是聽起來，仍然十分生硬。

我轉過身來，那個人卻又向病毒說話：「是不是除了他之外，再也沒有別人了？」

病毒長嘆了一聲：「如果在二十年之前，不，即使是在十年之前，我都不會嘆這口氣。」他說著，直視著那三個人：「你們何不提早實現你們對我的承諾？那麼，我就可以親自出馬，不必去求別人。」

在那一剎那間，我對病毒的話，真是疑惑到了極點。

病毒這樣說，究竟是甚麼意思呢？那三個人，對他作了一些甚麼承諾？爲甚麼如果那三個人提早實現承諾，他就可以親自出馬，不必求人？

我早已在阿達處知道，齊白是病毒轉聘的。病毒許給齊白的好處，是他二十間寶藏室中任何一間，那是駭人聽聞之極的報酬，可以說是世界上去做一件事而能得到的最高酬勞。可是，一定要那三個人給病毒的酬勞更高，他才肯這樣。

那三個人對病毒的承諾又是甚麼呢？

正在我陷於極度的迷惑間，那三個人中的一個已然道：「不行，我們不相信任何……人，等到你達成我們的要求之後，我們一定實行承諾。」

病毒悶哼了一聲：「事實上，我也一樣不相信你們，誰知道你們會不會真的實行諾言。」

那人道：「哲爾奮先生，你只好賭一下，事實上，你即使輸了，也沒有甚麼損失——」

他講到這裏，略頓了一頓，語調變得慢了許多：「因爲你根本沒有甚麼可以損失的。」

我心中本來已經夠疑惑的了，一聽到他們這樣的對話，我心中更加疑惑，完全猜不透他們這樣的對話是甚麼意思。

病毒又嘆了一聲：「這位朋友，他要先知道爲甚麼，你們能答應嗎？」

那人發出了一下聽來相當怪異的聲音，然後才道：「衛先生，真是不能告訴你，而且，你不知道，比知道好得多。」

我堅持道：「不行。不明不白的事情，我不做。」

那人的語調變得急促：「決不是不明不白，你只要進入那墓室，將裏面的屍體，全部帶出來就可以了。」

我「哼」地一聲：「連第一流的盜墓專家齊白都失敗，你還說容易做？」

那人又發出了一下古怪的聲音：「不知道發生了甚麼意外，真的不知道，一定有了意外，其實，只要將屍體全部帶出來就行了。」

他一再強調「全部屍體」，我不禁悶哼了一聲：「全部，總數是多少？」

那三人互望了一眼，看樣子是在研究是不是應該回答我這個問題，我也沒有聽到他們的交談，他們一定是在眼色中交換了意見。發言的仍然是坐在中間的那個人：「一共是七十四具。」

七十四具屍體。我一聽之下，不禁嚇了老大一跳，有那麼多，我真的未曾想到過。

在我發怔時，病毒道：「七十四具，其實和一具一樣，只要你能弄出一具屍體來，你也能將七十四具屍體弄出來。」

我吸了一口氣，想著病毒的話，他的話，倒也不是沒有道理。去盜墓，一定要挖一條通道，進入墓室，難就是難在如何進入，既然進去了，要弄一具屍體出來和弄七十四具屍體出來，並沒有甚麼分別。

我又望向那三個人：「好，那座古墓，在甚麼地方？」

我這樣問，其實是表示我已經答應了，病毒顯然可以明白這一點，所以他滿是皺紋的臉上，現出了十分興奮的神情。

那三個人之一道：「不能告訴你。」

我又是好氣，又是好笑：「哈哈。好得很，你不告訴我那墓在甚麼地方，卻又想我到那墓中，去將七十四具屍體偷出來？」

那人道：「沒有甚麼說不通，我們會帶你到那個地方去。」

我本來還想嘲弄他們幾句，但是一聽得那人這樣說，我也不禁說不出話來。是的，他們如果帶我去的話，何必告訴我那墓是在甚麼地方？

我道：「不錯，說得通。」

病毒大是高興：「好啊，那你要甚麼酬勞？」

我道：「如果我成功了，我要全部的那一組黃金陪葬品。」

病毒吸了一口氣：「我早知道，唉，那是世界上最值錢的寶物。」

我立時道：「我相信這三位給你的酬勞一定更值錢。」

病毒略爲震動了一下，才喃喃地道：「是的，那不能用金錢來衡量。」

我仍然不知道那三人許給病毒的是甚麼酬勞。「不能用金錢來衡量」，那是甚麼意思？世上有甚麼東西不能用金錢來衡量？

我沒有進一步想這些，因為那和我無關，我只是向病毒道：「我不是自己要這組陪葬品，而是代胡明教授向你要的。」

病毒又咕噥罵著了一句難聽的話，當然是罵胡明的。我又道：「還有，對於盜墓，其實我是外行，要掘地道？需要甚麼工具？你們至少應該給我那墳墓的外表描述，還是我先去實地觀察一下，再考慮如何進行？如果適度的炸藥爆破，是不是會損害古墓內的結構？」

我發出了一連串的問題，病毒皺著眉，看來不知該回答哪一個問題才好，那人已經道：「不必要，通道早已經完成了。」

我一呆，一時之間，不知道那人這樣說是甚麼意思。不單是我，連病毒也出現了訝異莫名的神情來，道：「你說甚麼？」

那人看來像是知道自己說漏了嘴，所以不再出聲，病毒若有所悟地「嗯」地一聲：「對了，一定是齊白完成的，他在進入墓室之後才發生意外，那是……甚麼意外？」

病毒是在自言自語，我卻十分緊張。因爲專家如齊白，如果在進入墓室後，也會遇到意外，那麼我這個外行，進了去豈不是更加危險？

我既然答應了去做這件事，自然希望將這件事做好，不想遇到意外，所以我問病毒，進入一座不可測的古墓，可能遇到甚麼意外？

病毒搖著頭：「這個問題實在不容易回答，古墓的結構，每一個民族有每一個民族的特色，迷離難測，各種各樣的陷阱，全爲防止盜墓而設，只要一不小心，就會跌進陷阱，而且，古代人有神秘力量，可以通過咒語，使盜墓者遭到不幸——」

他滔滔不絕地講著，我不禁苦笑了起來：「聽你這樣說，我不應該去。」

病毒一聽得我這樣講，自知失言，神情變得極其尷尬，一時之間，連他這個超特級的老滑頭，也不知道該如何才好。

我道：「你放心，我既然答應了，就不會改變主意，只不過我真的想和你研究一下如何進行。」

病毒攤著手：「坦白說，我對你要去的墓室一無所知，實在不能幫助你。」

我心知病毒所說的是實情，立時望向那三個人：「你們想成功，應該將那墓室的情形說出來。」

那人道：「裏面的情形如何，我們也不知道，只知道有極其嚴密的防盜設備，通道已經有了，可以直通墓室——」

那人講到這裏，忽然極不耐煩：「請別浪費時間，我們該出發了。」

我堅決地道：「不行！我一定要和哲爾奮先生研究詳情，我相信齊白已經進去過。」

病毒眨著眼，我將收到齊白兩卷錄音帶的內容，約略地講出來。

齊白那兩卷錄音帶的內容，在一開始的時候，我已經介紹過了，不再重複，那兩卷錄音帶，表示齊白當時，在一條通道中，可能是通向我將要去的那個墓室！

病毒用心聽著，那三個人也在聽，當我講到聽到不斷的玻璃碎裂聲之際，那三個人不但不住互望，而且不斷挪動身子，表示他們在聽了我的敘述之後，感到不安。

當我的敘述告一段落之際，病毒才道：「我不知道他處在一個甚麼樣的環境中，不斷的玻璃碎裂聲，這真是不可思議。」

病毒想故意表示輕鬆，但是我可以感覺得出，氣氛十分沈重。三人中的一個陡然叫了起來：「他可以成功，不過他背叛了我們。」

我一呆：「甚麼意思？」

那人不回答我的話，只是不斷道：「他可以成功，不過他背叛了我們。」

當他不斷這樣講的時候，不但聲調生硬，而且那種尖銳堅硬的聲音，使人不寒而慄。

直到這裏，我才算明白了何以齊白將那兩卷錄音帶寄給我，而不給病毒的原因。聽那人不斷叫著齊白「背叛」，可想而知，齊白在進入墓室之後，不知遇到了甚麼意外，那個意外使他改變了主意，沒有將他要偷的屍體偷出來。

那人將責罵齊白的話，足足重複了幾十遍，聲音愈來愈是駭人，病毒看來已有點禁受不住，叫了起來：「停口，別說了。」

那人陡地住了口，病毒喘著氣：「不必討論齊白，現在，是衛先生去。」

那人道：「齊白在哪裏？」

病毒說道：「我用盡一切可能在找他，只有天才知道他在哪裏。」

我不知道何以我將齊白錄音帶的內容說出來，這三個人的反應，會如此失常。

我道：「請問，你們認為導致他叛變的原因是甚麼？」

那人尖聲叫道：「因為他卑劣。因為他是人。因為——」

我陡地一揮手，打斷了他的話頭，因為他說得實在太過分了：「這是甚麼話？我也是人。」

那人突然站了起來：「衛先生，只要你遵守諾言，進了墓室之後，看到屍體，就將屍體全部都帶出來，你就可以成功。」

我揚眉：「何以這樣肯定？」

那人道：「因為齊白能進墓室，你就也能進去。」

我一刻也不停，緊逼著問：「何以你知道齊白已進了墓室？看來你對那座古墓的內部情形，十分瞭解，為甚麼？」

那人的身子，又發起抖來：「這個問題，我們可以等事後才討論。」

我不禁罵了起來：「放屁，如今要進古墓去的是我，不是你們，我要先知道。」

那人道：「算了，你不是適當的人選。」

他們一面說，一面就向外走去。我料想不到突然之間，事情會發生這樣的變化，一時之間，不知該如何反應才好。而他們三人，又走得十分快，一下子已經到了門口，拉開門，向外便走。

我叫道：「等一等。」

那三個人並沒有停止，只是放慢了些，一面道：「如果你不是喜歡問那麼多愚蠢的問題，只是去做，還可以來找我們。」

我怒道：「上哪裏找你們去？」

那人道：「還記得打到胡明教授住所去的那個電話？」

我陡然一怔，還想說甚麼，書房的門已然關上，我一面奔向門口，一面叫道：「阻止他們。」

我知道，在病毒「皇宮」之中，要阻止幾個人離去，再也容易不過。果然，我一叫，病毒立時按下了所坐的安樂椅扶手的一個掣鈕，同時，面上大有得意之色。

而在這時，我也已經拉開了書房的門。書房的門一拉開，向外一看，我整個人都呆住了。

這時我的神色一定古怪之極，所以病毒陡然站了起來。

病毒所坐的地方，看不到走廊中的情形，是我的神情，令他突然站起來的。

我的神情，極度吃驚，那三個人向外走去，我高叫著：「阻止他們！」在那一剎那間，病毒顯然和我的意思一樣，要阻止那三個人離去，所以，他通過他坐椅扶手發出了命令。

那三個人向外走去，有四個超級大漢，一字排開，那四個大漢的手中，各有一根帶有尖銳短刺的木棍——病毒在使用武器方面，十分古典化，這種武器，顯然是古代的兵器。他不用現代化的槍械，這一點，或許是他認為古代的武器，已經足夠應用了。

那三個人仍然在向前走去，攔路的四個大漢，立時揮動那種有刺的棍，向那三個人打下來。他們四個人的打擊方法很特別，先集中力量打三個人中的一個，木棍向左首一個人重重擊下。

這一切，全發生得極快，我估計被擊中的那人，一定會血濺當場，大聲慘呼。

誰知道木棍擊下去，眼看見木棍上的尖刺，刺穿了那人身上的白袍。可是從所發出的聲音來聽，白袍之內，像是根本沒有身體。

我的意思，有刺的木棍，不像是擊在一件穿在人身上的白袍上，而像是擊中一件懸掛在半空的白袍。

這已足以令得我怔呆，而緊接下來，只見三個人依然向前走去，直撞向四個大漢中的兩個，那兩個大漢的體高都在兩公尺以上，那三個人並排向前走，撞中了那兩個大漢，那兩個大漢，像是紙紮一樣，被撞跌開去，而且，現出極度痛苦的神情。

我就是在那時候，臉上出現了驚駭之極的神情，而令得病毒離坐而起。病毒一站了起來，聲音有點發顫：「怎麼了？外面發生了甚麼事？」

我無法回答，因爲門外又發生了新的事。兩個大漢一倒地，又是四個大漢，牽著四頭黑豹，急速地奔了出來。

那四頭黑豹一奔到那三個人的跟前，一起蹲了下來。牠們的動作如此突然，以致帶著黑豹奔出來的那四個人，收不住勢子，一下子撲到了黑豹背上。

那三個人仍然向前走，轉眼之間，便已自那四隻黑豹之間走了過去。在那三個人走過去之際，那四隻黑豹，雖然不至於縮成一團，可是看他們的動態，和病貓也差不了多少。

這時，我實在不知道發生了甚麼事，心中只想：病毒的手下，阻不了那三個人。病毒也可以看到門外的情形了。這時，那三個人已快來到走廊的盡頭處，有一道門，正自兩邊，迅速地合攏來。可是那三個人，卻在兩道門就快合攏時，突然一起側身，自兩道門將合未台的那道隙縫之中，穿身而出。他們才一出去，門就合攏。

這三個人實在無法自那隙縫中穿出去的，其時，那隙縫只不過二十公分寬，如何可以容得一個人側身過去？

那三個人還是穿出去了，門一合攏，三個人之中一個身上，白袍的一角，被夾在門中。那情形就像是穿著闊大衣服的人，在進電梯時，不小心被電梯門夾住了衣角一樣。

白袍的一角留在門縫中，那就只有兩個可能：一是穿白袍的人，仍然留在門旁。另一個可能是穿白袍的人，扯破了白袍，或是脫下了白袍，自顧自離去。

我猜想情形可能是後者，因爲那三個人急於離去，不會在乎一件白袍。

病毒狠狠地瞪著我：「你將一切事情都弄糟了。你絕不像我想像那樣能幹，齊白可能對你完全不瞭解，所以才會這樣推重。」

我冷笑著：「你是說，我問了太多問題，將那三個人氣走了？」

病毒道：「當然是。」

我再度冷笑：「對我來說，一點損失也沒有，你那些黃金陪葬品，或許可以令好多人著迷，但是對我而言，卻不值甚麼。我看，你受了損失。你先叫齊白去，又想叫我去，一定是那三個人許你特別的好處，而如今，你得不到那個好處！」

我毫不留情地說著，病毒滿是皺紋的臉，又變成灰白色，同時，十分惱怒，他悶哼了一聲，道：「你滾！」

我不禁氣往上沖，他連最起碼的禮貌也不講，我是他千懇萬請請來的，可是如今他卻叫我「滾」。我冷笑著：「你用的字眼真好，希望你再有事來求我的時候，也滾著來。」

病毒在剎那間，現出一種十分疲倦的神情。這種疲倦的神情，出現在像他這種年紀的人身上，看起來十分令人同情，那使人直接地感覺到：完了。任何事情都不值得再提，因爲生命快完了。

如果不是他出言如此難聽，我真的會同情他。可是他卻作出了一個揮走身邊蒼蠅的手勢：「還不快滾，我不會再有甚麼事求你。」

我立時反擊：「那倒也不見得，或許我不再問任何問題，再去見那三個人，答應他們在那墓室中，將那七十四具屍體盜出來。」

病毒震動了一下，望定了我，半晌不出聲，也沒有任何動作，這時，我不等他腦筋轉過來，轉身準備離去。在我這樣說的時候，老實講，我其實也沒有再去找那三個人的意思。

一切看來全不可思議，如同噩夢一樣怪誕，根本沒有任何頭緒可尋，連那三個人是甚麼來路都不知道，只是令人覺得怪異莫名。如果不是其中還牽涉著單思的神秘死亡，我寧願忍受好奇的煎熬，也不想再理這件事了。

第八部：赴約允盜屍

我轉過身，準備離去，可是一步才跨出，我便怔了一怔，站定了身子。我看到了一個人，站在門口，這個人站在那裏，給人的感覺，像是一具木乃伊放在那邊。他的神情是如此之怪異，臉色是如此之難看，他的身子在發著抖，那是一種不由自主的顫抖，但看來卻也極其僵硬。

我要定了定神，才認得出那個人不是別人，正是原來外表神氣非凡，稱得上氣宇軒昂的都寶。都寶的手中，還拿著一件白袍——或者說是大半件白袍，因爲白袍的一端，有著撕破的地方。

我一看到他這樣子，便道：「你怎麼了？」

都寶震動了一下，開始發出聲音來，我不說他「開始講話」，而只是說他「發出聲音」，是因爲一開始，他根本不知道在說些甚麼，含糊不清的聲音，加上他上下兩排牙齒因爲發抖而相碰的「得得」聲，沒有人可以知道他想表達些甚麼。

我又陡地震動了一下，向門外看了一看，夾住了白袍的門已經打開，都寶手中的白袍，自然是那三個神秘人物的。那個人，在白袍被門夾住之後，撕破了白袍離去。如今都寶如此震驚，完全可以猜想得到，他是遇到了甚麼極其可怕的事。那麼，是不是可以假定，那三個人在除去了白袍之後，形象極其可怖？

自從我見到那三個人開始，我就覺得這三個人處處透著怪異和神秘，都寶如今的驚恐，當然和那三個人有極大的關連。

我吸了一口氣：「天呀，都寶，你看到了甚麼？」

我一叫，都寶的眼珠轉動，向我望來，即使是他的眼珠轉動，也極度僵直，由此可知他心中的驚恐是如何之甚。

他向我望來，雖然他發出的聲音仍然混雜著喘息聲和牙齒相叩的得得聲，但是總算已可以聽出他在講些甚麼：「我……甚麼也沒有看到，甚麼……也沒有看到。」

一時之間，我不明白他這樣是甚麼意思，還以爲他是在撒謊，我立時道：「甚麼也沒有看到，你爲甚麼害怕成這樣子？」

都寶仍重複著那一句話：「甚麼也沒有看到。」直到重複了五六遍之後，他才又道：「就是因爲甚麼也沒有看到，我才害怕。」

我呆了一呆，仍然不明白，還想再問，病毒已經尖聲叫道：「別問那麼多，讓他自己說。老天，你能不能閉上嘴，少問點問題？」

我從來也沒有給人這樣呼喝過，但這時，由於氣氛實在詭異，我也沒有空和病毒去多說甚麼，因爲我也急於想聽都寶的解釋。

都寶喘著氣，向前走了幾步，端起一個酒瓶來，就著瓶口，大口喝著酒。他的動作是如此之慌亂，以致他來不及打開瓶塞，水晶玻璃的酒瓶塞，在他舉起酒瓶來時，跌了下來，在地毯上滾出了老遠。

酒自他的口邊流下來，他也不去抹，只是揚了一下手中的白袍：「我看到那三個人很快地走出來，其中一個的衣角，被門夾住。」

我又想問，但想到病毒剛才對我的「評語」，就忍住了不再出聲。

都寶續道：「我想攔阻他們，可是那個人的衣角雖然被夾住，他卻並沒有停步的意思，仍然在向前走著，白袍因而被扯裂，自頭巾以下的大部分，留在門邊上，那人繼續向前走。」

都寶這時，已經鎮定了下來，他講的話，聽來也十分有條理。

我忍不住道：「白袍扯下，你看到了那個人的身體，所以才感到害怕？」

都寶先是長長地吸了一口氣，接著，又極其緩慢地將那口氣吁了出來，道：「不，我甚麼也沒有看到。」

我一吸氣，又想講話，都寶立即道：「白袍裏面，甚麼也沒有，根本沒有身體。」

我陡地震動了一下，都寶的話雖然說得很清楚，但是我卻不明白。「根本沒有身體」，這是一種甚麼情景？我向病毒望去，看到病毒的神情發怔，不是驚恐。同時，我聽得他喃喃在道：「真的，真的。」

我也不知道病毒說「真的」是甚麼意思，又轉向都寶望去：「請你說明白一點。」

都寶又喝了一口酒：「我已經說得夠明白的了，白袍扯跌之後——」他講到這裏，頓了一頓，一揮手，神情恢復鎮定，雖然仍有驚恐：「甚麼也沒有，袍子裏面是空的。」

我迅速轉著念，都寶的話我聽到了，但是在常識上，我卻無法接受他的話，袍子裏面是空的，這怎麼可能？袍子裏面一定有身體，就算他不是人，是一個怪物，袍子裏面，也應該有怪物的身體。

但是都寶卻說，袍子裏是空的。空的，就是甚麼也沒有。一個身體再怪異，也不會甚麼都沒有。

我突然想到了一點，立時「啊」地一聲：「那個人……你的意思是那個人……是一個隱身人？」

如果是一個隱身人，或者是一個透明人，在袍子被扯脫之後，他的身子當然看不到，這就是都寶甚麼也沒有看到的原因。

當我發出了這一個問題之際，我聽得病毒發出了一下悶哼聲。我以爲病毒一定也有甚麼意見要發表，向他望去，只見他雙手抱住了頭，也不知道他在幹甚麼。我再望向都寶，希望他同意「隱身人」的說法。

都寶搖著頭：「不是，他們不是隱身人。」

我有點光火：「不是隱身人，你怎麼會看不到那人的身子？」

都寶道：「當白袍被扯脫之後，我沒有看到那個人的身子，他們一共是三個人。」我「哼」地一聲：「是的。」

都寶道：「當時，另外兩個人——我看不到那人的身子，便假作那個人不存在——的去勢更快。由於他們的去勢十分快，他們身上的白袍，揚了起來——」

都寶一面說，一面做著姿勢。

我明白這種情形，一個人穿著寬大的白袍而急速前進，白袍會揚起來。

都寶看到我像是明白了，才又道：「他們的去勢十分快，以致自裏向後揚起的角度，達到三十五度，或許，更甚。」

我眨著眼：「你想說明甚麼？」

都寶道：「絕沒有人可以用這樣的角度維持身體向前進，如果白袍中有身體的話，他們不可能前進，白袍中，根本沒有身體，而不是隱形。」

我仍然眨眼：「沒有身體，怎麼會前進？」

都寶苦笑道：「當時，我實在嚇得驚呆了，所以無法想到這一點，現在，我倒可以解釋。」

我停止眨眼，揚了揚眉，都寶道：「先說白袍被扯脫了的那個，白袍扯脫了，但是頭巾仍在，罩住了……罩住了……」

他講到這裏，再也講不下去了，我苦澀地笑了一下：「在頭巾下面，罩著的，當然應該是頭。」都寶的神情也極其苦澀：「是的，應該是頭，我的意思是，頭……頭……在……」

他實在不知道如何措詞才好，但是我卻明白他的意思。他的意思是：那三個人根本沒有身體，只有頭部，頭部頂著頭巾，白袍遮下來，裝個樣子。由於白袍寬大，長可及地，而「沒有身體」，又出乎想像之外，看起來就像是整個人。而一旦白袍如果扯脫，當然只剩下頭部頂著頭巾前進。

我弄明白了都寶的意思，可是混亂之極：單是頭部頂著頭巾，當然不是「走」向前的，是「飛」向前的。這或許可說明那三個人前進的速度何以如此快，也說明有刺的木棍打在白袍上，何以渾若無事，因爲袍中根本是空的！

但是，持棍的大漢何以會倒地？黑豹何以不向前？我又想到了那三個人坐在沙發中的情形，他們三個人緊靠在一起，當時只覺得他們三個人靠得太緊密了，也無法留意白袍內是不是有身體。

他們的頭部……他們的頭部是怎麼樣的？我不禁苦笑起來。我和那三個人講了不少話，可是根本沒有看清他們的頭部。

我只聽到聲音，他們發出來的聲音，和看到他們的眼睛——或者說，感到他們眼睛中發出來的那種異樣的光芒。至於他們是甚麼樣子，我根本未能看清，因爲他們的頭巾，拉得又低，裹得又密。

我一面想著，一面在團團亂轉，病毒在這時，忽然講了一句話：「早在他們第一次來的時候，我就發現了這三個人不是普通人，所以他們對我提出了承諾，我毫不猶豫便相信了他們。」

我道：「不普通到何種程度？沒有身體？」病毒望著我，神情十分誠懇，至少，他要我感到，他十分誠懇。

病毒道：「他們第一次來，叫出了我少年時曾經用過的一個名字。你知道，我實在太老了，老得少年時認識我的人，全都到另一個世界去了，根本不會有人知道我用過這個名字。」

我搖頭道：「或許他們從甚麼記錄上看到。」

病毒不理會我的話，像是他講不會有人知道他少年時的名字，就鐵定不會有人知道，不再和我爭論，自顧自地道：「當他們進來之後——一個傑出的盜墓者，要有各方面與眾不同的天生本領，其中一項，就是要有極其靈敏、比兔子和地鼠還要靈敏的聽覺。」

我「嗯」地一聲，這時，我不明白特殊靈敏的聽覺，對一個傑出的盜墓人而言有甚麼用處。事後，我才知道，許多古墓，爲了防止被人竊盜，都在建築的時候，玩盡了花樣。

通常來說，古墓之中，有著許多不可測的陷阱，進入古墓的盜墓人，如果一不小心，就會中了陷阱，葬身在古墓之中。而不論陷阱如何巧妙，在快將發動之際，總有一點聲響會發出來的。

這種聲響，可能極其低微，低微到了即使在死寂的古墓之中，普通人也聽不到，但是一個有特殊靈敏聽覺的人，就可以聽得到，及時逃避。

所以，靈敏如地鼠的聽覺，是一個傑出盜墓人必需的條件之一。

病毒向我指了指：「譬如說，我坐在這裏，雖然我已經夠老了，但是我還可以聽到你的呼吸聲和你的心跳聲！」

我點了點頭，下意識地，屏住了呼吸。病毒立時道：「現在，你沒有呼吸。」

我對病毒有這項本領，並不懷疑，在寂靜的環境下，我也可以聽到距離近的人的呼吸聲，即使那個人是十分小心地在控制他的呼吸。但是聽到心跳聲，這未免有點匪夷所思，可惜我沒有本領使自己的心臟暫時停止跳動，來試他一試。

病毒嘆了一聲：「那三個人第一次進來之際，我沒有聽到他們的呼吸聲，也沒有聽到他們的心跳聲。」

我感到一陣震愕，病毒又道：「當時我只是想到，啊，我老了，聽覺不再像以前那樣靈敏了，但是，身邊其他人的呼吸和心跳，我完全可以聽得出，我也可以聽出，帶他們三個人進來的阿達，心跳得十分劇烈，他的心中，正感到十分害怕。」

我愈聽，愈感到一股寒意。病毒的聲音力持鎮定，但多少也聽得出他心中也有異樣的害怕，他又道：「於是，我可以知道，這三個人，根本沒有呼吸，也沒有心跳。」

都寶發出了一下近乎呻吟的聲音：「主人，這三個人是——」

病毒道：「這三個人是死人，可是他們卻又開口講話。都寶，我已經夠老了，老到甚麼樣怪異的事都遇到過，聽說過。也老到了不再有甚麼怪異的事可以嚇倒我的地步，所以，我才能維持鎮定，和他們交談，和三個沒有呼吸心跳的人交談！」

我聽到這裏，不由自主，發出了一下呻吟聲來。

從我接到齊白的錄音帶開始，到齊白的失蹤，單思的死，莫名其妙地有人出高價向我收買甚麼，一直到現在，事態不是逐步明朗化，而是一步又一步，走向更深和更不可測的謎團。

三個沒有呼吸，沒有心跳的人，如今又有證明，這三個人是根本沒有身體！沒有呼吸，沒有心跳，沒有身體，在這樣的情形下，還能稱這三個人爲「人」？我呻吟了一下：「那三個，不是人。」

病毒道：「對，他們不是人，不知道是甚麼。」

我陡然之間，有一種極度的滑稽之感，幾乎笑了起來：「三個不知是甚麼……東西，要七十四具屍體，有甚麼用？」

病毒道：「不知道，請問，人要那麼多財富和權力，又爲了甚麼？」

病毒忽然之間提出了這樣一個問題，真叫人啼笑皆非，我道：「那要問你，因為這裏只有你才有那麼多的財富。」

病毒喃喃地道：「財富對我，已經沒有甚麼用處。」

我心中一動：「那麼，這三個……不論他們是甚麼，許給你甚麼好處，才令你急急找齊白來，替他們去盜屍體？」

病毒翻起眼睛來，向我望了一眼：「我不告訴你，但是我相信他們做得到。」

我直盯著他：「你發現了他們根本不是人，你心目中一定將他們當作神，他們對你說甚麼，你都會相信。我想他們給你的承諾，是可以使你生命延長，或者回復青春，是不是？」

病毒震動了一下，緊抿著唇，不出聲。

我的推測是有道理的，以病毒目前的情形而論，他有著數不清的財富，但是卻只有有限的生命。這是人最大的悲哀：當死亡一步一步逼近，財富的作用就愈來愈弱。

那三個「人」，如果真是有能力使病毒的生命延長，那麼病毒就會願意為他們做任何事！

我嘆了一聲：「不過，你上當了，他們連盜墓都要託人，看來沒有甚麼多大的能力——」

病毒叫了起來：「不，不，即使是神通廣大的神，也一定有些事做不到。」

我道：「如果你確信了他們的承諾，那麼你為甚麼不親自出馬？」

病毒苦笑道：「我實在太老了。」

我大聲道：「你的動作還很靈敏，完全可以勝任一次盜墓行動！」

病毒被我的話逼得極其生氣，他道：「是的，可是他們不肯告訴我那墓室在甚麼地方，我不做這樣的事，我在行動之前，一定要將自己去的地方，弄個一清二楚。」

我「哼」地一聲：「卑鄙！你感到有極度的危險，所以自己不去，叫齊白去，等齊白出了事，你又叫我去。」

病毒憤怒地叫了起來：「是自願的！沒有人逼齊白去，也沒有逼你去——」

他說到這裏，語調在突然之間，變得極其軟弱：「可是……我求你去……真的，他們……答應我，用一種方法，我甚至可以回復到二十歲時候的活力。」

給我料中了，唯有這種許諾，才能打動病毒的心。我嘆了一聲：「那麼，你只給二十個收藏室中的一個，未免太吝嗇了吧。」

病毒道：「只要你能成功，全給你。」

我深深吸了一口氣，病毒所給的報酬，可以說是世界上付給一個單獨行動的最高報酬。我當然不會爲了這個報酬而動心，但是我的確，要再去見一見那三個「人」。

他們臨走時對我說的那句話，證明那個電話是他們打的，而可以和他們見面的地方，就是那個沙井，位於北緯二十九點四七度和東經二十九點四七度的交界處。

有了這樣精確的經緯度，要找到那個地點，並不困難。

他們三個在那地方等我，這對我來說，是一個極大的誘惑。

我想著，病毒以哀求的神情望著我，我道：「現在我不能肯定地答應你，但是我知道他們在哪裏，我要去見他們。」

病毒連聲道：「那太好了，太好了。」

我又問：「他們要那七十四具屍體，有甚麼用？」

病毒搖著頭，我苦笑了一下：「看來，他們的能力很大，不怕襲擊，連黑豹也不敢侵襲他們，可是為甚麼他們自己不去進行，而要大費周章地去請盜墓人來進行這件事？」

病毒還是搖著頭，看來，他真的甚麼也不知道。我感到病毒對他們有信心，多半是一個垂死老人心態。人到了病毒這樣年紀，為了生命延續，可以相信任何事。

我沒有再問下去，向都寶望了一下：「請你送我出去。」

都寶一副求之不得的樣子，連聲答應。一出書房門口，都寶便壓低了聲音：「衛先生，照我來看，那三個……來要求主人盜墓的……不像是生物。」

我驚呆了一下，這是甚麼結論？他們三個再怪，也一樣能說能動，怎麼說他們不是生物？

都寶看到我神色有疑，連忙道：「我在大學主修電子工程學。」

我道：「那三個是電子機械人？」

都寶想了一想：「類似的意思。」

我也想了一想：「電子機械人，用噴氣的原理飛行？理論上倒也講得通。可是製造者是甚麼人？控制者是甚麼人？」

都寶答不上來，我拍著他的肩：「你的想法不很對，據我所知，猛獸，像美洲黑豹，都有著極其敏銳的嗅覺，牠們不會對任何機械製件感到害怕，能令得牠們害怕的，只有比牠們更威猛凶惡的生物，或是牠們從來也沒有經驗過的生物。」

都寶深深吸著氣，我又道：「你師父的感覺，不會比猛獸差，他的感覺是那三個人，根本沒有呼吸和心跳。」

都寶喃喃地道：「所以我才覺得他們不是生物。」我嘆了一聲：「是生物，只不過是一種異樣的生物，是我們知識範疇以外的生物。」

都寶忽然笑了起來：「來自外太空的生物，怎麼會和盜墓人發生關係？應該和……應該和……」他一時之間，設想不出應該和甚麼樣的人發生關係才對。也就在這時，我心中陡地一動，在剎那之間，聯繫到了一個環結。

在所有的謎團中，本來沒有一個環可以扣得上，整件事最令人困擾之處，也就在這裏。

而如今，都寶的話——事實上，是他不知道該如何說才好的神態，卻給了我啓示。他說，外太空生物，不應該和盜墓人發生關係，的確，外太空生物和專盜掘古墓的人扯不上任何關係，應該和甚麼樣的人有關係呢？應該和太空署的人有關係。

在許多謎團中，有一個謎團和某個太空署人員有關。幾個太空署人員，冒充拍賣公司的職員，他們因為飛機失事死亡，我如今還保留著其中一個人的證件。

這幾個太空署的工作人員，扮演著甚麼角色，我仍然莫名所以，但如果那三個是外太空生物，最應該和他們有聯繫的就是太空署的工作人員。

這一個環結可能扣上了，但是扣上了之後，能發生甚麼作用，不論我如何思索，卻一點頭緒也沒有。車子由司機駕駛，開到了胡明的住所。

都寶並沒有送我進去，我一進去，就看到本來坐著的胡明直跳了起來，而阿達還在，一副鬼頭鬼臉的樣子望著我。胡明直奔向我：「病毒叫你做甚麼？你提出了條件沒有？」

我手按在他的胸前，一面向前走，直將他推得坐倒在一張椅子上：「你聽清楚了，只要我能做到病毒的要求，他將他所有的珍藏，完全送給我。」

胡明和阿達一起張大了口，喉際發出了一下又一下模糊不清的聲音。胡明問道：「天，他要你做甚麼？」

我道：「盜墓，從一個墓室之中，將七十四具屍體盜出來。就是齊白沒有做成功的事，齊白如今下落不明，凶多吉少。」

胡明大口喘著氣：「為了那些珍藏，再危險，也值得。」

我冷冷地道：「我可以向病毒推薦你，由你去做這件事。」

胡明一聽，張大了口，看他那樣子，像是想立刻脫口而說「好」，但在最後十分之一秒，他考慮到了不能胡亂答應，所以才張大了口而沒有發出聲音。

第二天一早出發，我詳細檢查了一下我所帶的裝備。所有的裝備，都放在一輛性能良好的中型吉普車上，燃料足夠我旅程所需的三倍。清早，我出發駛向沙漠。胡明在沙漠的邊緣上下車，獨自回市區。

到了中午時分，天氣酷熱，我身上的衣服，全都為汗所濕。車子在沙漠中行駛，十分乏味單調，但由於不知會有甚麼怪異的經歷在等著我，所以我一直十分興奮。

那「二十九點四七」的交叉點，在開羅西南大約兩百公里。車子在沙漠中的速度不可能太高，每小時只能前進二十到二十五公里，夕陽西下時分，已經接近目的地了。

我停下車，觀察著六分儀，確定不到三百公尺，就是我的目的地。

我拿起了望遠鏡，凝神觀察，看到在兩百多公尺處，沙粒正在緩慢地移動著，那種移動，以極慢的速度在進行，沒有耐性，絕看不出來，近似注視時鐘的表面，看分針的移動。

再向前去，可以看出沙粒移動的速度，在漸漸加快。移動以一個方向進行，極慢，隔上好一會，才能看到一顆沙粒忽然翻了一個身，閃光的一面變成了背光。

再向前看去，沙粒移動的速度在增加，一直到了那個中心點。

出乎我想像之外的是，那中心點，並不是向下陷，反而向上鼓起，形成一個直徑不到一公尺的小小的沙丘，只有二十公分高，沙丘的尖端，看來相當尖銳，而那個尖端上，沙粒在迅速地翻滾。

胡明曾向我解釋過，沙井，是沙漠中沙的流動而產生的一種現象，和水流產生漩渦，完全同一原理。所以在我的想像之中，沙井的中心點，應該是一個沙的漩渦，是向下凹下去的。可是，反倒產生了一種力，將沙粒拱了起來，情形和水中的漩渦，多少有點不同。

我下了車，取過了一柄槍來，扳下了扳機，射出了一支標旗。

這種槍，專在沙漠中射標旗用，可以使人在前進時，有固定的目標。因爲在一望無際的沙漠之中，即使確定了目標，而如果沒有明顯標記，也會因爲視線上的錯覺而走錯方向。

我從槍身上的遠程射擊器上，瞄準了沙井的中心點，射出了標旗。標旗是一根五十公分長的桿，連著一面鮮紅色的小旗。

標旗準確地落在沙井的中心點，插在沙上，至少有四十公分露在沙外，鮮紅色的小旗看來十分鮮明。可是就在一轉眼之間，標桿的桿已不見了，小旗也有一半，陷進了沙中。

我張大了口，還未及叫出聲來，整支標旗，全都不見了，被沙的漩渦扯到沙下面去了。整支標旗的分量十分輕，真難想像，如果是人踏了上去，會以甚麼樣的速度向下沈！

我提高聲音叫：「喂，你們在甚麼地方？我來了，這裏是二十九點四七，我來了，你們快出來。」

我一面叫著，一面還用力按著汽車喇叭，發出驚人的聲響。在平廣的沙漠上，聲音不知道可以傳出多遠，別說三百公尺，在三千公尺之外，也可以聽得到。

不敢再向前走出，剛才那標旗陷進沙中的情形，看來觸目驚心！

我叫嚷了好一會，沙漠上卻一點動靜也沒有。

我悶哼了一聲，自車上拿起繩子來，扣在自己的腰際，繩子另外一端，纏在一個絞盤上。絞盤上有一個控制鈕，要用力一拉，繩子才會放鬆一公尺左右，這本來是一種特殊爬山用的裝備，如今我也用得著。如果人被沙漩渦扯向下，繩子會使我止住下陷，而我可以拉著繩子，掙脫沙漩。

準備好了之後，我開始向前走，來到離中心點只有十來公尺處，低頭一看，腳已經陷進了沙中。

我怔了一怔，再放鬆繩子，又向前跨出了一步，下陷更多，連腳踝也不見了，再向前跨出兩步，沙已經到了我的小腿！

第九部：不知置身何處

我停下來不動，誰知道一不動，下陷的速度更快，一下子，沙已到了我的腿彎。而在這時候，我已感到，下面有一股頑強而緩慢的力量，正在將我向下扯，沙已迅速地沒過了腿彎。將我下扯的力量極大，將繩子扯得筆直！

然後，意想不到的事發生了，被拉緊了繩子，突然發出了「拍」一聲響，斷折了！繩子一斷，眼前一黑，整個人便被扯進了沙中。

事情發生得太突然，我根本來不及害怕。心中只想到一件事：啊，我的一生，結束在沙漠中。

但即使是這樣的想法，也只維持了極短的時間，陡然，身上一輕，原先身子半埋在沙中的那種壓逼感也消失。同時，我聽到了那個我已很熟悉，生硬得有點刺耳的聲音：「你來了，很好，你終於想通了，肯替我們做事了？」

一時之間，我實在不知道發生了甚麼事，因為眼前一片黑暗，甚麼也看不到，但是在感覺上，我可以感到，我已在極短的時間之中，穿過了沙層，來到了沙下的一個空間。

我定了定神，我的呼吸並無困難。我勉力鎮定下來：「我在甚麼地方？」

那聲音道：「你在甚麼地方，並不重要，你是不是決定到那墓室去，將裏面的七十四具屍體全盜出來？」

我悶哼了一聲：「你以為我是為甚麼來的？」

那聲音道：「那就好，我們就出發吧。」

我試圖向前走動一下，但是身子才一向前，就碰到了一道硬的東西，像是一道牆，而那聲音，卻又分明是在我的前面傳出來。

我對於我處身在甚麼樣的環境之中，感到十分疑惑，而對方又說「出發」，我忍住了怒意：「出發？你們至少得使我看見東西才行。」

那聲音道：「不是我們使你看不到東西，而是你的眼睛使你看不到東西。」

我嚇了一大跳：「甚麼意思？我……的眼睛——」

那聲音道：「你的眼睛很正常，沒有毛病。你眼睛的構造，只對光線發生作用：沒有光線刺激你的視覺神經，你就看不到東西。」

我悶哼了一聲，黑暗中看不到東西，人眼的構造本來就是這樣的。我立時想到的是，這裏，可能就是通向我要去的那個墓室的通道入口了。

那聲音道：「請向右。」

事情到了這一地步，沒有考慮的餘地。轉向右，向前走著，走出了大約三四步，碰到了一樣東西。

一個人在黑暗之中行走！忽然踫到了東西，最自然的反應，自然是伸手去摸，我也不能例外，我伸出手去，不到兩秒鐘，我就可以肯定，在我面前的，是一張椅子。不過這張椅子有點特別，在上面，還有一個摸上去像是圓形的裝置。

如果環境不是如此詭異，我會猜那是理髮院中的一張女賓燙髮的椅子。

那聲音在這時又響起：「請坐下！」

我依言坐了下來：「這椅子能帶我到甚麼地方去？」

那聲音道：「你聽著，從現在起，我說的話，十分重要。你會暫時昏迷，我們帶你到你要去的墓室入口處。在那裏，你要經過一條長約八百公尺的通道，通道是倉猝造成的，你可能遇到一些困難，但不會太嚴重。」

那聲音講到這裏，停了一停，才又道：「困難是在於你出了甬道之後，那裏面的情形怎樣，我們不清楚，但我們相信，必然已離墓室不遠，在那墓室中，有七十四具屍體，你要將這些屍體全都運出來。」

我愈聽愈是疑惑，但是我不再問，因爲他們不喜歡人多發問。

我只是道：「好，我從來也沒有進過古墓，希望我可以成功。」

那聲音忽然道：「古墓，誰說是古墓？」

我陡地一呆：「不是古墓？不是古墓又是甚麼？」

那聲音停了片刻，像是在考慮是不是應該回答我這個問題，過了片刻，他才道：「只是一個墓室，你到了，然會知道。」

這時候，我心中的疑惑，真是到了極點。我立時想起齊白錄音帶中的話：「我要去的，究竟是甚麼樣的墓室呢？我還想問，卻已經遲了，椅子上的圓形物是在甚麼地方……我看到了終極……等等。」

體，向我頭部，罩了下來。

那情形，一如坐在理髮椅上，套上了烘乾頭髮的風筒。耳際響起了一陣均勻的

「滋滋」聲，我在極短的時間內，就喪失知覺，依稀還聽得那聲音在說：「由於齊白的行動，要進入那墓室，困難必然增加，你要小心，加倍小心。」

我沒有機會思索何以齊白去過之後，我再去會增加困難，就已經昏迷。

不知過了多久，我突然清醒，我立時站了起來，將整件事，自從我被沙漩扯下，一直到現在，迅速地想了一遍。

眼前仍然一片漆黑，我立時又聽到了那聲音：「在你的右邊，有一些必要的工具，你可以開始了。」

我吸了一口氣：「可以問一個很簡單的問題？」

那聲音十分不耐煩地「哼」了一聲，我在迅速地想著應該如何問才好。從那種跡象來看，「他們」的身分，已經漸漸明朗化了，我不以爲他們會是如都寶所說的「電子機械人」，但他們能在沙漩之下，建立一個空間，那就決不是人類能力範圍的事。

所以，我在想了極短的時間之後，用玩笑的口吻：「我不明白的是，何以來自外星的高級生物，會對屍體發生興趣。」

我自問，這個問題問得極其技巧，因為在這簡單的一句話中，我不但肯定他們來自外星，而且還提出了新的疑問，不知道他們何以要去偷盜那七十四具屍體。

那聲音又悶哼了一聲：「如果一切順利，你一定會明白的。」

我忙道：「這不算是答案。」

可是那聲音卻不再響起，我又重複了兩遍，仍然沒有任何反響。我略蹲下身，用右手向下摸索著，摸到了一隻柔軟的皮袋，看來，像是一隻工具袋。

打開袋子，伸手進去，出乎意料之外，第一件觸摸到的東西，是一具電筒。

在黑暗久了，一具電筒令我興奮，立時取出來，按亮。光芒太強烈，但是也令得我可以看清眼前的情形，我在一個甬道中。

那是十分粗糙掘成的地道，一直通向前，地道四壁是一種紅色，相當堅硬的泥土。我清清楚楚，從一張椅子上站起來，但是椅子卻不在地道。我所在的地方，剛可以供一個人站起來的高度。看來是地道的起端，但是又找不到地道的入口處。

在觀察了環境之後，又用手電筒向袋子中照了照，發現袋中有一柄電鑽——我猜想那是一柄電鑽，連著一隻正方形的小箱子，試著一按手柄上的一掣鈕，鑽頭迅速地轉動，一點聲音也沒有。我將之提起來，令鑽嘴對準了地道壁中突出少許的一塊石頭。

那塊石頭看來像是花崗石，我根本沒有用力，十公分長的鑽嘴，就像是燒紅了的鐵枝插進了牛油，石粉四下飛濺。

那鑽嘴的堅硬和鋒利的程度，超乎意料之外。

袋子中還有一些其他工具，看來全是電鑽用的配件，也無法去一一研究它們的用途，我放好了工具，揹起了那皮袋，用電筒照明，向前走去，走出不幾步，就要彎下腰來，而有一段地道，經過之處，全是堅硬的巖石，只好手足並用地爬過去。我心中疑惑：我應該在北非洲的沙漠，假設地道在沙漠之下，通向一個墓室。我從來也不知道在沙漠之下，會有堅硬的花崗巖層。或許是我的地質學常識不足？

在狹長的地道中，向前慢慢爬行，絕不愉快，花了相當長的時間，花崗巖地道，足有一百五十公尺。這是一項極其艱難的工程，當然，「艱難」是照通常的工程水準而言，如果有一種工具，切花崗石好像切牛油，也就不算甚麼了。

在經過了那一百五十公尺左右的花崗石地道之後，前面沒有去路，只是一片石壁，但是高度可以使人站起來。

我站直身子，吁了一口氣，看到在前面的石壁上，有一塊被切開而又放在原位的花崗石，有一小部分，突出在外，那塊花崗石，大約有五十公分見方。我用力抓住了石角，向外拉了一拉，那塊石頭，發出了一下沈重的聲響落下來，現出了一個洞。

那洞的大小，可以供人鑽進去，而石頭一落下來之後，我就聽到了一種奇異的聲響。在極度沈寂的地道中久了，對聲音也十分靈敏，但是一時之間，我卻無法斷定那是甚麼聲音。那聲音，聽來像是一種機械在有規則運行時所發出來的。我絕未料到會在這個環境中聽到機械的運行聲，因爲我來盜墓，要從一個墓室中盜出七十四具屍體，可能是幾千年前的木乃伊。我可以預期聽到一個三千年前死人所發出來的咒語，也不會想聽到機械運行的聲音。

我想了一想，只好假設那是空氣急速通過一個狹窄的空間所造成的聲音。古墓往往有狹窄的甬道，這一點可以成立，但是，在古墓的甬道之中，會有急速的空氣流通？連我自己也覺得這個假設，不是十分合理。

我在洞口，佇立了相當久，弄不清那究竟是甚麼聲音，我自那個洞中，鑽了進去，電筒的光芒照處，我又呆了一呆。

洞內，是另一條甬道，十分長，我進去的地方，可能是在這條甬道的中間部分，向兩端照去，電筒的光芒都不能照到盡頭。

我已經預料到會進入一條甬道，因爲我知道，這時我所處的環境，一定和齊白在錄音帶中所提到的是同一個地方。齊白就曾經過一條長長甬道。而在錄音帶中，齊白在這條甬道中向前走的時候，已經在他的話中，表示了極度的疑惑，不知道他身在何處。

當我聽錄音帶的時候，我不知道齊白何以會有這樣的感覺，可是如今我卻完全明白齊白的感受，因爲我一進入這條甬道，心中已問了自己千百次：這是甚麼地方？這，當然是一條甬道，而且我還知道，甬道必然有一端，通向一個墓室。可是，我仍然不住地在問自己：這是甚麼地方？

我這樣在問自己，思緒極度混亂。

照說，如果早已知道會有一條甬道，來到這條甬道中，不應該有這樣感覺，可是，這條甬道，天，它竟是水泥造成的！

那絕對是水泥，很粗糙，水泥壁上，木板模的痕跡，也可以看得很清楚，整條甬道，全是水泥的。

即使整條甬道是紅寶石造的，我心中也不會這樣怪異。可是水泥，發明了才多少年？在古墓之中，怎會有一條水泥的甬道？

不但那條甬道是由水泥造成的，而且在頂部，還有幾條粗、細不一的鐵管子鋪設著，鐵管子的長度，看來和甬道一樣長，鐵管子上，還塗著黑色的柏油。

這樣的甬道，這樣的鐵管，再加上有規律的機械聲，不論從哪一方來看，我都處身在一個現代化的建築之中！

我向前走了幾步，腳步在水泥的地面上，發出了空洞的聲音，在齊白的錄音帶中，有長時間這樣的腳步聲。齊白在錄音帶中，將之形容為「走廊」，這種形容，並不恰當，它應該是一條甬道，我想，齊白當時的思緒一定比我更混亂，所以他才會不選擇地用了「走廊」這個名詞。

齊白當時不明白何以會來到這裏，我現在也一樣，不明白自己何以會來到這裏。

先是在一張椅子上，接著，昏睡狀態，再接著，醒過來，經過了一條地道，就來到了這裏。

我勉力使自己鎮定，又走出幾步，看到甬道的水泥壁上，用白漆，漆著一個巨大的箭嘴，箭嘴指著我身後的方向。在箭嘴旁，有用白漆塗著的我所不明白的記號，看來像一個十字，不知是甚麼用意。

我本來就決不定該向哪一個方向走，如今看到了箭嘴，我想了一想，不管這箭嘴是甚麼用意，向著箭嘴指著的方向走，應該沒有問題。

所以我轉過身來，向前走去。

甬道十分長，而且不論我如何放輕腳步，總有回聲。以後十分鐘的行程，我看到了甬道頂上的鐵管，有幾處特別粗大，有一根圓而粗的管子接著，在那些管子中，發出「呼呼」的風聲。那也就是說，和齊白第一卷錄音帶中所聽到的聲音，一模一樣。

愈向前走，呼吸愈是急促，腳步聲和急促的呼吸聲，令人極不舒服，長久在這樣的甬道中行走，有一股莫名的壓逼感。

我回憶著齊白錄音帶中的內容，知道齊白在向前走的過程中，一定還有十分奇特的遭遇，因爲他曾經叫過「等一等」，叫了之後，又是一陣十分急促的腳步聲。

我在期待著這奇特的情景的出現，又過了五分鐘左右，我聽得那種機械的運轉聲，愈來愈清晰。

終於，我看到了一樣極其古怪的東西。

那東西一進入我的視線，我真不知道那是甚麼，在電筒光芒的照耀下，我看到一大團黑漆的東西，在緩緩轉動。我先是停了一停，然後，立時加快腳步，向前奔去（這時，我的反應，和齊白在錄音帶中所表現的，完全一樣）。

我奔出了沒有多久，當電筒的光芒，已經足可以令我看清那東西之際，我停了下來。

那實在不是甚麼怪異的物體，我可以立即叫出它的名稱：一具巨大的抽氣扇。

抽氣扇的葉子，大約有兩公尺高，整個抽氣扇，恰好將整個甬道的去路，完全封住。

抽氣扇在轉動著，那種有規律的機械運行聲，就是它發出來的。

我第一個感覺是：來錯地方了。從整個甬道、鐵管、抽氣扇看來，這裏應該是一個巨大的建築物的最底層。

我不應該在這裏，應該在一條由石塊鋪成，甚至於可能是黃金鋪成的甬道中，通向一個墓室，不應該在這樣的地方。

一想到這一點，我不由自主，大聲道：「弄錯了，弄錯地方了，你們弄錯了。」

我的身邊當然沒有人，只是希望那三個神秘人物可以聽到，但是一連講了五六遍，除了「胡胡」的抽氣扇運轉聲之外，沒有別的聲響。我苦笑了一下，看到抽氣扇旁邊，有一扇小鐵門，關著。由於抽氣扇的扇葉在轉動，所以可以約略看到抽氣扇後面的情形。在抽氣扇後面是一個空間，有著許多粗細不同的鐵管子，看起來，像是一個機房。

我絕對來錯地方了，我不準備再向前去，轉回身來。當我轉回身來之際，我看到在抽氣扇架子前，一個角落處，有一隻打開了的工具箱，裏面有不少各種各樣的工具，有的工具，極其奇特，我根本叫不出名稱來，每一樣工具，在它的柄的部分，都是十分精美細緻的象牙雕刻。

那是齊白的盜墓工具！齊白喜歡在他用來盜墓的工具上鑲上象牙柄來炫耀，表示他是第一流的盜墓人，這和一些槍手刻意裝飾他們的手槍，同一心理。

這箱工具，對齊白來說，極其重要，何以竟會留在這裏？

是不是齊白還在這裏？

我又叫了兩聲，得不到回答。這時，對「走錯了地方」這一點，也開始懷疑。齊白到過這裏，他繼續向前走，有了新的發現。我望著那扇小鐵門，走過去推了推，小鐵門應手而開，門鎖被破壞，那可能是齊白做的事。我俯下身，小鐵門後是一間機房，另外有一扇鐵門，關著，但是門鎖顯然也被破壞了。

我走進了那機房，穿過它，來到了那扇門前，拉開了門，就看到一道樓梯，通向上，樓梯的盡頭處，是另外一扇門。

在樓梯上的那扇門上，用紅漆寫著一行英文字：「未經許可此門不能開啓。」一看到了這一行英文字，我不禁低聲咒罵了一句。我的預料沒有錯，這裏根本不是甚麼古墓，而是一幢現代化建築物的地下層，我真的走錯地方了。

不論那是一幢甚麼樣的現代化建築，我都沒有興趣去看個究竟，我關上了門，又穿過機房，自小鐵門中彎身走出，又回到了甬道中。

我將齊白的工具箱關上，提了一提，覺得相當沈重，所以仍由得它留在那裏，然後，我循原路，一直向前走，來到了那個洞口，鑽出去。

這時候，我心中真是又好氣又好笑，要到這個甬道中來，大可以從建築物的上面下來，何必那麼辛苦去挖一條地道。

而當我想到這一點的時候，我也不禁啞然失笑：我要離開，也大可以從那幢建築物上走出去，又何必回來爬行地道？

我在想：人總會做點蠢事，就再爬一次地道吧。

可是我立時發覺，我的心態不是那麼簡單，而是在潛意識中，還感到有怪異之處。

一座建築物，如果有著這樣的地下層，地面上的建築，必定十分宏偉。然而在二十九點四七的東經和北緯交界處，我絕對可以肯定數十公里之內，絕沒有任何建築物。

或許是我意識之中有這樣的印象，所以我才沒有勇氣通過建築物走出去？

我在地道口呆了片刻，決不定自己究竟應該怎樣。再爬行一次地道，並不愉快，但我還是決定循原路出去，至少我有機會再和那三個神秘人接觸，告訴他們，這不是我要來的地方。在地道中一直爬出去，電筒的光芒向前照著，愈來愈感到挖這樣一條地道通到那個甬道去，多餘之極！

我在地道中爬行，來到了那個起點。

我曾注意到那個小小的空間沒有出路，我先大聲叫了幾聲，得不到回答，我開始四面敲鑿，希望找到出口，但是看來，那是一個密封的空間。

這時，我不禁躊躇起來：我被禁閉在地下了。

這照說是不可能的事，因爲要是我將屍體盜了出來——一想到這裏，我陡地感到了一股寒意，覺得事情大不對勁！

我覺得到一個墓室中去盜屍體，可是結果，卻莫名其妙被安排進一個現代化的建築物之中。這是無意間的差錯，還是故意的安排？

我不禁苦笑，事情愈來愈莫名其妙，當然，我並不恐懼，就算在這個小空間找不到出路，大不了我再向前爬，又通過地道，進入甬道，過那巨大的抽氣扇，通過機房，由建築物的地下層走上去，總不見得那建築物也沒有通路。

我又仔細尋找了一會，仍然找不到出路，我有點冒火，取出了那個電鑽來，將鑽嘴接在一支可以拉長的桿上，開始向上鑽。

鑽頭銳利，上面的泥土和石塊，紛紛落下，落了我一頭一臉，不一會，鑽頭碰到了較堅硬的物體，我等到不再有泥石落下，抬頭看去，看到有一塊鐵板在上面。

我兩足撐住了土壁，令身子向上升，一直到手可以碰到那鐵板，然後，雙手用力向上一頂。鐵板居然一頂就開，立時就有柔和的月光射了進來。

我令身子上升，直到頭部可以伸出鐵板，鐵板上本來有些沙土蓋著，但由於鐵板頂開而滑了下去。

我已完全可以看清外面的情形，我整個人都呆了，像是在做惡夢。

外面是沙漠。二十九點四七度那地方，除了沙，甚麼也沒有，沙形成許多沙丘，有的沙丘的斜坡上，還形成美麗的波浪級的圖案，那是真正的大沙漠。

如今我看出去的沙漠卻有石塊，還有的地方，長著很矮小的植物，甚至當我探頭出來時，還有一隻土撥鼠，就在我伸手可及處，睜大著眼望著我，或許由於我從地下鑽出來，牠將我當作牠的巨型同類了！

這不是我應該在的沙漠，怎麼甚麼都不對了？我呆了極短的時間，就跳了上來，鐵板又合上，我就站在鐵板上，四面看看。

那一片沙漠也極大，看上去極荒涼，只有在至少一公里之外處，影影綽綽，像是有一堆建築物，還有燈光自建築物中透出來。

我真的呆住了，我考慮到，在「昏睡」狀態中，我可能被移動過。

但是，我被移動了多遠？

一時之間，不知有多少疑問，湧上心頭，我不知自己是身在何處，呆了片刻之後，心想只要向有燈光的地方走去，一定可以知道自己是在甚麼地方。

心中充滿了疑惑，大步向前走著，一路上，驚動了不少夜間在沙漠中活動的動物，當我看到一條背部有著鮮白色花斑的蜥蜴，迅速地在沙地上爬過，我又呆住了。不必是生物學家，也可以知道這種白斑蜥蜴，牠們只生活在北美洲沙漠。

我用力揉了揉眼，心中只覺得好笑，一定是有甚麼人在和我玩笑。但是誰會爲了開玩笑，而老遠地從北美洲捉了一條蜥蜴來，放在北非洲的沙漠中？

我吸了一口氣，繼續向前走著，同時留意著地面上的生物，不一會，我的視線，盯在一簇植物上，再也移不開，那簇植物，並不是甚麼特別的東西，只不過是一簇仙人掌。

那簇仙人掌正在開花期，因爲是在夜晚，盛開的花朵、花瓣全都合攏著。

但是，我還是一眼就可以看出那是仙人掌中，屬於阿斯特羅非頓科的植物。這類仙人掌植物的形狀很奇特，呈四角形，而並沒有一般仙人掌的長刺。這一種的仙人掌植物，只生長在墨西哥的沙漠上。

好了，從我自地底下冒出來至今，我不但看到了北美洲的白斑蜥蝪，而且還看到了只有墨西哥才有的仙人掌，如果問一個最簡單的問題：我在甚麼地方？我應該如何回答？

答案當然應該是：在北美洲！

我知道在「昏睡」期間，曾經被移動過，難道會從北非洲的沙漠，移到了北美洲來。

我心中的疑惑，到了極點，一切太怪異，我只想快點到有人的地方，不論碰到甚麼人，先問問他這裏是甚麼所在。

加快腳步向前走，不多久，我就發現那一堆建築物相當低，看來全是一層高的平房，但是卻有著相當高的圍牆，圍牆比建築物的本身還要高，我走近些，我看到的燈光，全是在圍牆的牆頭上發出來的。

我第一個想到的是：「這是一座監獄。」再向前走了大約十分鐘，看到了一道相當深和闊的壕溝，一直伸延著，繞著那座建築物。在至少有三公尺深壕溝的底部，還有著許多水泥的架子，在架上，滿是有刺的鐵絲。

壕溝離圍牆有一百公尺左右。我來到溝邊，我已完全可以看清，牆頭上的燈光是探射燈，在緩緩轉動，照著溝、牆之際的空地。

這是一處防守得極其嚴密的地方。

我在溝邊站了片刻，絕沒有考慮要越過溝去，沿著溝向前走，這時，我已看到在離我不遠處，豎著一塊巨大的告示牌。我想過去看看告示牌上寫著甚麼。走不了幾步，來自牆頭上的一道燈光，突然照向我，而且定住了不動。我還聽到了一陣吆喝聲。

我以手遮額，向光線的來源看去，同時左手揮動著，想令發出吆喝聲的人明白我沒有別的用意，只不過是在一種極度意外的情形之下「迷路」了。

可是那道強烈的探射燈光芒，還一直照著，我向後退，光芒仍然跟著我，這令得我十分惱怒，因爲在強光的照射下，我變得甚麼也看不到。同時，吆喝聲還在不斷傳來。

我完全不知道自己身在何處，也不知道發生了甚麼事，但是人家不歡迎我站在這裏，這倒可以肯定，所以我轉過身，向前走去。

我向前一連走出了好幾十步，強光照不到我了，也就在這時，忽然另外兩股光芒向我射來，同時我聽到了車聲、犬吠聲。

我循聲望去，看到一輛吉普車，著亮了車頭燈照著我，同時，至少有四條大犬，正自車上竄下，向我衝過來。而車上則有人在呼喝著：「站住別動，狗不會傷害你，千萬別動。」

那四頭狼狗的來勢很凶，一下子就竄到了我的面前，牠們顯然久經訓練，一來到了近前，立時伏下不動，但是卻一直不斷發出可怕的吠叫聲。

我站立著不動。那絕不是受到了這四條惡狗的威脅，而是我心中想：謝天謝地，我總算可以見到人，問問他們我是在甚麼地方了。

車燈仍然照著我，所以，兩個人向我走過來，我看不清他們的衣著和面貌，只是看得出他們的身形，十分高大，而且，手中，還持著類似自動步槍的武器。

那時，我心中所想到的問題是；這堆建築物的防衛工作，可算是天下第一，我只不過接近了它，就惹來了這樣的麻煩。

那兩個人來到了離我不遠處，我只看到他們用槍指住了我，我忍住了心中的怒意，那兩個人中的一個喝道：「你是甚麼人？在這裏幹甚麼？」

他說的是英語，而且有著濃重的美國南部口音，我怔了一怔：「我迷路了。」

那人像是被我的話激怒了，道：「迷路？」

他一面喝著，一面向我走近了兩步：「快離開！你可知道，剛才你只要再向前走一步，崗哨就可以向你射擊？」

我呆了一呆：「我一點也不知道。」

那人道：「這裏是軍事專用區！」

我道：「好，我馬上離開。不過，你能告訴我，這裏是甚麼地方嗎？」

那人發起怒來，吼叫道：「是一級保密的軍事機構，你想打探甚麼？」

我忙道：「你誤會了，我只是想知道，我是在甚麼地方，例如，甚麼國家？」

我這個問題才一提出來，聽得另一個人道：「這個人是瘋子。」

那先和我講話的一個道：「附近沒有瘋人院，要不要將他帶回去查詢一下。」

那一個道：「不必了，將他趕走就算了。」

那人喝道：「快轉身，向前奔。」

我叫了起來：「喂，你還沒有回答我的問題。」

那人的回答方式很特別，他的手部做了一下動作，我聽到了槍栓拉動的聲音。看來，我非遵照他的命令向前奔去不可了。我轉過身，但是我仍然道：「難道你們國家的名字，也是一級機密？」

那人像是忍無可忍地喝道：「快滾！」

我不禁苦笑，好不容易遇上了兩個人，但是他們根本不肯回答我的問題，我只好拔腳向前奔去，我一開始奔，那四頭狼犬，就吠叫著。跟在我的身後，而我立刻又聽到了車聲，顯然是那兩個人駕著車，一直跟在我的後面。

這時，我真是狼狽之極，簡直被人當作獵物一樣在向前趕著。

我一直向前奔跑，至少奔出了一公里，狼犬才回去，我喘著氣，停下來，轉頭看去，那吉普車已經回駛回去，那堆建築物的探射燈光芒，在交叉轉動。

我心中充滿了疑惑，狠狠踢開了一塊石頭，心想若不是連自己身在何處也不知道，倒非要偷進那幢建築物去看個究竟不可。

這時我不想節外生枝，只希望那三個神秘人物再度出現，但是四下靜寂之極，一個人也沒有。我又走出了半公里，看到一大叢灌木，就倚著樹叢旁的一個土堆，坐了下來。

定了定神，覺得首要之務，就是弄清自己在甚麼地方，我四面看看，附近看來不像有人，我心忖，只好等天亮再說。那土堆的斜度，躺著很舒服，我就躺了下來。以爲我的遭遇再奇特，從這時開始到天亮的那一段時間，總可以安靜地度過了。

可是事情卻出乎意料之外，我才躺下不久，就在我身邊不遠處，傳來了一陣「悉索」的聲響。那聲音，聽來像是甚麼東西，正在爬挖著泥土。

我心想，那當然是夜行動物所發出來的聲音，不是土撥鼠，就是地鼬。我還立即想到，一般夜行動物，大都是天才黑不久就開始行動的，照這樣情形看來，到天亮還會有一段時間，我大可以好好睡一覺。

我這樣想，爬土的聲音更響，忽然傳來了「砰」地一下響，就我身邊極近處，有一塊連著幾株小灌木的土塊，突然向旁，移開了一些。一看到這種情形，我不禁一呆，不明白甚麼動物有那麼大的氣力，而且有如此巧妙的智慧。因爲那土塊移開之後，現出了一個相當大的洞穴。

土塊分明是用來掩飾那個洞穴的，這真是怪現象，地鼬或是獾熊，會有那麼高的智力？我一動也不動，只是盯著那個洞穴看。我心中的疑惑，很快就有了答案，洞內又傳來了一下聲響，隨著，有一個動物的頭部，自洞穴中探了出來。

那動物的頭部，自洞中鑽出來，我先看到一蓬亂而糾結在一起的黑色的毛。我心中的驚訝真是難以形容。我可以肯定，那是人的頭部。

這真令人驚訝，一個人爲甚麼會從地下冒了出來，難道他是一個穴居人？

從來也未曾聽說過穴居人掘地洞而住，這可能是人類學上的一個偉大發現！

第十部：地球人由於自卑

我一動不動，那人的頭部伸出了洞，略爲轉動了一下，我聽到他在深深吸著氣。那時，我還看不清他的臉面，只看到他的頭髮又長又亂，而且，鬍子也很長。

接著，那人的上半身也探了出來。那個洞穴並不是十分大，供一個人的頭鑽出來之後，已沒有甚麼空隙，那人的肩頭，是用一種十分巧妙的角度，斜著出來的。

他上半身完全出了洞穴，雙手撐著地面，又深深吸了一口氣，然後，抬起頭來。

我根本離得他極近，幾乎伸手可及，所以，他一抬起頭來，立時和我打了一個照面。

他一看到了我，喉際發出了一下怪異莫名的聲音，身子陡地一縮，先像是想縮回洞去，但緊接著，他已改變了主意，以我絕料想不到的快速動作，一下子就自洞中，竄了出來，幾乎撞在我的身上，然後，一連打了幾個滾。幾乎還在滾動之中，就整個人彈了起來，向前疾奔而去。

這個人的動作如此之快，他自洞中竄出，看來就像向我疾撲了過來，我向後仰了仰身子去避開他，所以連開口說話的機會都沒有。

等到我再定睛向他看去之際，那人至少已奔出了十幾步，奔跑速度極快，可是在奔出了十幾步之後，又陡然停了下來。真是奔得快，停得也快，一停下來之後，只見他慢慢轉過身，直視著我。

本來我已準備去追他，所以也在站起來，兩人的目光再度相遇。

就在這時，我意料不到的事又發生了，那人開了口，講了一句我無論如何也想不到的話。

他道：「天，衛斯理，是你！」

我真正呆住了，一個居住在地洞中的穴居人，怎麼會叫得出我的名字？我張大口，一時之間，不知該如何回答。

而那人則已向我走來，一面走，一面還在四面張望，像是想弄清楚除了我之外，是不是還有別人。我道：「只有我一個人，你是——」

我才問了一半，不等那人回答，已經看出他是甚麼人了，我尖叫了起來：「天，是你！齊白？怎麼一回事？你——」

那人是齊白，一點也不會錯，他是齊白。雖然我上次看到他的時候，他打扮入時，駕著林寶基尼跑車，一手摟著一個金頭髮的美女，而這時候，他看來十足是一個穴居人，但是我還是認出了他是齊白，世界上兩個專業的最偉大盜墓人之一。

我立時又道：「這裏是一個古墓的入口？」

齊白現出極其苦澀的神情來：「墓？只要不是我的墳墓就好了。」

我實實在在，不曾想到會在這裏遇上齊白，我不知道有多少話要對他講，反倒變得不知講甚麼才好。齊白一把拉住了我：「進去再說。」

我呆了一呆：「到哪裏去？」

齊白指了一指那個洞穴，我苦笑道：「怎麼一回事？你住在地下？」

齊白突然焦躁了起來：「土撥鼠才住在地下，我沒有法子，只有這裏最安全，我如果露面，就會被殺死，像單思一樣。」

齊白提到了單思的死，使我感到了事態嚴重。齊白伏下身，向地洞中鑽去，一面道：「要鑽進去不容易，你努力一下，可以進來。」

我看著他進了地洞，也學著他，先將頭鑽進去，然後，斜著肩，吃力地擠。地道狹窄，有三四公尺長，人只好貼著泥土向前擠，然後，我跌進一個泥坑之中。

那個坑勉強可以供兩個人直著身子躺下來，坑頂上有兩根管子伸向上，土坑中有一些罐頭食物和罐裝飲料。齊白先進來，他著亮了一盞電燈，所以可以看清大坑內的情形。

我一進來，他就拉動了一根繩子，我聽到了一下聲響，猜想那是那塊長著灌木的土塊，又掩住了洞穴。然後，他轉過頭來：「這裏本來只是爲了我一個人躲藏而設計的，你來了，空氣可能不夠——」

齊白指著管子：「這通向上面，你感到呼吸不暢時，可以就著管口呼吸。」

我又是奇訝，又是好笑：「多謝你設想周到，這裏一定是不准吸煙？」

齊白苦笑了一下，向我拋過來一罐啤酒，我口渴得可以，立時打開，連喝了幾大口，才道：「齊白，誰要殺你？」

齊白抹了一下臉：「就是殺單思的那些人。」

我道：「他們是誰？」

想起單思就在我身邊被射殺，心中又是難過，又是憤怒。齊白的面肉，抽搐了幾下：「他們在追殺我，可是再也料不到，我就躲在他們的附近，他們絕料不到我躲在這裏，衛，他們料不到，是不是？他們找不到我，是不是？」

他一面說，一面抓住了我的手臂，用力搖著。

我看出他情緒激動，我將他講的話想了一想，他說「躲在他們的附近」，那是甚麼意思？

在這裏附近，我立時想到了那堆建築物和那兩個將我趕走的人。

看到齊白這樣害怕、緊張，我只好安慰他道：「找不到，當然找不到，誰會想到大名鼎鼎的齊白躲在地底下，像——」

我怕傷害他的自尊心，所以沒有再向下講去，齊白聲音十分苦澀：「沒有甚麼關係，我的確像一隻土撥鼠。你是怎麼會到這裏來的？」

我苦笑了一下：「我不知道，真的不知道。對了，這裏是甚麼地方？」

齊白陡地睜大了眼望著我，剎那之間，神情古怪之極。

我問道：「你這樣望著我幹甚麼？」

齊白又「咯」地一聲，吞了一口口水：「你……從一個沙井中來？」

我點頭：「那個沙井——」

齊白一揮手，打斷了我的話頭，呼吸變得十分急促：「沙井在二十九點四七，三個神秘的白衣人，你被沙扯了下去，坐在一張椅子上，然後——」

這次，輪到我打斷了他的話頭：「是，看來我的經歷，和你經歷一樣，我也到過那地道，那甬道，那巨大的抽氣扇，在那附近，看到了一隻你遺下來的工具箱。」

我一面說著，齊白臉上恐懼的神情一直在增加，他甚至挪動了身子，緊縮著，靠在地洞的一個角落。

等我的話告一段落之際，齊白尖聲叫了起來：「天，你沒有通過那抽氣扇吧？」

我道：「經過了，那是一間機房，真怪，我以為我該在一座古墓中。」

齊白發出了一下可怕的呻吟聲來，說道：「天，你……再向前去了？」

我搖頭道：「沒有，我想可能錯了，沒有必要再向前去。」

齊白的反應，又出乎我的意料之外，他直跳了起來，根本忘記了他自己是在一個地洞之內，以致他的頭「砰」地一聲，撞在洞頂上。

他一面撫著頭，一面道：「謝天謝地，你運氣比我好。」

我不知道他這樣說是甚麼意思，我又問道：「這裏是甚麼地方？」

齊白定定地望著我，並不出聲，這使我很惱火，我道：「這個問題很難回答？這裏是甚麼地方？」

齊白轉過頭去：「我不知道。」

我陡地一伸手，抓住了他的頭髮，將他的臉，硬轉了過來，齊白怪叫了起來，我道：「齊白，別對我說謊，你像鼬鼠一樣躲在這裏，卻不知道這裏是甚麼地方？快告訴我。」

齊白用力拍開我的手：「是的，我知道，但是我不告訴你，總可以吧。」

我怒道：「爲甚麼？」

齊白雙手捧住了頭，用力搖著，陡然之間抬起頭來：「別問，你真是不知道自己在甚麼地方？你也沒有經過那個機房？那是你的運氣，你不見得喜歡爲了逃避追殺而躲在地洞中，那就別問了。」

我對齊白的態度感到奇訝莫名，但是想到單思的死，和他這時的處境，我又知道事情絕不簡單，我吸了一口氣：「這沒有用，齊白，我一定要離開這裏，會見到人，他們會告訴我我在何處。」

齊白喃喃地道：「我有辦法，我有辦法——」

我道：「好，我不問這個問題，我們從頭開始，我不知有多少問題要問你，你——事情是從你開始的，你寄了兩卷錄音帶給我。」

齊白道：「是，寄到你手中了？我求求你，爲你好，你別再問任何事！將一切全都忘掉，就像甚麼事也沒有發生過，對你絕對有好處，以後，再也別去想它，甚至於不當它是一個夢，就當它是一件絕未發生過的事情。」

我笑道：「你明知我不能這樣，你還是老老實實，一步一步將事情的經過告訴我！你那兩卷錄音帶中所錄的聲音——」

齊白重又抱住了頭：「那時，我不知道事情如此可怕，我想你一定會有興趣，但現在，情形完全不同了，你還是別再提起的好。」

我笑著：「曾有人出高價來向我收買你發現的東西——」

我才講到這裏，齊白又現出恐懼莫名的神情來，失聲道：「天，他們——找到了你？」

我道：「那幾個人並不可怕，他們冒充拍賣公司的人，但是我卻知道了他們的真正身分，真莫名其妙，原來他們是太空總署的人。」

我說到這裏，齊白陡地探出頭，將口對準管子，用力吸了幾口氣，看他的樣子，像是離了水的魚兒。

我又道：「他們一共是六個人，真巧，他們到埃及，卻在一次飛機失事之中，全喪生了。」

齊白的臉變得煞白：「天，他們決心保守秘密，不惜一切代價，要保住這個秘密不外洩。」

我不明白齊白這樣講是甚麼意思，齊白陡地叫道：「別再問下去，你知道得太多，他們就會殺你滅口。」

我心中的疑惑，至於極點：「究竟是甚麼秘密？」

齊白喘了幾口氣，看他的神情，像是已決定了甚麼，向我探過頭來。在這樣的情形下，我以為他一定要告訴我究竟是甚麼秘密了，所以我也向他靠近去。他的口唇顫動著，我聽不清他在講些甚麼，靠得他更近些。我再也想不到齊白這王八蛋，會出這樣的詭計，他並不是準備告訴我秘密，而是準備在我絕不提防的情形下暗算我。

我靠近去，準備聽他說話，他突然揚起拳來，在我的後腦上，重重一擊。

以前我介紹齊白，忘了介紹他還是一個技擊高手，這一擊，恰好擊中要害，而且該死的齊白，下手是如此之重，令得我的頭向下一垂，昏了過去。

這一次，我又不知自己昏了多久，等到我漸漸又有了知覺之際，我企圖挪動身子，但是卻不能動，我立即發現，我在一個極其窄小的空間中，而且，立即弄清楚，那窄小的空間，是一具棺材。

我躺在一具棺材之中。

不但如此，而且我的手、足和腰際，全被相當寬的皮帶箍著，只能作些小的移動，而我的口部，則貼著一塊膠布，我用力抬起頭來，撞在旁邊的木頭上，發出一下並不是十分響亮的聲音。

我撞了又撞，大約是七八下之後，外面傳來了幾下敲打的聲音，我努力想發出點聲音來，但是不過是喉間的一些「唔唔」聲。

外面的敲打聲又傳來了幾下，我再用頭撞著棺木的壁，發出聲響，聽到外面傳來了人聲，一個人在道：「糟糕，他醒來了。」

另一個人道：「怎麼會？我們注射了足夠的麻醉藥。」

第一個人道：「齊白早告訴過我們，這個人和別的人不同，要多下些麻醉藥。」

第二個人道：「多下點？那會令人致死。這人要是死了，齊白會將我們的頭蓋揭開來，看看我們的腦子！」

他們在討論著，使我明白了我目前的處境，是齊白一手造成的。

這時，如果我能出聲的話，我一定會盡我所能，發出叫聲來。我真不知道是倒了甚麼楣，那三個神秘的人物，已經令得我夠狼狽的了，如今好，我索性像是死屍一樣躺在棺材中。

我又撞了兩下頭，外面聲音傳來：「對不起，先生，我們知道你醒了，但是你必須昏迷過去，我們受人所託，一定要令你在昏迷狀態中，將你運到安全的地方。」

我無法表示自己的意思，過了一會，那兩個人像是又商量了一會，眼前陡地一亮，棺蓋被揭了開來。

棺蓋一揭開，我立時聞到了一股魚腥味，我在一個船艙中，那可能是一艘漁船。

在棺材邊，有兩個人，其中一個拿著注射器。

我真是怒不可遏，用盡了我的氣力掙扎，但結果是除了頭部的左右擺動之外，一點也無法有別的動作，而注射器上的針，已經刺進了我的手臂。

我只好眼睜睜地望著那兩個人，其中一個道：「真對不起，齊白吩咐下來的事，誰也不敢違背。」他一面說，一面指了指自己的腦袋。

麻醉藥很快發生作用，我又昏了過去。自從那次昏了過去之後，我沒有再醒轉來——我的意思是，我被送到「安全的地方」之前，沒有再醒轉來。

當我又有了知覺，我首先聽到的是海濤聲和風聲。長期被麻醉，令得我頭痛欲裂，我勉力睜開眼，掙扎著站起，發現是在一個沙灘上，不遠處有些燈光。

我不知道自己身在何處，仍然只好向有燈光的地方走去。身子十分虛弱，摸了摸下頦，鬍子很長，至少有五六天未曾剃過。

腳高腳低向前走了一陣，漸漸接近燈光，一陣熟悉的聲響，傳了過來。我陡地一呆，那種聲響，並不是幻覺。我也已經可以看到前面是幾間簡陋的屋子，有聲音傳出，那是打麻將的聲音。當我再走得近一些，看到那些屋子原來是小商店。

在看清了他們的招牌之際，我已經可以肯定一點：我回到了我居住的城市，我回家了。

在舒舒服服洗了一個熱水澡之後，精神恢復，也將我離開之後的經歷，大約地講給了白素聽。白素用心聽著，從頭到尾，她只發表了一次意見：「動物會搬遷，野生的植物絕對不會搬遷。」

我明白她的意思，她是說，我遇到齊白的那地方，應該是北美洲。

我苦笑了一下，在床上，思緒一片混亂，躺了下去，我的後腦碰到了枕頭，預期是柔軟的好享受，誰知道出乎意料之外，竟然發出了「砰」地一聲響，同時傳來了一陣疼痛。

我怪叫一聲，坐了起來，不知發生了甚麼事情，只是瞪著眼，望著白素。

白素現出又是抱歉，又是好笑的神情：「真對不起，我——」

這時，我也轉過頭來，去看枕頭，這才看清，在枕頭上，是一塊方整的玻璃磚。

這塊玻璃磚，我並不陌生，就是在我書房中發現的那塊。我咕噥著：「這不是存心害人麼？」

白素將那塊玻璃磚取了起來：「真抱歉，衛大俠的後腦是不是腫了？」

我假裝十分生氣，伸手拉住了她的手，將她拉得倒了下來：「腫了，要你賠！」

白素掠了掠髮：「你不在的時候，我覺得這塊玻璃很怪，就將它放在枕邊，注視它。」

我笑道：「玻璃就是玻璃，有甚麼好看？」

白素並不立時回答，只是皺著眉，想了片刻：「不同，這玻璃真的很怪，裏面好像有一點東西。」

我更覺得好笑：「那是一塊完全透明的玻璃，裏面要是有東西——」

我才說到這裏，就住了口。

因爲這時，白素將那塊玻璃放在我的眼前，將一盞燈移近了些，令得燈光從玻璃的後面，透射過來。就在這時，我看到那玻璃之中，現出了許多變幻不定的青綠色的線條。真是一種相當異特的現象，那些線條，若隱若現，捉摸不定。白素道：「看到沒有，裏面有東西。」

我「唔」地一聲：「我認爲只是光線通過玻璃時的折光現象。」

白素將燈更移近些，我看到在燈光照耀下，那些線條，像是組成了某種圖案，但是看起來，仍然是虛幻而不可捉摸。

白素道：「看到沒有，它們會隨著光線的強弱而起變化。」

我道：「如果是光線的折射現象，那麼自然會變。」

白素放下了玻璃，直視著我，我立時道：「你想到了甚麼？」

白素說道：「齊白的第二卷錄音帶中，有著連續不斷的玻璃碎裂聲？」

我嗯地一聲，不知道白素想說明甚麼，白素又道：「這塊玻璃在你的書房中，只有單思到過你的書房，那一定是他留下來的。齊白到過那墓室，單思可能也到過，至少，單思知道齊白的一切行動。」

我不耐煩地揮著手：「那和這塊玻璃又有甚麼關係？」

白素用十分肯定的語氣道：「這塊玻璃，就是從那個墓室中來的。我認爲其中有著極大的秘密。我以爲你錯失了一個極佳的機會。你應該在經過那個巨大的抽風扇之後，再向前去。」

對於白素的指責，我當然不服氣：「爲甚麼還要繼續錯下去。」

白素緩慢而堅定地道：「在你見到了齊白之後，你還是這樣想？」

我呆了一呆，一時之間，答不上來。齊白就在那建築物的附近，掘洞躲藏，充滿恐懼，而且，我到過的地方，他曾經到過。

那難道說，我並沒有到錯地方？

可是，我應該到一個墓室去偷盜屍體，一共是七十四具，而不應該在一個「一級軍事秘密機關」的地下室。

我立時理直氣壯地將這一點提出來。

白素嘆了一聲：「一開始，我們就犯了一個錯誤，鑽進了一個牛角尖，走不出來。我們一直以爲那是一座古墓，卻沒有想到，墓室，並不一定是古墓，屍體也可以在現代化的建築中。」

我張大了口，一時之間，出不了聲。

白素說得對，我一直以爲齊白進入的，病毒要我進入的，是一座古墓。但是，爲甚麼一定是古墓？屍體可以放在任何地方。任何放置屍體的地方，都可以稱之爲墓室。

墓室，當然可以在現代化的建築中。

但是，偷取放在現代化建築物中的屍體，又有甚麼用處？那三個神秘之極的人物，看來神通廣大，他們自己爲甚麼不去？

我愈想愈亂，只好苦笑道：「拜託，別再節外生枝，事情夠茫無頭緒的了。」

白素道：「正因爲我們一直想錯了，所以才會紊亂。」

我只好攤手：「你能理出一個頭緒來？」

白素道：「讓我想一想，因爲我才知道你的經歷，而你又說得十分簡略。」

我沒有再說甚麼，接下來的時間中，白素就不斷向我提出問題，問我的經歷。關於那三個神秘人物，尤其當白袍被扯脫後的情形，以及我在地洞中遇到了齊白之後的事，問得特別詳細。

足足一小時後，她不再發問，緊抿著嘴，思索著，又過了十多分鐘，白大小姐總算開口了：「那三個要求病毒去墓室盜屍的人，有許多怪異之處，足可以假設他們並不是地球人。」

我翻著眼：「不必假設，我可以肯定。」

白素道：「既然他們是不可測的生物，來自不可測的星球，他們所要到手的屍體，就有可能，是他們同類的屍體，而不是——」

白素才一講到這裏，我就忍不住揚起手來，「拍」地一聲，在自己的頭上，重重地打了一下。

我沒想到這一點！

這是十分重要的一點，一聽到死屍，就想到人的屍體！

白素的思路縝密，她想到了所謂「屍體」，有可能是「他們同類的屍體」，那是甚麼樣的身體？「他們」是甚麼樣的，我根本沒有機會見到，我所見到過的「他們」，從頭到腳，都罩在阿拉伯的白色長袍之下。如今想起來，「他們」給我唯一的印象，是「他們」的眼睛，那種有著貓眼一樣暗綠色光芒的眼睛。

我望向白素，繼續聽她分析。白素思索了片刻：「假定，有一批外星人的屍體，落在地球人的手裏，由於某種原因，他們自己沒有能力弄回來，他們不知道根據甚麼資料，知道了病毒是盜墓專家，所以去請他幫忙，這不是很合理麼？」

我不禁苦笑了起來：「人和人之間的瞭解，太困難了。」

白素一時之間，不明白何以我會有這樣的感嘆，我站了起來：「根據你的假設，我倒可以推測他們去找病毒的心路歷程。」

白素哦地一聲，不置可否。我道：「他們知道這些死人藏在某一處地方，而又知道在地球上，埋藏死人的地方稱爲墓，而最擅於在墓中將物件偷出來的是病毒，如此這般就找到了病毒。」

白素嘆了一聲：「他們找錯人了。」

我道：「也不見得，病毒自己不出手，將任務派給了齊白，齊白已經可以成功——」

我才講到這裏，就陡地停了下來。根據推測，齊白到過墓室，而我去過的那個甬道，那個有著巨大抽氣扇的地下室，正是那個墓室，我沒有被送錯地方，需要我去偷盜屍體的墓室，正是在那個建築物之中！

我望著白素，白素道：「所以當時，你不再向前走，退了回來，是一個錯誤。」

我只好苦笑了一下：「那是甚麼機構？一個地球上的軍事機構，保存著一批外星人的屍體，又有甚麼用處？」

白素居然立時道：「我知道那是甚麼機構，那是某國太空總署屬下一處秘密研究所，或者是秘密基地。」

我想了片刻：「我可以接受那地方是在北美洲，可是為甚麼一定是太空總署的秘密基地？」

白素道：「那六個自稱是拍賣公司的職員的人——」

我點頭道：「不錯，他們真正的身分，是太空總署保安人員。」白素又道：「他們在埃及境內，墜機死了。」

我眨著眼，白素吸了一口氣：「重複一遍齊白聽到了他們死訊之後所說的。」

我剛才已經對白素講過一遍，齊白當時一聽到我提及那些人的身分，立時呼吸困難，將口對準了通氣管。然後，他叫道：「天！他們決心保守秘密，不惜一切代價，要保住這個秘密不外洩。」當時，我全然不知道他這樣說是甚麼意思，現在我已經有點知道了。齊白當時又曾叫過：「你知道得太多，他們會殺你滅口。」

我現在明白了，照齊白的說法，那六個人，被殺了滅口，單思也是因為知道得太多才被殺。殺單思的武器，普通人絕無法持有，如果是某國太空總署，持有這樣新型的武器，那就一點也不稀奇。

本來茫無頭緒，如今，已經有若干小環節，可以串連起來，我迅速地轉著念，想將這些環節湊在一起，但愈是心急，愈是捕捉不到其中的要點，急得不斷搔頭。

白素提醒我道：「想想在飛機上，那些人本來怎樣對待你，而後來又怎樣不將你放在心上。」

我迅速想了一遍，我講了一句「寶貴的古物」，一切就全變了。他們出高價向我收買鬼才知道是甚麼東西，那是齊白弄到手的東西，我當然自以爲那是寶貴的古物。

現在我已經知道了，決不是甚麼古物，而是現代到不能再現代的東西。

所以，「寶貴的古物」這句話一出口，那六個人就知道他們要的東西，根本不在我的手上。

事情果然和太空總署有關，不但有關，那才是一切事情的根源！

一想到這裏，我陡地感到了一股極度的寒意，望著白素，過了好半晌，我才道：

「真的來了。」

白素也道：「真的來了。」

在我和白素的話中，在「真的來了」之上，都省略了「他們」兩個字。而「他們」，當然是指地球以外的高級生物：外星人！

到目前爲止，堅信地球以外另有高級生物的人雖然愈來愈多，但還僅止於相信，在心理上，都將之當作時間和距離極其遙遠的事，絕沒有突然之間拉近到就在眼前的心理準備。

雖然世界各地，不斷有著不明飛行物體出現的報告，也不斷有個別和外星人接觸的報導，但是，所有人心理上，也仍然將之當作是遙遠將來的事。

在時、空上都是遙遠將來的事，一下子移到了眼前，所造成的心理震撼之大，實在可想而知。

我一想到這裏，吞了一口口水：「他們決心要保守秘密，不讓世人知道外星人已經來了。」

白素也道：「是的，決心保守秘密，甚至連自己人也不惜殺了滅口。」

我的手心冒著冷汗：「有多少人確切知道？」

白素苦笑了一下：「誰知道，或許不超過十個人，更有可能，不超過五個人。」

所有的事，本來毫無頭緒，直到這時，才算是漸漸有一些輪廓：唯有這樣的推測，才能解釋一切謎團。

我停了片刻之後，緩緩地道：「我們一步一步來，首先，假定有一些外星人，到了地球，曾經和地球人有過接觸，後來死了。」

白素表示同意：「應該補充的是，和外星人有過接觸的，是高層人員，我的意思是，是某國的高級軍事人員，或者是某國的太空署的人員。」

我點頭：「外星人到達地球的事實，在極度保密的情形下進行，當他們死了之後，他們的屍體被妥善密藏，曾和外星人接觸的高層人員，也下定決心，要使這件事永遠成爲秘密。」

白素深深吸氣：「是。」

我苦笑：「爲甚麼？爲甚麼要保守秘密，不讓世人知道外星人確實已經來到？」

白素沈默了片刻：「如果我是決策人，我也會那樣做。」

我望著她，等她說出原因來。

白素嘆了一聲：「外星人到地球，一直只是人類幻想，忽然成了事實，在地球上生活的每一個人，都會感到極度的震驚，由這種震驚而引起的混亂，會達到何種程度，無法估計，所以，必須嚴守秘密。」

我對白素提出的這個理由，大表反對：「我看不出爲甚麼會引起混亂。」

白素道：「當然會，外星人來了，所有的人抬頭望向天空，就會發現地球其實是不設防的，我們地球人沒有絲毫能力來抵禦外星人的侵入——」

我一揮手，打斷了白素的話頭：「等一等，爲甚麼外星人來到，一定是『侵入』？這是人類的劣根性，任何變動一發生，首先考慮到的，便是自身的利益會不會被侵犯，現狀是不是會改變。一聽到外星人來了，就使用『入侵』這樣的字眼。爲甚麼他們不能只是來旅行、來拜會、來表達同是宇宙的生物的友善？」

我說得漸漸激動了起來，白素道：「或許是由於人與人之間的關係，一直以來太惡劣了，所以無法想像有根本不懷惡意的外星人。」

我提高了聲音：「更主要的是，人太低能和愚昧了。外星人能來到地球，他們的智慧，必然在地球人萬倍以上，地球人由於自卑，所以才產生了種種醜惡的想法。讓全世界的人知道外星人來了，又有甚麼不好？當然會引起一個時期的震撼和混亂，但是也可以使地球人的頭腦，冷靜下來。至少可以使地球人知道，生活在地球上的人，實際上不是甚麼萬物之靈，在整個宇宙，我們只是低級生物，就像是地球上的人和蟻的對比。」

白素喃喃地道：「或許……不至於相差如此之遠？」

我冷笑道：「也差不多了。我們看到蟻在爭奪食物，覺得十分可笑，其實，人還不是一樣？爲了得失，人類也做了多少蠢事！肯定另有高級生物來到，可以使一直沈醉在得、失糾纏中的地球人頭腦醒一醒，看看自己，在有了文明以來的幾千年中，做了多少蠢事。」

白素苦笑道：「是的，我同意，可惜，不惜一切代價要保守秘密的人不同意。齊白闖進了秘密的墓室，他要躲在地洞中逃命，單思知道了秘密，遭到了經過周密佈置的殺害。而那六個保安人員，也被滅口——」

我打了一個寒噤：「齊白甚麼都知道，難怪他聽到我沒有繼續向前去，就說我的運氣比他好，而他也知道，如果我繼續追究下去，會有極度的危險，所以才將我打昏過去，通過他的關係，將我放在棺材中，運了回來。」

白素的聲音很低沈：「可憐的齊白，他不知怎麼樣了？還躲在地洞中？」

我已經有了決定，大聲說道：「那當然不是辦法，我要去找他出來，和他一起，向全世界人揭露這件事。」

白素皺眉道：「你有甚麼證據？到現在爲止，一切全是我們的推測。」

我揮著手，刹那之間，我已想到了兩個辦法。我道：「有兩個辦法，一、是逼太空總署的負責人，向全世界公佈這件事。二、是將那些外星人的屍體偷出來，給全世界人看。」

白素看了我半晌：「第一個辦法好像比較溫和一點，但是你準備怎麼進行？我看你沒有可能見到太空總署的負責人。」我想了一下：「那負責人是——」

白素道：「前幾天，報上還有他的新聞，他是泰豐將軍。」

我用力揮了一下手：「對，去找他，約了齊白一起去。」白素點頭道：「嗯，我們三個人，想要見他，他雖然是一個頭等要人，想來一定無法拒絕。」

我只感到興奮莫名：「明天就走。」

白素道：「不，先花一點時間，盡量收集一下某國太空總署的資料。」

我深深吸了一口氣，表示同意。

第十一部：地球人必須建立新觀念

我和白素，花了三天時間，搜集某國太空總署的資料。太空總署雖然是一個一級保密機構，但是在民主國度之中，要得到它的資料，並不是甚麼難事，三天來我們接觸到的資料，疊起來比人還高，自然不可能一一介紹，而且，就算摘要介紹，也十分沈悶，因為有許多專門技術名詞，大量的數字，這些，都不會引起普通人的興趣。

我肯定我看到的那建築物，是在沙漠地區，就著重在資料中尋找太空總署的附屬機構，發現有三處機構在沙漠中。

其一，是一個火箭發射基地，許多重要的太空探測工作，射向不可測的太空的飛船，由那裏升空。我將這個基地劃去，因為我並沒有看到任何可供火箭升空的高架和設備。

另一個，是設在沙漠中心的一個太空人訓練中心，這個訓練中心的建築物外型，是一座極具現代建築藝術美的建築物，資料上有它的圖片，當然也不是我所去過的那個地方。

接下來，僅餘的一個機構，名稱是「外太空資料研究中心」。這個機構的名稱，沒有甚麼特別，但是卻充滿了神秘。我所獲得的資料，沒有準確的地點。而這個研究中心在從事甚麼工作，提到的也不多，只知道第一批由月球上採集來的礦石標本，曾送到這裏來作研究。還有就是太空船拍攝到的相片，曾在這個中心，作光譜分析，看是不是可能有生命存在。

我向白素道：「我找到那個地方了，有沙漠的名字，要找到那建築物，不是難事，只要一到那裏，打聽一下，有哪些地方是軍事禁區，一下子就可以弄明白。」

我和白素是分頭行事，我埋首在太空總署的資料堆中，而白素也在找資料，不過她找的資料是報紙，盡量搜集有關太空總署高級人員的動態消息。

她道：「我也有收穫。」

她攤開了不少報紙的影印本：「七個月前，泰豐將軍曾經到過你提到的那個研究中心，目的不明，在研究中心，他會見了中心的負責人道格拉斯博士。」

她又翻過了另一份報紙：「你看這個。」

我向報紙看去，報上的標題是：「太空總署重要負責人之一，道格拉斯博士撞車身亡。」

我感到一股寒意：「連這樣高級的人員，也不放過？」

白素苦笑了一下：「這裏還有一則小消息。」

「小消息」是：「總統接見泰豐將軍，商談約一小時。」時間是在道格拉斯博士遇害之前的三天。

我吸了一口氣：「兩個重要人物的會面，卻一點也沒有他們談些甚麼的記錄。」

白素道：「這裏還有兩則消息——」

一則消息是「太空總署附屬設在沙漠中的研究中心一個主管級人員，神經不正常而遭到解職，其人隨即失蹤，下落不明。」

再看下去，這個被解職的人，職位是「重要資料保管主任」。

而他被解職的原因是有一次酒後，他聲稱他不但見過外星人，還撫摸過外星人的身體。

我發出了一下如同呻吟般的聲音：「我們的推測，離事實愈來愈近了。」

白素再指著另一則消息，那消息說，位於沙漠某地中心的一個附屬於太空總署的研究中心，警報系統突然出錯，發出的警報聲，附近十里可以聽到，隔得最近的居民，事後提出抗議云云。

看日子，「警報誤鳴」的時間是在齊白將錄音帶交給我之前的十天左右。我自然而然「啊」地一聲：「不是誤鳴，是齊白觸動了警鐘。」

白素道：「當然是，齊白也真了不起，那地方警衛之嚴密，可想而知，他在觸發了警鐘之後，居然還能逃了出來。」

我霍然站起：「我們還等甚麼？只要齊白還在那個地洞中，就一定可以找到他。」

白素道：「如果那三個外星人關心他們同類的屍體，我想也可以在那附近見到他們。」

我這時，心情興奮，意氣極豪：「要見那三個，大不了再到那個沙井去。」

白素又想了片刻：「我真不明白，那些外星人，他們能來到地球，各方面的能力，一定遠在地球人之上。他們弄出來的地道，已經可以直通到那機構的地下室。

而他們又能在你不知不覺之間，將你從北非的沙漠弄到北美洲去——」我不等她講完，就道：「是啊，他們爲甚麼不自己去將那七十四具屍體弄出來呢？」

白素沒有回答，我又感到了一股寒意：「七十四具外星人的屍體！真不可想像！」

將一切事，歸納到最簡單來說，就是：有一批外星人到了地球，不知道爲甚麼，他們死了，屍體被收藏在屬於太空總署的一處秘密地方。這件事，被列爲最高的絕對機密，除了少數的幾個人——他們認爲這消息絕對不能洩漏給世人知道，凡是知道這個秘密的人，一律滅口。我們相信，被滅口的，包括了道格拉斯博士，那個遭解職的高級主管，六個假充拍賣公司職員的工作人員，還有倒楣的，只是爲了將盜墓當作業餘嗜好而捲進了這件事中的單思。

那也就是說，如果我和白素，再繼續去追查這件事的話，凶險無可比擬。

我們要面對一個強國的政府，這個政府的首腦已經下定決心要保持這個秘密，不論是誰，觸及這個秘密，都要滅口。

我想到了這一點，不禁有點氣餒，向白素看去，白素看透了我的心意，緩緩地道：「如果是別的事，我倒可以不再堅持。」

我呆了一呆：「這件事，有甚麼特別呢？」

白素深深地吸了一口氣：「這件事幾乎和全人類的前途有關。」

我隱隱感到白素的說法有理，但是我還是搖著頭：「太偉大了吧？」

白素搖頭道：「一點也不誇張，你想想，往將來看，外星人的高級生物，一定會不斷來到地球，現在，地球上的首領，認為外星人來，一定抱著侵略的目的，所以採取了嚴厲的閉關自守政策。」

我苦笑了一下，白素用「閉關政策」來形容地球人首領對外星人的政策，聽來雖然有點古怪，可是事實卻的確如此。

白素又道：「這種做法，會造成誤會，外星人未必有侵略的意圖，但是在誤會之下，就可能造成悲劇，而如果本來根本沒有衝突，忽然因誤會而起了戰爭，地球人實在不堪一擊。」

我道：「這……將是一個悲劇。」

白素道：「所以我們要盡自己最大力量，阻止悲劇發生。」

我道：「你的意思是——」

白素道：「我的意思，要將外星人已來到地球的事公開，讓全世界人都知道，我們並不是天體中唯一的生物，也要讓世人知道，其他天體有高級生物在，有高度文明存在，比我們優秀得多。」

我皺眉問道：「要我們向其他天體的高級生物投降？」

白素嘆了一聲：「連你也不能例外，有著這種根深蒂固的觀念，在優勢文明和劣勢文明之間，事實上沒有甚麼鬥爭、投降、勝利、失敗。兩種文明一接觸，優勢文明必然消滅劣勢文明。負隅頑抗，沒有用處。」

我不出聲，因爲白素所講的話，太直接了，直接到了幾乎令人難以接受。

白素如今所說的情形是星際之間的事，但是同樣性質的情形，在地球曾發生過：西方文明，在十九世紀末，以排山倒海的優勢侵入東方。

優勢文明佔上風，劣勢文明抗拒所造成的悲劇，人盡皆知。

我沒有出聲，白素道：「我知道你在想甚麼。你將地球上民族、國家之間的關係，代入了星體之間的關係。情形或者相同，但更有可能，完全不同。」

我道：「萬一相同呢？」

白素道：「萬一相同，抗拒和接受，完全一樣，強弱的懸殊如此之大，抵抗會有甚麼結果？結果一定是優勢文明消滅劣勢文明，所以，地球人從現在開始，應該建立一個新的觀念。不這樣，不足以適應未來的變化。而建立這個觀念，首先，要使世人確實知道，外星人已到了地球。」

我沒有再說甚麼，白素的觀點，我當然沒有異議，但是想想這項事實給世人帶來的震撼，我實在沒有法子再向下想。

停了片刻，我才道：「好，那我們開始行動吧。第一步，我們先去找齊白。」

白素點頭，表示同意。

要找齊白不是難事。我們已知道了那個研究中心所在的地點，我記得那建築物和我見到齊白的地方，一到就可以找到。

到了目的地，我們租了一輛車，看著地圖，在沙漠上駛著，看到了「前是軍事基地，沒有許可證，不能前進」的告示牌後，我轉入了一條小路穿過了一片灌木林，略停了一停。

那時，在望遠鏡中，已可以看到那幢建築物。

絕無疑問，我曾經來過這裏。在夕陽的餘暉中，我盡量記憶當時的情形，在半小時之後，車子已來到了那個長著灌木叢的土堆之旁。

我停下了車，和白素作了一下手勢，指著前面的一塊大石：「齊白就在下面的地洞中。」

白素道：「我們要設法讓他知道是我們來了。不然，他以爲追殺他的人找到了他，會反抗。」

我道：「那容易。」

我跳下了車，向前走，不多久，就在一團乾草之中，看到了一根自土中露出來的一根管子，那是齊白藏身的地洞的通氣口。

我對著管子，大聲道：「齊白，是我，衛斯理。雖然你一片好心，將我送走，但是我還是回來了！你長期躲在地洞中，也不是辦法，對不對？我們可以商量出一個更妥善的辦法來。」我叫了一遍，肯定在地洞中的齊白一定可以聽得到，我就來到石塊旁邊，等著石塊移開，齊白現身。

我等了一會，石塊動也不動。我和白素互望了一眼，白素道：「他不在了？」

我用力去推那石塊，石塊下發出一陣聲響，給我推了開來。

我向著石塊下的地洞，大叫道：「齊白。」

地洞中一點反應也沒有，這時，天色已經黑了下來，白素取出了小電筒，向地洞內照去。在電筒的光芒之下，我看到地洞之中，比我在時候，更多了些雜物，但根本沒有人。

我跳了下去，在地洞中轉了一個身，又爬了上來，吸了一口氣：「齊白走了。」

白素道：「看看他有甚麼留下？」

我又下去，找了片刻，除了空的食物罐頭之外，甚麼也沒有。齊白不在了，他到哪裏去了呢？

當晚，在地洞旁又等了三小時，直到肯定齊白不會出現，我留了字在地洞，然後，才到了附近的一個小鎮中，找到了一家汽車旅店，住了下來。

在汽車旅店的房間中，我和白素計畫下一步應該怎樣。

在想了又想之後，我道：「那通到地下室的入口，我還記得，我們先偷進去，將那七十四具外星人的屍體弄出來再說。」

白素居然立時同意：「對，有了這批外星人的屍體，我們就可以和太空總署最高的負責人泰豐將軍展開談判。」

我感到極度興奮：「我們弄清楚了事情的來龍去脈，進行起來，不會有心理上的恐懼和迷惑，我們確切知道自己要做甚麼。」

白素幫著我檢查工具，由於不可能知道會遭遇到甚麼情況，我們作最壞、最困難的打算，也就帶了特別多應用工具。

我們略事休息，到凌晨時分，才悄悄離開，駕車出發。要找那個入口處不是難事，當車子停下之後，我和白素，都不由自主，吸了一口氣。就在那入口處附近，我們看到了三個穿著白袍的人，像是幽靈一樣，緊靠著，站在一起

我在一呆之後，失聲道：「是他們。」白素已聽我敘述過一切經過，自然知道「是他們」這句話是甚麼意思。

白素還未及有反應，那三個人已經以極快的速度，向我移近。

我不說他們向我「走」近來，而是說「移」近來，是因為我已經知道，白袍下

並沒有身軀。他們究竟是甚麼樣子的，我一無所知，所以，心中極度詭異，反手握住了白素的手。

轉眼之間，他們已到了近前，裝束仍然和以前一樣，在白布下，只可以看到他們閃耀著一種暗綠色光芒的眼珠，他們之中的一個先開口，聲音仍是生澀僵硬：「你欺騙了我們。」

我揮了一下手：「其間的經過很複雜，慢慢我會告訴你們，齊白在哪裏，你們知道？」

那人道：「不知道，你已經進過墓室？發現屍體不是地球人，所以就不下手？」

我平心靜氣：「不是，恰恰相反，我上次沒有進墓室。而如今，是因爲已經知道了墓室中的屍體不是地球人，所以才再來的。」

那人發出了「哦」地聲響，三個人互望著，眼中都閃著奇妙的一種光芒。那人又轉而問我：「你好像很不同，和旁人不同。」

我道：「這是我妻子的意見，白素——」我介紹白素給他們，當然不會希望他們會伸出手來和白素握手。白素只是凝視著他們，他們也凝視著白素。

過了足有二十秒之久，白素才先開口：「很高興認識你們，現在的形勢是，某些掌握著極大權勢的人，將你們來到地球，當作最高機密。任何人若有意揭穿這個秘密，都會招致殺身之禍。」

那人嘆了一聲：「他們為甚麼要這樣做？」

白素道：「由於恐懼，恐懼你們是有超等能力的侵略者。」

那人道：「我們只不過是路過這裏。我們有自己的星球，你們的星球絕不適合我們居住——」他講到這裏，忽然發出了幾下笑聲：「恐懼星球之間的侵略，最沒有道理，每個星球的環境都大不相同，在這裏，我們連生存都極困難，你們怕外星人侵略，就像森林中的動物，害怕海中的水母會去侵佔森林一樣無稽。」

我道：「那麼你們——」

那人道：「將我們同伴的屍體帶走，就會離去，在我們的航行報告上，會有某個星球上有生物的紀錄。」

白素道：「你們的能力很高，為甚麼不自己去將屍體弄出來？」

白素的問題，是一個核心問題，我用心等著對方的回答。那人道：「在墓室中，充滿著一種氣體，這種氣體，我們無法抵禦。」

我立時道：「甚麼氣體？」

那人道：「這種氣體，在空氣中有五分之四，這是我們所能抵禦的極限，全部是這種氣體，我們根本無法接近，那種氣體——」

我已經道：「是氮氣。」

那人道：「是。」

我和白素互望了一眼，氮的性質十分穩定，在純氮氣下，細菌也不會生長，的確是保全屍體的最佳方法。當然，如果只是氮氣，我和白素，也無法生存，但那極易解決，我們只要有壓縮氧氣筒就可以了。

我立時又想到，他們一樣可以利用氧氣筒來解決這個問題，就算他們不能靠氧氣呼吸，也可以用別的氣體。當我想到這一點時，白素也想到了，她道：「如果只是氮氣，我們也一樣不行，你們——」

那三個人又互望了一下，仍然由那個人開口：「對我們有極特別的損害，我們還沒有法子可以克服。」

我還想問，那人像是不願意再談，轉換了話題：「如果你們可以幫我們取回那些屍體，我們可以盡自己的力量來滿足你們的要求。」

我和白素互望了一眼，道：「好的，但我們今晚無法行動，因爲我們需要壓縮空氣，要不然，我們也進不了那個密室。」

那三人「哦」地一聲，像是十分失望，我道：「多等一個晚上，有甚麼關係？」我看了手錶：「希望明天這時候，還能在這裏看到你們。」

那人答應了一聲，轉過身迅速離去。

白素問：「你曾告訴過我，他們白袍扯脫之後，沒有身子？」

我道：「我沒有親眼看到，是都寶告訴我的。」

白素道：「他們的身子一定十分小，小得只有我們的頭部那樣大。」

我眨著眼：「那麼……他們……」

白素道：「他們頂著白袍行動，看起來就像我們。」

我忍不住哈哈笑起來：「頂著白袍？他們總要有東西支援著他們的身子不跌下來才好。」

白素已轉身向車子走去：「那還不容易，不一定要實物，有一股強勁的氣體射向地面，就可以使他們的身子懸空了。你覺得他們的身子不應該小？你想想，如果他們的身子和我們一樣大，七十四具屍體，只派一個人去，怎麼偷得出來。」

我不禁「啊」地一聲，心中埋怨自己怎麼從來也未曾想到過這一個問題。

由於見到了那三個人，又知道在我們要去的墓室之中，充滿了氮氣，所以在第二天，我們先驅車進鎮，買了兩副潛水用的壓縮空氣，等著天黑，在差不多時間，再度來到昨晚見到那三個人的地方，卻沒有見他們，等了一會，也不見他們出現。

我悶哼了一聲：「他們失約了。」

白素道：「別管他們，我們只要將屍體弄出來，他們一定會出現的。」

我同意白素的看法，向前走出了不多遠，就到了地道的入口，和白素一起彎著身，鑽了進去。

那地道我曾經進出過一次，這次也沒有甚麼困難，不一會，就來到了那甬道之中，我向白素道：「你看，我第一次來的時候，預期自己會在一座古墓之中，見到了這樣情形，以爲到錯了地方。」

白素道：「真是，也難怪齊白在錄音帶中，表現了這樣的怪異。」

在甬道中向前走，沒有多久，就聽到了抽氣扇的轉動聲，接著，看到了那巨大的抽氣扇，然後，通過抽氣扇，經過了那小鐵門，到了機房，又推開了一道門。上次就是在推開了那道門，看到了樓梯之後，認爲來錯了地方而退回來的。

白素用電筒照著漆在牆上的那行英文：「未經許可，此門不准開啓。」她低聲道：「我們要假定，從這扇門開始，就進入警戒系統，一切行動都要小心了。」

我點了點頭，快疾地跨上樓梯去，來到了那扇門的後面，門鎖著。不到一分鐘，門已經打開了。

我向白素作了一個手勢，示意她後退，然後，慢慢地推開門。推開幾公分，並沒有預料中的警鈴聲大作，我向外望，外面是一條長長的走廊，相當陰暗，只有盡頭處有一盞燈，那盞燈是在一扇門上的，門上釘著一塊牌子，上面有字，但是相距太遠，看不清楚。

我反手，向白素要了望遠鏡，再向前看，看到那牌子上的英文是：「警告：任何人未得最高領導人准許，絕不能開啓此門！違反者將受到最嚴厲的軍法懲罰。」

我將望遠鏡遞給了白素：「墓室一定就在那扇門的後面。」

白素點了點頭，我小心觀察著走廊，肯定走廊中根本沒有甚麼警戒，推開了門，和白素一起向前走去。

走廊中真的沒有任何警戒，這一點，出乎我們的意料之外。

一直到了那扇掛著警告牌的門口，我又破壞門鎖，和白素一起將壓縮空氣筒整理好，咬上了呼吸管，推開門，向內走去。反手將門關上，這時候眼前一片漆黑。而就在我們要著亮電筒時，陡然大放光明。

由於光亮來得如此突然，剎那之間，眼前甚麼也看不到，但沒有多久，我們可以看清眼前的情形了。

那是一間極大的房間，至少有一百平方公尺大，可是卻空無所有。空無所有的意思，就是甚麼都沒有，真的甚麼也沒有，只是空的，牆、地上和天花板，全是白色。處身在這樣一間空無所有的純白色大房間之中，詭異至於極點。

而隨即，我們又發現，房間也還不是真的空無所有，在近天花板的牆角處，有著許多閉路電視的攝像管。

這絕對是意料之外的事情，別說是我，連白素也整個人都呆住了。

也就在這時，我聽到有聲音自天花板的牆角處傳出，那是一個聽來充滿了訝異的聲音：「上帝！這兩個和我們一樣。」

當時，我不明白這句話是甚麼意思，門被撞開，有四個軍裝人員，戴著類似防毒面具一樣的東西，手中持著武器——那是我還叫不出名堂的一種武器，看來像是一種小型的手提火箭發射器。如果是這種武器的話，它的威力極其強大，這四個人手中的武器，只怕可以摧毀兩輛坦克車。

這四個人直衝了進來，立即散開，用他們手中的武器，指著我們，也不出聲，只是示意我們向外走去。我和白素互望了一眼，神情之苦澀，真是難以形容。

此刻，只怕古今中外，連宇宙上所有星球都包括在內，再也沒有第三個盜墓人，像我們如今的處境這樣尷尬的了。

在這樣的情形下，全然沒有抵抗餘地，我們只好向外走去，才一出門，就覺得情形有點不對，可是已經來不及應變。

一出門，我和白素才跨出了一步，就發現門外已不是一條走廊，而是一個相當狹窄的空間，我立時轉身，後面有一道門疾落下來，將我和白素，封閉在這個狹窄的空間之中。

我拉下了壓縮空氣的呼吸管，叫了起來：「喂，這算是甚麼意思？」

白素也拉下了管子：「我們被關在一個籠子中了。」

我用拳打著，的確，我們被關在一個籠子中了，籠子的四壁，看來全是一種十分堅硬的金屬，而且我們立時感到籠子在移動，也立即發現，籠子頂上的四角，都有著電視攝像管。

我做夢也想不到會有這樣的情形發生，我又叫道：「放我們出來，放我們出來！」

當我叫的時候，我又不斷用腳踢著四壁，在「籠子」中奔來奔去，白素比我鎮定得多，她只是抬頭，望著其中一支電視攝像管：「我們沒有危險性，不必將我們關起來觀察，大可以面對面地談。」

我聽得白素這樣講，呆了一呆，但是隨即明白了她這樣說的意思，也明白了這時我們的處境。

我們被當作外星人了。

一定是上次齊白來過之後，這裏估計還會再有人來偷盜屍體，所以作了這樣的佈置，而上次齊白進出順利，這裏的人不知道來的是齊白，還以爲是外星人，如今這樣的布置，當然是用來對付外星人的。

而我們撞了進來，就被這裏的人當作了外星人。

一想通了這一點，我不禁啼笑皆非，至於極點。

我曾經被人當過各種各樣古怪的角色，而被我的同類當作是外星人，卻還是破題兒第一遭。

被當作外星人之後的情形如何，可以在一份絕對機密的報告書中，看出梗概來。

「絕對機密」報告書，由泰豐將軍親自撰寫，報告書的封面上，除「絕對機密」的紅色字樣之外，還有一行小字，註明：「本報告書採用分句分行打字，用十六位打字員共同完成，打字員絕對無法獲知本報告書的內容」。同時還有另一行字：「閱讀此報告者，絕對不能向任何人洩露本報告內容。本報告只呈中央一級官員審閱。」

報告書的內容如下：（在報告書中，我將自己的意見加在括弧中，以便容易瞭解事實的真相。）

「絕對機密報告第三號。」

（第一號和第二號絕對機密報告，我在事後也獲得過目，放在後面敘述。）

「在『小小事件』『氣化事件』之後——以上兩事件，請參閱絕對機密報告第一號和第二號——又發生了本報告書所記述的事，決定以『雙人事件』作為代號。

「在『氣化事件』之後，本署所屬的研究中心，已採取了極其嚴密的保安措施，這些保安措施包括經最高當局同意的若干行動，這些行動都十分成功，有關人等都已消滅，以保證機密的不外洩，這些行動的詳細報告，見絕對機密報告書第二號的附錄。

（所謂「最高當局同意的若干行動」，就是殺人滅口，被殺者包括了單思，六個太空總署的職員，以及道格拉斯博士，和那個「重要資料保管主任」等等。這種行動，在「秘密絕對不能外洩」的理由下執行，實實在在，暴露了人性醜惡的一面，但是下達命令者，卻振振有詞。我和他們之間的爭論，雙方不同的意見，會在下面逐一敘述，這是十分重要的意見分歧。）

「我們估計，對方還可能再來，而我們所作的防禦措施之中，包括了要俘虜對方的計畫。俘虜對方的計畫執行順利，九月十七日，淩晨三時，警戒系統有了警報，兩個侵入者進入秘室，他們立即被誘入事先準備的牢籠之中，牢籠是堅固而不可破壞，有閉路電視可以監視內中人物的一切行動。

「這兩個侵入者，外形與地球人一般無二，他們堅稱自己是地球人。經過反覆的盤問，歷時三天之久，他們並且報出了自己的身分，也經過了對他們身分的複核，已經證實無訛，這是一樁意外。

（報告書中輕輕鬆鬆的一句「一樁意外」。事實上，我和白素卻在那籠中，被禁閉了三日三夜。這是極其痛苦的三日三夜！）

（在這三日之中，我們不但被當作外星人，而且，還經常有莫名其妙的氣體放進來，有不知來歷的光線射進來，若不是我們有壓縮空氣和神經夠堅強的話，只怕也早已死了，被當作是外星人的屍體藏起來了。）

（最後，我們實在無法可施，只好將自己的身分說出來，請他們去調查，他們辦事效率倒很高，一下子就弄清楚了。）

「由於考慮到外星生物可以用各種形式侵入，所以對這一男一女身分的調查，廣泛而深入，調查的結果，可以確切地證明，他們並不是外星生物，而是兩個身分特殊的地球人。

「在證明了這是誤會之後，本署曾考慮和處置以前的各人員一樣，將他們消滅，且已獲得本署決策人員的大多數通過。

（我和白素生死一線。我們被禁閉在那個牢籠中，對方要「消滅」我們，實在太容易了。我們可以說一隻腳已踏進了鬼門關之中，救了我們性命的，是我的一番話。）

「但是，兩人中男性的那人，宣稱他們之所以會來這裏，是受了三個外星人的委託，據他們所知，和我們曾得到的七十四具屍體是同類。他們——外來的可怕敵人，還在地球上隨意來去，這極其危險，覺得需要在他們口中，獲得更多的情報，所以暫時取消了行動計畫，而將他們移置於另一間密室。

「在將這一男一女移置到密室，加以嚴密的監視和訊問之後，所獲得的情報如下。

（報告書在這裏，詳細地記錄了我的敘述，那些事，前面都已經寫過，所以從略。）

「經過調查，證實這名叫衛斯理的男子，所講的一切全屬真實。換言之，外星高級生物仍在地球活動，這是對地球的最大威脅，一旦這種情形為世人所知，所造成的心理震撼和由此而來的混亂，將不可估計。所以，本署主張仍繼續絕對保持秘密，同時請最高級當局下達指示，如何處置這一名叫作衛斯理的男子和一名叫白素的女子。」

報告書的內容已如上述。

在這份報告書送出去之後的日子裏，我和白素仍然被禁閉，密室設備倒相當好，和那個「牢籠」不可同日而語。但是我們的心情一樣不安，因爲命運如何，仍是未知之數。我和白素在這些日子中，用盡了方法想逃走，卻沒有一次成功。

電視攝像管一直對著我們，對話全通過機械裝置來進行。

我們聽到的最後的一句話是：「有關你們的情形，已有一份報告書呈上去給最高當局審閱，你們要安心等著！」

一直到三天之後，白素還維持著鎮定，我已經到了忍耐的極限時，意料不到的事情發生了。那扇我用盡了方法也無法將之打開的門，突然發出了幾下聲響，打了開來。

我一聲怪叫，直向門口撲去，到了門口，門已打開，一個穿著將軍制服，神情極其威嚴的人，出現在門口，我一伸手，已幾乎要抓到他的將軍制服了，那將軍突然道：「我是泰豐將軍。」

他一報出了名字，令得我的在他胸前不到一公分處停了下來，我悶哼了一聲：「將軍，你好。」

泰豐將軍吸了一口氣：「衛先生，由於事出非常，我想，對你的遭遇，我們也不必道歉。」

我怒道：「對，是我要道歉。」

我本來是在盛怒之下講的反話，誰知道泰豐將軍竟老實不客氣地道：「是的，你要道歉，你闖進我國一級秘密的軍事機構，如果你在這裏被槍殺，世上沒有任何人能爲你說任何話。」

我怔了一怔，一時之間，說不出話來。的確，我來到這裏之後的待遇雖然差之極矣，但是我進來的方式卻也有欠光明到了極點，這令得我啞口無言。

我只好道：「那算是雙方扯直，誰也不必向誰道歉。將軍，在做了超過十天的囚犯之後，我們是不是可以恢復自由了？」

泰豐將軍的神情很淩厲：「有幾個國家領導人要見你們。」

我冷笑道：「哈，一下子變成上賓了。」

泰豐將軍怒道：「你的態度最好嚴肅一點，事情並不好笑。」

我想發作，但白素在我身後，拉了拉我的衣服，我將怒氣強忍了下來，但仍免不了道：「怎麼去見他們？是把我們關在那個箱子裏帶去？」

泰豐將軍沒有理睬我，轉過身去：「跟我來。」

當他轉身去之際，倒是我襲擊他的一個好機會。但是我只是略想了一想，並沒有動手。白素顯然已知道我在想甚麼，狠狠地瞪了我一眼。

經過了一條長走廊，根本沒有遇到任何人，就出了那幢建築物的門口，坐了極短程的車，就上了一架小型的噴射機。

第十二部：兩份絕密文件

航程中，機艙裏只有我們三個人。看來泰豐將軍也在冒著險，他只有一個人，我們任何時候都可以對付他。但是他爲了不想更多人知道秘密，所以寧願冒這個險。

本來，我對這位將軍絕無好感，但想到了他的勇敢，倒也對他另眼相看，稍減了心中的厭惡。

一開始時，我們幾乎全不說話，十分鐘之後，泰豐將軍才道：「有三份文件，你可以先看一看。」

他打開了將軍制服的上衣，自上衣之中，取出了一個信封。一位將軍，要用這種方式來收藏文件，我倒是第一次見到，由此可以知道這些文件的重要性。

我將那些文件接了過來，很有點受寵若驚。

泰豐將軍道：「讓你參加這種高度的機密，並不是我的意思。我的意見如何，你可以在第三號絕密文件中得知。」

第三號絕密文件，就是前面已舉出來的絕密報告第三號。泰豐將軍的意見，主張將我和白素消滅。

當時，他說完之後，就扭過頭去，望著窗外，不再睬我們。

我將文件的封套拆開來，和白素一起看著。

文件一共是三份，都是「絕密」的。第三號，前文已經引述，第一號和二號，所記著的事，極其令人吃驚，我和白素看完之後，目定口呆，半晌講不出話來，整件由許多謎團組成的事，都可以在這兩份文件之中，得到答案。

兩份文件相隔的日子相當長，約爲兩年。

第一份文件的內容如下：

「絕對機密文件第一號。」

「八月十七日，我署接到七宗報告，報告者指出，他們都曾在八月十七日十九時到二十三時這段時間內，見到不明飛行物體。報告者的姓名、職業和他們見到不明飛行物體的地點，請參閱附錄。

（附錄相當長，沒有全文引用的必要，因爲那包括了七宗見到不明飛行物體的二十四個人的詳細履歷、生活背景等調查，應該說明的只有一點，這些見到不明飛行物體的人，全不是撒謊著。）

「不明飛行物體的報告極多，這七宗目睹的報告，有一個共通點，就是他們所報告的不明飛行物體，形狀一致，而這個不明飛行物體，在我國西北部沿海地帶飛行，最南和最北被看到的地點，相距一千六百七十二公里。而時間的相差，不過二十分鐘。假定不明飛行物體只有一個，那麼，它的飛行速度就達到了不可思議的程度。

「遺憾的是，見到不明物體的人，當時都未能將之攝影。而根據他們的形容，所有的人全是被個別詢問的，沒有串供的可能，不明飛行物體的形狀如下。

「半圓球形，直徑大約是十公尺，飛行時忽高忽低，極端不穩定。駕車的目睹者，在見到不明飛行物體之際，車子的動力，突然消失。雖然在不明飛行物體遠去之後，動力也不恢復，事後的檢查是：電力完全消失。

「半圓球形的不明飛行物體的底部，有著許多類似天線一樣的伸出物，有三個目擊者，曾看到不明飛行物體距離地面只有兩百公尺處掠過，他們都看到那些類似天線的突出物之間，有著閃耀不斷的火花，而且還有低微的爆聲，十分密集。本署根據了目擊者的敘述，將七處不明飛行物體被人看到的地點作點，再將這七個點用線聯合起來，可以發現，不明飛行物體由南到北，在二十分鐘的飛行途程中，經過了我國西北部的三個主要大城市。

「最值得注意的，也就是為甚麼這次不明飛行物體的出現，不按尋常辦法處理，而要列為特別絕密報告的原因也在於此：在這個不明飛行物體經過的路線，包括那三個主要的大城市，都曾在不明飛行物體出現的時間內，電力供應完全斷絕。

「電力供應在這樣廣闊範圍內斷絕，是有史以來未曾有過的事情，電力在數小時之後才恢復供應，各供電站在事後的報告全一樣，原因不明。

「原因不明而導致如此廣闊地區的電力供應失常，這是一件極嚴重的事。正常情形之下的損失已經無可估計，如果非常時期，這種情形的電力供應失常，可以使我國的防衛和進攻力量完全癱瘓。國家安全出現空前的危機！

「本署將不明飛行物體的出現，和廣大地區電力供應突然中斷的事，聯繫在一起，經過審慎考慮。首先，提出了這一個意念。然後，根據不明飛行物體的飛行路線，發現斷電地區，是在飛行路線的一百公里寬闊地帶以內。

「再其次，不少專家，根據目擊者的敘述，認為不明飛行物體底部的類似天線的物體，可能是一種導電的裝置，類似我國正在研究中的無線導電設備。

「專家的這種意見，更導致事態的嚴重性：如果敵人有某種新的發明，可以利用某種飛行物體，將飛行物體經過之處，一百公里寬闊地帶的電能，完全引走，那將成為對國家安全構成最大威脅的武器，非進行徹底的調查不可。

「本署曾經將這種構想，知會各有關部門，本署也單獨進行了調查。由胡非爾上校所組成的三人調查小組負責進行。

組長：胡非爾上校。

組員：亞倫上尉，

李沙摩夫上尉。

「調查小組經過一個月的努力，有令人震駭的發現，這種發現，是構成本報告書的第二個主因，調查的結果，無法用文字形容，只有請各閱讀報告書者自行決定觀感。」

（報告書在這裏以後，就詳細記錄了胡非爾上校的調查經過，看了這個調查經過之後，不得不同意「無法用文字形容」這句話是正確的。）

（由於事後，我和胡非爾上校見過面，他詳細地告訴了我關於調查的經過，所以，我不再用報告書中那種呆板的記載來敘述這件事，而採用較生動的記述方法。）

（雖然我和胡非爾上校的認識是在這以後的事，但在這裏插補胡非爾上校的調查，也很適宜。）

胡非爾上校出身並非正規軍人，而是戰時在敵後地區的情報人員。第二次世界大戰結束之後，這一類人員本來全應該退役了。但是他由於卓越的成就而被留在軍隊中。

胡非爾上校在戰後，靠自修而獲得了兩項博士學位，其中一項是精密金屬學，所以他被調到太空總署。更由於他的頭腦精確縝密，被派去主管情報組。

太空總署的情報組，負責的工作範圍極廣。從敵對國家有關太空軍備的一切動態，到種種有關不明飛行物體的調查，全在情報組的工作範圍之內。

絕對秘密報告第一號之中，提到的將不明飛行物體飛經的路線，和當時的停電區域聯繫起來的設想，就是胡非爾上校首先提出，所以，調查工作落在他的身上。

胡非爾首先會見了目睹這個不明飛行物體的人，詳細地詢問著當時的情形。最後兩個看到這個飛行物體的是兩個爬山者。

這兩個爬山者說：「當時天色早已黑了，我們也已登到了一定的高度，可是奇怪的是，向山腳下望去，應該可以看到山下城鎮燦爛的燈光，但實際上卻是一片漆黑，一點燈光也沒有。這種奇異的景象，很令得我們怔呆，接著，我們就聽到了一種奇異的聲響。」

在所有目擊者之中，只有這兩個人是聽到「奇異的聲響」的，其餘的人，至多聽到輕微的火花爆發時的劈拍聲，飛行物體的速度極快，但是寂靜無聲。

這兩個人聽到的聲音，十分「嘈雜而斷續」。他們的形容是：「那是嘈雜的聲音，像是有幾十架壓路機一起在開動，可是卻又斷斷續續，像是機械的運行有故障，不暢順，就像是一輛老爺汽車，接著，我們就看到了那個不明飛行物體。

「飛行物體的速度極快，但是卻在左搖右擺，搖擺的節奏，和嘈雜聲的斷續相配合，看起來整個飛行體有故障。當時，我們一起叫：這東西要掉下來了。的確，看起來就是這樣子。

「在飛行物體的四周，有閃電一樣的淺紫色的光芒，時隱時現，出現和隱沒的節奏，也和嘈雜聲配合，聲音大的時候，紫色的光芒弱；聲音小的時候，紫色的光芒就較強。它以極高的速度，搖搖晃晃向前飛，飛向北方，不消一會，就完全看不見了。」

胡非爾曾對這兩個人，反覆進行了十多次盤問，直到他肯定，那兩人的話全部屬實爲止。

胡非爾向泰豐將軍報告了他自己的推測：「不明飛行物體邊緣的紫色光芒，可能是電流造成的。超過三萬伏特以上的高壓電流，會形成這樣紫色的光芒。而這飛行物體肯定已有故障，因爲它在最後被看到時，飛行不規則，它不能繼續飛行多遠，如果它飛不多遠就不能再飛的話，它一定會墜毀在我國北部地區的高山之中。」

能夠擔當太空總署的負責人，泰豐將軍絕不是沒有想像力的人，但是他聽了胡非爾的假設之後，也不禁呆了半晌：「你根據甚麼，作這樣的設想？」

胡非爾上校瘦削的臉上，現出十分自得的神情，這樣回答他的上司：「我的估計，這個不明飛行物體，在第一次被人看到時，已經發生了困難，所以才不得不低飛。它低飛的目的，我想是攫取電力——它用甚麼方法可以攫取電力，不得而知，總之它飛過的地區，所有電力全部消失！」

泰豐將軍作著手勢，鼓勵胡非爾繼續說下去。胡非爾又道：「它攫取電力，希望可以繼續飛行，但顯然情形愈來愈糟，那最後兩個目擊者的直覺印象是對的：飛行體發生了故障，而斷電地區，也到那地點爲止，這可以斷定爲：飛行物體已不再攫取電力，在前面墜毀了。」

泰豐將軍糾正了一點：「或者，降落了。」

胡非爾道：「不管是降落了還是墜毀了，我們只要去找，一定可以找得到。」

泰豐將軍深深吸了一口氣：「你要動員多少人？」

胡非爾在這時候，已直覺地感到事情極度不尋常，所以他也早有了計畫：「不必太多人，帶兩個人去就行了，一定要最好的人，然後，帶一些最精密的探測設備。我已經決定了帶誰去，他們是亞倫上尉和李沙摩夫上尉。」

泰豐將軍相信胡非爾的挑選，所以立即批准。

準備工作花了三天。攜帶的儀器盡量輕巧，因爲他們可能要翻山涉嶺，究竟目的地在何處，也不知道。爲了攜帶必需的探索儀器和工具，他們甚至連露營的設備都沒有。好在他們全是出色的軍人，露宿也難不倒他們。

亞倫上尉二十九歲，軍官學校出身的優秀軍官，記錄上沒有絲毫缺點，紅髮，身高一八二公分，有著體育家的身形，一切都是如此完美。李沙摩夫上尉看起來差一點，已經四十二歲了，所謂「差一點」，是他的一切，沒有亞倫那樣標準。

李沙摩夫上尉是一個老兵，經歷過許多殘酷的戰爭，各種各樣求生存的辦法之精通，罕人能及，他又是一個爬山專家，平時有點油腔滑調，毫不在乎，也會玩點小花樣，例如偷一點軍用物資出去，裝配成一些精緻的機械出售圖利等等。

在這種目的不明，充滿了神秘的探索任務中，李沙摩夫這樣的人是最恰當的人選。

三個人，由胡非爾率領，他們的出發，甚至在本機關中，也保持秘密，只有泰豐將軍一個人知道。

他們先到了那最後兩個目擊者看到不明飛行物體之處，然後，根據那兩人所說，飛行物體「搖搖晃晃」飛出的方向，向前進發。

那一帶，全是高山峻嶺，根本沒有道路。郊遊和爬山者，也只到他們開始之處為止，再向前去，天曉得是不是有人跡。

第一天，他們爬上了山頂，在山頂上，他們各自用望遠鏡搜索著，但是望遠去，視線所能及處，全是密密的松嶺，林中有些甚麼，他們也看不到。

當晚他們又下了半山腰才休息，第二天一早，又開始向前走，下午，翻過了另一座山頭，在山頂上，他們再度用望遠鏡觀察。

一路上，他們早已開啓了隨身攜帶的金屬探測儀，可是儀器上的指針沒有反應。胡非爾也考慮到了不明飛行物體的動力可能是核裝置。所以也帶了放射線探測儀，但也同樣沒有反應。

當他們又在山頭上用強力望遠鏡觀察時，李沙摩夫先叫了起來：「我發現了一些東西，看西北偏西十五度，對面那個山頭的半山腰，看到沒有？」

胡非爾看到了：「是，好像有人在那裏非法砍伐。」亞倫也看到了：「至少有一百多株松樹被砍倒了，還來不及運走。」

李沙摩失笑了起來：「上尉，這山頭上的松樹全送給你，你有甚麼法子運得出去？那些樹，是被甚麼力量撞倒的。」

胡非爾道：「如果是雷殛造成，森林會發生大火，而沒有這種痕跡，所以——」

李沙摩夫道：「所以，我們要找的不明飛行物體，一定落在那地方。」這個結論，立即為他們全體所接受，想不到那麼快就有了結果，大家都很高興，落下山頭之後，努力向前進。但是當天無論如何無法到達目的地，只好在兩峰之間，過了一夜。

到了早上，他們精神煥發地前進，攀上出去，密林阻擋了視線，好在他們認定了方向，一直向前進。到了中午時分，已到了半山腰，強力金屬探測儀的指針開始移動，愈向前去，指針移動的幅度愈大，指出前面有大量的金屬，距離已只不過五百公尺了。

幅射探測儀也有了反應，但並不是太強烈，未達到危險程度。

胡非爾密切注意著幅射的強烈，一直到他們看到了東倒西歪的松樹之後，他們也看到了那個「不明飛行物體」。倒下來的松樹很多，飛行物體在最近北方邊緣的松樹旁，已經分裂成了三個部分。

胡非爾、亞倫和李沙摩夫三人呆立著，好久不說話，也不向前走去。他們真正震呆了，連胡非爾也不例外。

胡非爾曾對這個不明飛行物體作過種種推測。但是推測是一回事，真的看到了不明飛行物體，又是另一回事！那究竟是來自其他國家的飛行工具，還是來自別個星體的？一切全部充滿了極度的神秘，而這種神秘的震撼，足以使任何人呆若木雞。

他們記不清呆立了多久，亞倫最先開口，他發出了一個極傻的問題，他大聲叫道：「有人嗎？」

亞倫的詢問當然得不到回答，胡非爾作了一個手勢，他們向前走去。

分裂成三部分的飛行體，看起來已不能再拼成一個圓形，撞擊的力量很大。令他們感到意外的是，飛行體的體積並不是十分大，直徑如一輛大卡車。他們向前走去時，地面上有著不少金屬碎片。

當他們來到三個分裂部分的中間時，他們看到了一組不成形的機械。

那組機械已經完全毀壞，而且還經過焚燒，已經是一堆廢物了。三個分裂部分，兩部分較小，有一部分相當大，當他們來到那最大一部分的面前之際，他們都呆住了。

如果說他們剛才看到那飛行物體時，所感到的震驚是一，那麼，這時他們所感到的震驚是一千，一萬。一時之間，三個人僵呆著，喉際發出咯咯的聲響，不知過了多久，亞倫上尉首先發出了一下怪叫聲，隨著他的那下怪叫聲，是一下槍聲。胡非爾聽到了叫聲和槍聲，但是那全然不足以令他轉過頭去向亞倫看一下究竟發生了甚麼事，他仍然雙眼發直，盯著前面。

而李沙摩夫，這個經驗豐富、可以在死屍堆中酣睡的老兵，在槍聲之後，陡然大笑起來。他一面笑著，一面向前衝。當胡非爾略爲定下神來看他時，他已經奔到了一個懸崖之前，而且一點也沒有停止的意思。

胡非爾在這時，發出了一下叫聲，他說，他當時也不明白自己這一下呼叫聲，是爲了發洩他自己內心的驚恐，還是要叫停李沙摩夫。

李沙摩夫並沒有停下來，繼續奔向前，從懸崖上直跌了下去。

胡非爾看著他跌下去，他在下墜之際，不是發出驚呼聲，而仍然是發出大笑聲，一直跌下了千仞深谷，據胡非爾的報告說，直到李沙摩夫跌死之前，他一直在笑著。

當胡非爾在目睹了李沙摩夫跳崖之後，再轉過頭來看時，這才發現亞倫上尉的額角上，有一個洞，血正在汩汩向外淌著，剛才那一下槍聲，是他用手槍結束了他自己的生命。

胡非爾當時，只覺得世界末日已經來臨，他甚至也下意識地拔了手槍在手，想學亞倫一樣，舉槍自殺。他當時和事後，都極能瞭解兩個自殺者的心情，因爲他自己也想結束生命。

連胡非爾上校也有這樣的衝動，是因爲他和已死的兩個同伴，所看到的情景，實在太令人震驚。他們所看到的情形，令得他們第一個產生的意念就是：世界末日來臨了，人類的前途結束了。

那種情形，就像是敵人的軍隊，已經打到了門口，而自己又絕無力量可以抵禦，敵人一攻進來，就會成爲俘虜和奴隸。任何性子較烈的人，在這樣的情形下，都會想到寧死不屈，情願自己結束自己的命，也不願意投降敵人。

他們在那個已經斷裂開來的機艙之中，究竟看到了甚麼東西呢？據胡非爾上校的說法是：那是人。一個一個人，很多，有好幾十個。那毫無疑問是人，雖然他們的體型如此之小，但那一定是人。

那些人的體型極小，只有十五公分左右，從比例上看，他們的頭部十分大，光禿而沒有頭髮，雙眼突出而形狀可怖，身上的衣服，像是金屬絲組成。

胡非爾上校已經拔出了手槍來，快要步亞倫和李沙摩夫的後塵。那是因爲他一看到那些形體十分小的怪人，立即就想到，那是外星來的高級生物，根深蒂固的外星侵略者的觀念立時發生作用，使他感到：地球上沒有力量可以防禦來自外星的侵略，地球人完了。

而在千鈞一髮之間，他沒有這樣做的原因，是因爲他突然發現，那些怪人突出的眼珠，看來綠黝黝地，並沒有甚麼光芒。再接著，他就發現，那許多小怪人，全部一動不動，全都死了。胡非爾的心中，仍然懷著極度的恐懼，那是他有生以來，第一次感到的真正的恐懼。但是發現了那些怪人都已死亡之後，至少令得他鎮定了許多。所以，他才打消了結束生命的念頭。

胡非爾鎮定了下來，開始檢驗那些屍體，他數了一數，一共是七十四具。在那隻已可以肯定為宇宙飛船的殘剩機艙內，還有著許多胡非爾所看不懂的裝置。在那一瞬間，胡非爾只感到了自己的渺小，地球人的渺小。

不知道甚麼星體來的高級生物，已經能通過宇宙飛船來到地球。這種事實，對於地球人的自信心和自尊心，實實在在是一種致命的打擊。

他不知道自己呆了多久，才決定應該怎樣做。他此行的目的，本來是在搜尋不明飛行物體的下落，這時找到了那不明飛行物體，他卻一點也沒有興奮之感，只是恐懼、沮喪和焦慮。

他先解下背囊，用布將那些外星人的屍體，一起包起來。在那時，他又發現了在幾乎沒有完整東西的現場，有一樣非常奇怪的東西。

那是一塊玻璃磚，在絕密一號報告書中，十分清楚地記載著這塊完美無缺的玻璃磚的大小和重量。

（我看到這一段時，和白素互望了一眼，我幾乎忍不住要張口大叫起來，但白素立時阻住了我。）

（毫無疑問，那玻璃磚，就是在我書房中出現的那塊！）

胡非爾上校將那玻璃磚拾了起來，他也不知道是甚麼，就帶著屍體和它，開始歸程。

當那些外星人的屍體，展示在太空總署幾個高級負責人面前之際，人人都目定口呆，出不了聲。等到震驚過後，意見紛紜。

有的說立即通知聯合國，要聯合幾個強國，共商抵禦之法。有的要對屍體進行解剖，有的要立時動員，下達緊急命令。最後，是胡非爾的意見，獲得了一致的通過。

胡非爾的意思是：將這件事，保持絕對秘密，絕對不能對公眾宣佈，以免社會秩序遭到徹底破壞。安置那些屍體，也是胡非爾出主意，揀了一處位於沙漠的研究中心，在最底層的一個密室之中，用許多玻璃盒，將那些外星人的屍體，藏了起來。

爲了避免有人進入和屍體損壞，藏屍的玻璃盒真空，而整間密室之中，則充滿了氮氣。那塊和屍體一起發現的玻璃磚，也和屍體放在一起。

然後，再由胡非爾一個人，帶了炸藥，到那個宇宙飛船墜毀的地點去，將飛船的殘骸，徹底炸毀，不留痕跡。

整個過程，都在極度秘密的狀態下進行，亞倫和李沙摩夫兩人的死，經泰豐將軍親筆批署：「在執行某種極度機密的任務之中殉職」。

有兩個小小的意外，是道格拉斯教授和一個主任級軍官，教授不同意總署的處理方法，準備向全世界公佈，主任因震撼之餘，酒後說了幾句有關外星人屍體的話，他們兩人，全被胡非爾滅了口。

泰豐將軍和最高當局，顯然是無可奈何地同意了胡非爾上校的做法，爲了秘密不致外洩，不惜一切手段。

於是，這件事，就變成了不超過五個人知道的秘密。有關這件事的報告，是絕對機密報告第一號，代號是「小小事件」。或許是那外星人的屍體看來如此之小，所以才取了這樣一個代號。

事件本來已經結束了，如果不是齊白闖進了那墓室的話。齊白闖進墓室的經過，寫在「絕密報告第二號」之中。

我和白素看完「小小事件」報告之後，只是發怔，不知道如何才好。

泰豐將軍望著我們，我們兩人的臉色一定不是十分好，他冷冷地道：「感到震驚？你們不過看到了報告書，已經這樣子，應該可以想像，當日我們面對這種事實，心中如何驚悸。」

我悶哼了一聲，沒有回答，泰豐將軍又道：「所以，我仍然以爲，胡非爾上校的意見，我們處置事件的手法，是必須的——既然必須，就不必再討論這樣做是正當或不正當。」

我仍然無法表示自己的意見。

泰豐將軍又道：「請看第二號報告書，沒有第二號報告書中所發生的事，也就不會有你們的事，世人永遠不會知道，就像沒有發生過。」我還是不出聲，和白素再去看第二份文件。

「絕密報告第二號，代號：氣化事件。

「研究中心藏有外星人屍體的密室，絕對不許任何人進入，即使該中心負責人，也不得進入。為此，總署作了最嚴密的措施，密室的門鑰，保存在總署，胡非爾上校處。

「這項規定在密室中開始收藏了外星人屍體之後，就立即生效，近兩年，完全沒有事故發生。

「五月三十日晚，研究中心的警報系統，突然被人觸動，證明有人非法侵入。

「立即發現，被侵入處，是絕對機密的密室，門鎖已被破壞。由於命令絕對嚴格：不論在何等情形之下，不獲總署批准，皆不能進入這密室，所以研究中心方面執行命令，一面派人守在密室門口，一面通知總署。在胡非爾上校以第一時間趕到之前，研究中心的保安人員也已發現了有一條地道，直通向研究中心建築的地下通氣道，侵入者是從這條地道中進入。

「經過徹底搜查，發現有侵入者遺下的工具一袋，屬於專業盜墓人所使用。地道的出口處，距中心三公里，是一處荒僻的沙漠。

「胡非爾上校到達研究中心……」

胡非爾上校到達研究中心之前，沒有任何人進過那個密室。當他來到那密室門口，看到門鎖被破壞，他也無法設想在裏面，究竟發生了甚麼變化。

他先下令，令所有的人全遠遠離開去，到他肯定門打開之後，只有他一個人可以看到密室中的情形，他才一腳踢開了門。

那間密室，是他親手佈置的，七十四個玻璃盒，每一個盒中，放著一具屍體，而當他一腳踢開了門之後，他陡地一呆。

密室中全是碎玻璃。所有本來用來放置外星人屍體的玻璃盒，全都破碎，而且碎裂得十分徹底，全都成了極小的碎片。而所有外星人的屍體，也已完全不見。

房間中氮氣，已經全部逸出，混入空氣之中，房間中的空氣和其他地方的空氣沒有甚麼分別，胡非爾上校在房間中來回走了幾步，鞋底踏在碎玻璃上，發出難聽、刺耳的聲音來。

他找過那塊玻璃磚。由於滿地全是碎玻璃，他不能肯定那玻璃磚是不是也碎裂了。

看到所有外星人的屍體全不見了，胡非爾上校的心中，又驚又喜。他感到高興的是，要長久維持這個秘密，十分吃力，如今屍體不見了，這就是說，秘密也不再存在了。

可是，令得他憂心忡忡的是，屍體落到了甚麼人的手中？誰有那麼大的神通，神不知鬼不覺地掘了一條地道，通入地下室，進入保安嚴密的研究中心，又進入了密室？

胡非爾當然要查這件事，極其龐大的調查工作，在他的主持下展開，所有參加調查的工作人員，都不知道事情的真相，只知道要找出，五月三十日晚，是誰偷入了研究中心。

調查的經過十分複雜，在絕對機密報告第二號之中，也有著詳細的敘述，經過冗長悶人，所以不再引述，只須知道在五月三十日以後的一連串日子中，以太空總署爲中心，旁及各機關的上千人員，都曾參加過這項神秘的調查工作。

第十三部：唯一辦法互相瞭解

調查工作在半個月之後，有了結果，一個身分神秘的中國人，被不少人認出，在五月三十日的前後，曾在研究中心附近的市鎮出現。這個中國人，在六月一日淩晨，曾在附近的一個小市鎮中喝醉了酒，大叫「世界末日來了！」「人類的命運已到了終極！」這一類話，當時在酒吧中的少數人曾認爲他是某個新教派的傳播者。

胡非爾立時將調查集中在這個中國人身上，根據目擊者的描述的繪像，被大量送出去，這個中國人的行蹤，也漸漸明朗化。

現代化的大規模的調查，可以將一個人的來龍去脈，完全弄得清清楚楚。胡非爾已經知道了這個中國人的名字叫單思，出生於一個極富有的家庭，而他本身，是一個傑出的業餘盜墓人。

在得到了單思在開羅的消息之後，胡非爾上校立即飛往開羅，一下機，就直趨一個三流的夜總會。

在開羅，有不少這樣的夜總會，這種夜總會的特點是烏煙瘴氣，空氣的污染程度，會叫人感到如處在爐子中，肚皮舞孃瘋狂地扭動著胴體，劣酒的酒味，令人一進門就會嗆咳。

在這家夜總會的一個角落中，胡非爾見到了單思躺在五個肚皮舞孃的肚子上，手中拿著酒瓶，在向口中灌著酒。

胡非爾是一個老練的情報工作者，他絕沒有表露自己的身分，而是一聲不出，在肚皮舞孃的格格笑聲中，擠在單思身邊，也躺了下來，將單思手中的酒扭移到自己的口邊，也灌著酒。

單思望向他，很高興有一個人來和他作伴，兩個人不斷喝著酒。

夜總會二十四小時營業，胡非爾和單思至少在這個角落中泡了超過六十小時，醒了又醉，醉了又醒，直到胡非爾認爲時機成熟了，他才道：「世界末日已經到了，你知道嗎？」

單思像是聽到了最知己的肺腑之言，立時大點其頭：「我知道。我以爲只有我們兩個人知道，原來你也知道？所有的人都知道？」

單思這樣說，等於是在告訴胡非爾：偷入研究中心是兩個人，除了他之外，還有另一個人。胡非爾心中也不禁暗自吃驚，因爲他的調查是如此廣泛、深入，但也只查出了單思一個人與事件有關，另外一個人是甚麼人？何以可以像是在空氣中消失，不在他的調查網中出現？

（胡非爾上校當然不知道還有一個人叫齊白，一直就躲在研究中心附近的沙漠的地洞之中。齊白不但比單思聰明，而且比單思鎮定，在看到了外星人的屍體之後，他所受的打擊，不如單思之甚。）

胡非爾回答：「沒有別人知道，只有我們三個人才知道這秘密。」

單思瞪著胡非爾：「太可怕了，是不是？」

胡非爾單刀直入：「是啊，那麼多屍體，來自不可測天體的外星人屍體，地球上的人完了，變成了低等生物。」

單思的身體劇烈地發著抖喃喃地道：「完了，完了，該死的齊白，他爲甚麼要邀我做這種事？」

胡非爾有了「齊白」這個名字，這使他可以很容易地查到有關齊白的一切。當時，他只是不著意地問了一句：「齊白在哪裏？」

單思道：「不知道，他說他……我們無意之中，觸及了當今人類最大的秘密，一定會遭到不幸，刻意保持秘密的人，不會放過我們。」

胡非爾不動聲色：「除非你能將屍體還給他們。」

單思發出相當可怕的笑聲來：「屍體？哈哈，哪裏還有甚麼屍體。」

胡非爾問道：「你們將屍體怎麼了？」

單思雙手揮舞著：「不知道，一切像是一場惡夢，一隻一隻玻璃盒，一打破，屍體突然漸漸消失，溶化在空氣之中，不見了。齊白不斷打破玻璃盒，屍體不斷消失——」

單思講到這裏，睜大了滿是紅絲的眼睛，盯著胡非爾：「你說，他們是不是逃走了？回去了？像是被咒語關在寶盒中的妖魔，逃了出去，然後，又會大規模地回來復仇？」

胡非爾一時之間，還不明白單思這樣說是甚麼意思，直到在反覆地詢問、交談之後，胡非爾才算弄清楚了事情的經過。

他在報告書中，肯定了單思所講的全是事實。

經過的情形是：齊白邀單思一起去盜墓，通過地道，進入密室，看到了外星人的屍體。當他們進入甬道之際，齊白開始錄音，那時，他已感到了極度的迷惑，因爲他一心認定，自己應該在一座古墓之中。

等到他們進入了密室，看到了外星人的屍體，他們開始明白是怎麼一回事，齊白像瘋了一樣，打碎那些玻璃盒子。

（這就是齊白的錄音帶中，不斷的玻璃碎裂聲的來源，還有他的驚叫聲。這時候，單思已因爲極度的震驚，而發不出任何聲音。）

玻璃盒子打碎，盒中的屍體，便迅速消失，他們碰一下屍體的機會都沒有。

（這個現象極其奇特，胡非爾也不明白，只是照單思所述的實錄下來。）

（我倒可以略爲明白。那三個人曾對我說過，他們對於密室中的氣體，沒有辦法忍受。大致可以推斷，純粹的氮氣，會令得他們的軀體，迅速消溶在氮氣之中。）

到最後，他們發現了一塊玻璃磚，齊白拿起了它，單思全然不知道齊白又做了些甚麼，事實上，他一進入密室，看到了外星人的屍體，已經整個人都呆住了。

接著，齊白就拉著他，向外奔去，由於奔逃的時候太匆忙，觸動了警鐘，但他們還是逃了出來。

他們一逃了出來之後，齊白就道：「單思，我們看到了不應該看到的秘密，一定有人會爲了保持秘密而殺我們，快逃，逃到人跡不到的地方去躲起來。」

單思定過神來之後，他的直覺不如齊白敏感，對齊白的警告，只是姑妄聽之，他只是道：「這種怪事，我一定要告訴衛斯理。」

（此所以，我的名字，赫然出現在絕密報告第二號之中，真不簡單。）

齊白當時道：「你還是逃遠點，可以寫信告訴他，別去找他。」

（這兩卷錄音帶，齊白離開了單思之後寄給我，他不可能自己寄，是他託了人寄的。我想起被他派的人放進棺材的事，知道他神通廣大。）

然後，齊白又道：「有一樣東西——我也要給衛斯理。」

單思望著他：「甚麼東西？」

（報告書中記載的單思對胡非爾所說的他和齊白之間的對話，十分重要。齊白說要給我一樣東西，可是他並沒有託單思給我，我也沒有收到甚麼。）

（就是因爲胡非爾可能認爲有東西在我手中，所以才派了他六個手下，在暗殺了單思之後，再追蹤我，向我探測東西的下落。）

（當時，我以爲那一定是十分珍罕的古物，所以才講了一句「珍貴的古物」，這句話，在深明內情的那六個人聽了，自然知道我其實甚麼也不知道，這就是我在飛機中遭遇到的事。）

（也幸虧我當時真的全然不知道，因爲這六個人早已奉令，只要我也知道內情，他們就會像對付單思一樣地對付我。）

（而這六個人，在完成了任務之後，他們的下場如何，人人都知道。）

齊白和單思分手，齊白不知所蹤，單思到了埃及，由於震驚太甚，終日沈醉在醉鄉之中，直到胡非爾上校找到了他。

胡非爾上校在單思的口中瞭解了經過情形，已經準備除掉單思滅口，可是他還想要多瞭解一些經過，出現了一點意外，幾個來歷不明的人，突然帶走了單思。

胡非爾再展開調查，單思在一個多月之後，才在東方出現。胡非爾一直不知道這一個多月來，單思在甚麼地方。

（我倒可以推測單思在甚麼地方。齊白一直在關心單思的安全，那些報告書中

「來歷不明的人」，一定是齊白的朋友，將單思從開羅弄走，弄到更安全的地方去，情形就像將我自地洞中弄走一樣。）

（但單思顯然不領情，他知道有人要追殺他，但還是來找我，他以為齊白提及的東西在我這裏。）

（接下來發生的事，一開始就已經寫過，大家都已經知道了。）

報告書最後提及，單思和六個派去執行任務的人，全已死亡，還有兩個人值得注意，一個是衛斯理，但已證明他全不知秘密，還有一個最重要的人物齊白，下落不明。

整件事件，由於屍體的神奇消失，所以代號是「氣化事件」。

報告書中，最後一段是胡非爾上校料到可能還會有人再來，極可能會是外星人要得回他們同伴的屍體，所以，提議不要封閉地道，作為一個陷阱，使得再進入的人，落入陷阱。

結果，我和白素就落人了胡非爾的陷阱，所以才有了絕密報告第三號。

噴射機仍在高空飛行，看完了這三份報告書，我深深吸了一口氣，和白素互握著的手，手心都在冒汗。泰豐將軍冷冷地直望著我們。

白素擠出了一個十分勉強的笑容：「看來，我們兩人，應該被列入滅口名單。」

泰豐將軍悶哼了一聲：「本來是，但是胡非爾上校卻不主張這麼做。」

我忍不住「哼」地一聲：「爲甚麼？滅口計畫，從頭到尾，全是他在執行，而且，也是他首先提議和擬定的。」

泰豐將軍說道：「到了目的地，你自然會明白，現在我不想先解釋。」

我不再說甚麼，又和白素交換了一個眼色。整件事情，到現在，已經可以說真相大白。事情的牽涉範圍竟如此之廣！一個強國的最高統治集團，一心要將外星人來到地球一事保持絕對秘密，這件事本身，或許只是觀念上的問題，不算是甚麼罪惡，但是爲了要達到目的，卻必須使用醜惡之極的手段。

白素低聲對我道：「鎭定一點，別衝動，也別將他們當作敵人。」

我惱怒道：「他們隨時可以取走我們的生命。」

白素搖頭道：「他們只是太恐懼了，恐懼心理，令得他們無法面對事實。」

我無法同意白素這種說法，賭氣不再出聲，飛機在飛行了三小時方才著陸在一個軍用機場中。

一下飛機，在極嚴密的警戒下，我們被送上一架全部密封的車中，泰豐將軍坐上了另一輛車子。我們完全無法知道車子經過了一些甚麼地方，車行約半小時就停了下來。我們出了車子，已在一幢建築物中。

武裝人員帶著我們，進入一間房間，關上門，房間不大，只有我和白素兩個人，我們才坐下，對面的一幅牆，突然移開，隔室和這間房間，成了一間。

在隔壁那間房中，已有五個人在，一個泰豐將軍，我們是認識的，還有一個看來已超過六十歲，但是體格仍然可以稱得上壯健的老者，我們也一眼就看出來，他就是這個國家的最高領導人。

還有兩個，全是見過照片的高級官員，另一個坐得離我們最近，這人在牆移開之際，就站了起來，他身形極高，瘦削，剽悍，雙眼炯炯有神。鷹鉤鼻，薄嘴唇，一望而知十分寡情。

這個人盯著我們，作自我介紹道：「別人不必介紹了，我是胡非爾上校。」

他伸出手，向我走過來，我也站起身，和他握了握手。他又十分有禮地向白素點了點頭，轉回身：「每個人都知道是甚麼事，我們立刻開始！」

其餘的人都表示同意，我大聲道：「等一等，我來到這裏，不是自願的，我不參加任何問題的討論。」胡非爾用他那雙有神的眼睛盯著我，半晌才道：「現在是甚麼情形，你還在講究這些。」

我冷冷地反問：「現在是甚麼時候？」

胡非爾陡地吼叫了起來：「現在是地球最危急的時候——」

他在吼叫了一聲之後，立即感到在場全是地位極高的人，他不能這樣無禮，所以立時壓低了聲音，臉脹得通紅：「外星人已經來了。」

我又冷笑了一聲：「我不明白何以你這樣害怕，只要宇宙中另外還有生物的話，他們遲早會來，有甚麼好大驚小怪的？」

胡非爾上校的神情變得怪異之極，像是我根本不是他的同類，就是外星人。

那個老者咳嗽了一聲：「對不起，你的確不是自願來的，但是你闖進了一級軍事保密機構，我國有權審問你。」

我想要開口，老者一揮手，不讓我說下去：「如今，我們不是要審問你，只是想和你談論一下，找出事情的應付方法。」

作為一個超級大國的最高領導人，這位老者的態度，比胡非爾好得多了，我也心平氣和地道：「好，這樣子，大家才能開始說話。」

胡非爾擠出了一個十分勉強的笑容，我搶在他前面，說道：「我不認為外星人到了地球有甚麼不好，他們遲早要來的。我們也不必根據地球人的觀感，認為他們來了，一定是入侵。外太空來的侵略者，這全是電動遊戲、連環畫和電影中的事，不一定會發生在實際生活之中。」

泰豐將軍道：「根據已發生的事實來看，他們如果展開攻擊，我們絕無抵抗的餘地。」

我笑了起來：「將軍，我不知道你這是甚麼邏輯，舉個例子來說——」

我一時之間，想不出恰當的例子來，轉頭向白素望去。白素的姿態十分優雅地立時道：「這就好像一個侏儒，一看到了重量級拳王，就認定了這個拳王一定會攻擊他。」

泰豐將軍的面肉抽搐了幾下：「事實上，相去更遠，在這些外來生物之前，我們太脆弱，一隻他們的飛船，就可以使上萬平方公里的地方，完全消失了電力。」

那老者道：「所以，我們決定保守秘密，不然，真正的情形一旦公佈，世界末日就來了，不必等外星人來攻擊，我們自己就會弄垮自己，就像是在有變故發生時，擁擠的群眾因爲恐懼，爭相逃生而自相踐踏至死一樣可怕。」

他講到這裏，略頓了一頓：「人類在地球上生活了許多年，經過了許多動亂，才建立了雖然不理想但卻是大多數人可以接受的秩序，地球人在這種秩序下生活，心理上需要一定的支持力量。一旦這種支持力量消失，混亂就開始。」

我點頭：「我同意這樣的分析，但是，這是肯定了外來者會向我們發動攻擊而得出來的結論。」

胡非爾又叫了一句：「他們當然會。」

我盯著胡非爾，好一會。可能是我的目光十分古怪，是以胡非爾在我的注視下，現出不安而憤怒的神情。

我這時的心情，對胡非爾是又憐憫，又生氣。我憐憫他的無知，而他對自己無知作出的結論，十分固執地相信，並且照這個愚蠢的結論去行事。

我注視了他好一會之後，才道：「在我被當作外星人禁閉起來之前，我曾遇到了他們。」

我在「他們」兩字之上，特別加強語氣。

這句話才一出口，房間中的氣氛，陡然緊張了起來，所有人，都不由自主，挺了挺身子，胡非爾上校甚至霍地站了起來，立時又坐了下去，臉色也變得十分難看，口唇掀動著，想講些甚麼的，而又沒有出聲。

我預料到我的話，會給他帶來震驚。我繼續道：「你一定猜不到他們講些甚麼。」

胡非爾發出了一下如同呻吟一樣的聲音，我就將遇到那三個「白袍人」的經過，說了一遍。

每個人都瞪著眼睛望著我，不出聲。

我緩緩地道：「他們所舉的例子十分有說服力，海中生活的水母，絕對不會將牠的領土擴張到森林去，因爲在森林中，牠根本完全無法生活。」

胡非爾喃喃地道：「可是——他們的能力——」

我立時道：「水母之中，有一種含有劇毒的，叫作『葡萄牙戰艦』，幾乎沒有甚麼陸地生物可以抵抗牠的毒素。但如果生活在西伯利亞平原上的一隻野兔，日夜去擔心牠會來進襲，這是一種甚麼心態？」

幾個高層領導人互望著，看來已經有點同意我的說法。但是胡非爾卻叫了起來：「不！」

我想聽他怎麼說，望定了他。胡非爾的神情看來十分激動：「野兔本來不必擔心，但是水母已經出現在牠生活的領域，能不擔心？」

我怔了一怔，一時之間，也不禁答不上來，那老者喟嘆：「是啊，事實是，他們已經來了。」

我吸了一口氣：「這是事實，他們已經來了，但是那不等於說他們一定會傷害我們。那次大停電，據我的推測是，他們的飛船，發生了故障，需要大量的電力，所以才不得已而攫取了我們的電源。」

胡非爾悶哼了一聲，沒有說甚麼，泰豐將軍語言苦澀：「一架飛船出了故障，就可以造成這樣的損害，如果有十架飛船需要電力補充，我們的國家，就整個完了。」

我嚥了一口口水，白素在這時，用她那優雅的語調道：「現在來討論這些問題，沒有意義。因爲外來者的意願是好、是壞，地球人根本沒有任何防禦的力量！」

胡非爾立時道：「是啊，所以我們才應該極度緊張、驚恐。」

白素緩緩地道：「緊張或驚恐，同樣不能解決問題。」

胡非爾「哼」地一聲：「小姐，你有甚麼更好的辦法？」

白素道：「有：瞭解！我們要盡量去瞭解他們，也讓他們瞭解我們。」

胡非爾的眼珠轉動著，不出聲，其餘各人，也保持著沈默。

白素繼續道：「相互的瞭解，可以使事情變得簡單。各位，他們來了，這是事實，驚恐一點用都沒有，防禦也沒有能力，就讓他們來好了。」

胡非爾的聲音聽來很尖銳：「我無法忍受，絕大多數的人也無法忍受身邊忽然出現一種十五公分高的小人，智慧能力都在我們之上。」

白素道：「開始，誰都會不習慣，但這是一個不可抗拒的事實，將來，星際生物互相在不同的星體之間來往，一定愈來愈多。不但會有十五公分高的小人，也會有二十公尺高的大人，甚至於會有許多在形態上完全超乎我們想像之外的外星人，我們的原則必須改變——」

白素深深地吸了一口氣，然後用極其堅定的語氣道：「我們全要將他們當作是朋友，而不能在心理上，把他們當作是敵人、侵略者。」

幾個高級領導人互望著，最高領導人又嘆了一聲：「很有意思。白女士的話，很有意思，我想，現在應該是開始的時候了，開始改變我們對外星人的態度。如果這種根本的態度不改變，地球人無法適應未來的生活。」

另一個喃喃地道：「是啊，可是，該怎麼開始呢？」

我插了口：「當然，這很困難，要有侵略本性的地球人，相信別的生物可能根本不具有侵略性，這極度困難。」

胡非爾冷而乾澀地道：「可能，外星人根本也具有侵略性。」

我道：「是。可能有，但那又怎樣？地球人有力量保護自己？結果還不是一樣！」

胡非爾大聲道：「結果不一樣，不讓地球人知道有外星人的存在，盡一切力量去保持這個秘密，以免引起恐慌，結果就不一樣。」

我苦笑了一下，說來說去，胡非爾還是不改變他的意見。但至少，我們相互之間，都已經表達了自己的意見。

房間裏靜默了片刻，那老者才道：「我同意這是目前唯一可以採取的辦法，改變全世界人的根本觀念，需要時間。」

白素道：「至少，可以在一切宣傳上，開始改變『外星侵略者』的形象。」

泰豐將軍沈聲道：「事實已經在那樣做，在我們的幕後策畫下，一部與和平的外星人接觸爲題材的電影，已經拍攝成，在全世界各地放映。」

我「哦」地一聲：「那部電影！」

那老者揮了揮手：「基本上，我們的意見並沒有多大的分歧——」

儘管老者在講話時的神態十分莊肅，但是我還是不禮貌地打斷了他的話頭：「有分歧，如果要保守絕對秘密的話，我和我的妻子，也就列入胡非爾上校的滅口名單之中了。」

胡非爾上校的臉色，變得離看之極。老者道：「我已經下令，不再有任何滅口行動。雖然如此，但我仍然同意我們盡一切力量，保持秘密。」

我和白素互望了一下，都不說甚麼。老者繼續道：「我們不能肯定過去做的是對，也不能肯定現在做的是對，我們只是盡自己的能力去判斷，然後行事，一切的是非對錯，只有留待將來，等歷史去判斷。」

他的語音之中，多少有點傷感，這位老者，雖然他的地位極高，但給人以一種親切的感覺，我伸了伸身子，用手在他的肩上輕拍了兩下，他也反手拍著我的手背，看來我們像老朋友。

他向一位領導人望了一眼，那領導人道：「和兩位會面的目的，是想通過兩位，向——向他們轉達一聲，我們實在不歡迎他們到地球來。而他們所要的屍體，根本已經因爲他們身體結構特殊，消失在氮氣之中，不再存在，所以，可以請他們走了。」

胡非爾失聲道：「他們不會走，還有那東西！」他用力揮著手：「雖然誰也沒有見過那東西究竟是甚麼樣子。我們還是要用一切方法，去找齊白。」

我搖頭道：「齊白也不會說，他害怕得比任何人都厲害。如果我再見到他們的話，我會轉達這個口訊。」

老者站了起來：「相信你會保守秘密，現在，你們可以離去了。」

我也站了起來：「十分高興能和你見面，但是，我和你意見不同，我不但不會保守秘密，而且，還要盡我一切可能，去宣揚，去告訴地球人，外星人已經來了。」

胡非爾冷冷地道：「不會有人相信你，你拿不出任何證據來，你說的話，人家會以爲是幻想小說。」

我喃喃地道：「或許人們一時不相信，但事實畢竟是難以久遠隱瞞。」

泰豐將軍道：「別又將問題弄回老路來，這樣爭論下去，永遠不會有結果。」

白素也站了起來：「的確是，我們疲倦，需要休息了。」

那老者走過來，和我們握手，仍然由泰豐將軍陪著我們出去，胡非爾上校跟在我的身邊，說道：「就私人而言，我倒很高興和你做朋友。」

我望了他片刻：「真對不起，單思死在我的身邊，我不能忘記當時的情景。」

說完了那一句話，我看也不看他們向我伸出來的手，轉過身，大踏步走了出去。

我和白素在獲得了自由之後，由於泰豐將軍還想我和那三個白袍外星人會晤，所以又在研究中心附近，停留了三天。

但是對方卻沒有出現。我答應泰豐將軍，最多，我再到北非洲的那個沙井去見他們，但如今，我實在覺得疲倦，希望得到休息。泰豐將軍無可奈何地答應，一再要我一有他們的資訊之後，立時和他聯絡。在這三天中，我也用盡了方法，想找到齊白。但是齊白卻像是在空氣之中消失了，音訊全無。

我和白素啓程回家，在航程中，我試圖和幾個看來知識程度十分高的人交談，問及他們對於外星人的看法，所得到的回答大致差不多，都不相信外星人已到地球，但不否認外星人的存在。而提及外星人已到地球，會怎樣時，一致的反應是：那是世界末日到了。

唉，這是何等嚴重的一種錯誤觀念，地球人真的會滅亡——滅亡在這種無法適應星際高級生物互相友好來往的錯誤觀念上。

來到了家門口，老僕人老蔡打開門，歡迎我們進去，老蔡已經十分老了，但是精神還旺健，他一看到我們，滿是皺紋的臉上，現出一種極古怪的神情來：「這房子……這房子……有點……」

他講得十分吞吐，我道：「老蔡，有甚麼事，爽快說。」

老蔡苦笑道：「這房子，有點不乾淨！」我明白他「不乾淨」的意思，心中好笑：「怎麼，見鬼了？」

老蔡雙手連搖，神色凝重：「不是說笑的，我見到了兩次，那……鬼胖得很，有三個頭，穿著白袍，兩次全是從樓梯上下來，我……我……」

我一聽得老蔡這樣形容他見了兩次的「鬼」的樣子，不禁大喜若狂，連白素也現出極高興的神情來。將老蔡看得目定口呆，不知道我們兩夫妻發了甚麼神經，聽到家裏鬧鬼，會這樣大喜若狂。

我拍著老蔡的肩：「老蔡，你沒有看清楚，他們是三個人，不是很胖的一個人有三個頭。」

老蔡張大了口，合不攏來，神情更害怕，我又道：「放心，他們是我的朋友。」

老蔡吞了一口口水，從小到大，他已看慣了我的怪異行動，所以頗有點無可奈何的樣子，不過他還是忍不住咕噥了一句：「甚麼樣的朋友都有，連三頭鬼都是朋友。」一面嘰咕一面轉身走了進去。

上。」

我對白素道：「原來他們早來了。」

我三步併著兩步，跳上樓梯去，白素道：「你急甚麼，他們現在不見得會在樓上。」

白素叫嚷著，我已經奔了上去，在書房和臥室之間的空間中停了一停，已看到書房的門，打開了少許，有聲音傳出來：「我們在這裏。」

我高興得大聲吹了一下口哨，向身後招了招手，推開書房門，一眼就看到那三個人，像是在病毒的房間中看到他們一樣，「擠」在一起，坐在沙發上。

我向他們作了一個手勢，等白素也進來，關上了書房的門。這時，我已經知道他們的形體是甚麼樣的了，只是驚異於他們的眼睛之大。

如果他們的身體只有二十公分高，而他們的眼睛，看來一如地球人的話，在比例上而言，實在有點大得不可思議。在我展視他們之際，白素已經道：「三位，屍體問題已經不存在了。」

那三個人中的一個，聲音仍然是那麼生硬：「不存在了？」

我道：「對，事實上已經沒有屍體。齊白進了那墓室，看到了被密封在玻璃盒中的屍體，那令他感到極度的震驚。在他給我的錄音帶中，他便用了『終極』這樣的字眼，表示當時，他震驚的程度，以爲是世界末日已經到了。」

那人悶哼了一聲，我繼續道：「齊白由於震驚，就開始打碎那些玻璃盒子，於是，屍體就暴露在當時房間中的氮氣之中——」

我才講到這裏，對方就發出了「啊」地一聲響，眼中現出一種異樣的光芒。

我道：「我不明白你們的身體結構是怎樣，事實是，所有的屍體，一和百分之百的氮氣接觸之後，就立時消失了。」

那人沈默了片刻，才道：「這是一種極其複雜的化學變化，你的確不容易明白，舉個簡單的例子，就像……有一種元素……叫鈾，暴露在空氣中的結果一樣。我們身體的主要組成元素，遇到了百分之一百的氮氣，就會完全溶在氣體之中。」我吸了一口氣：「屍體不存在，那艘引起問題的飛船，也永遠不會有人發現，你們……對不起，這並不是我個人的意思，而是受到其方面所委託轉達……你們也可以離開了。你們的出現，顯然不是很受歡迎。」

那人發出了一下相當古怪的聲音，聽來不知是在感嘆，還是在苦笑：「是的，我們會離去，誰會在這樣可怕的星球持久逗留？事實上，我們連那東西也找回來了。」

我「哦」了一聲，他們當中那人的衣袖向上舉了一舉，我才注意到那塊玻璃磚，在他的「手」中。

我和白素同時發出了一下低呼聲：「這……就是……那東西？」

那人道：「用我們的方法，將事情記錄在這裏面——這東西，當然不是玻璃。你看不到甚麼，並不等於記錄下來的東西不存在。你們用的錄影磁帶，看起來，也只是一條黑褐色的帶子！」

我點著煙，長長吸了一口：「可是，齊白怎麼知道這是重要東西？」

那人道：「我相信他找到了……閱讀儀，那是一種儀器，可以看到這裏面記錄的一切，就像你們通過一種裝置，可以聽到或看到磁帶上記錄的一切。真奇怪他沒有將這個『閱讀儀』也給你。」

我搖頭道：「齊白沒有來找過我，我一直以爲這塊玻璃，是單思給我的。」那人道：「不會是單思。」他講了這一句之後，停了片刻，才又道：「我也有幾句話，要請你轉達。在我們遠航的過程中，發現不少星體上有高級生物，你們最落後！」

我道：「所以，我們才感到恐懼或震驚。」

那人道：「由於你們生存的環境實在太差，所以才會有掠奪、侵佔這種觀念，如果你們能致力於改善生存的環境，這種觀念，久而久之，自然就不會存在。或許，我的話，你們根本不能瞭解？」

我想了片刻，才苦笑道：「可以瞭解一些，我知道，地球上的生存環境真差，每一個人都要用力掙扎，才能勉強活下去，要物質豐富任人需要，人的根本觀念才會改變？」

那人發出了一下悠長的喟嘆聲：「你其實一點也不瞭解。」

我大是不服：「怎麼不瞭解？地球人貪婪、侵佔、掠奪、自私，無非是爲了物質不足。如果滿地全是黃金，誰還會爲了黃金而瘋狂？」

那人又發出了一下更悠長的嘆息聲：「你真是完全不瞭解，要改變生存環境，不在於物質的豐富與否。地球人的欲望無止境，物質再豐富，精神空虛，問題一樣不能解決。」

我還在思索那人的話，白素已經道：「精神！精神上的充實，才能使地球人生存在滿足的沒有掠奪的環境中！」

那人道：「是，你有點明白了。」

他說著，三個人已一起離開了沙發。我忙道：「等一等，我還有許多問題。」

那人道：「你想知道我們從哪裏來？能力究竟有多大之類？」

我連連點頭。那人道：「這些問題對你來說，全是沒有意義的。」

我忙又道：「那麼，這——」我指著那塊玻璃磚，「這東西的內容——」

那人回答道：「這是飛船的航行日誌，我相信就算給你知道了全部內容，你也不會有興趣。」

我忙道：「你說的那個閱讀儀，是甚麼樣子的？或許就在我書房中，我可以找一找，也讓我知道一下內容。」

那人道：「我可以肯定不在這裏，在的話，我們一定會知道，那東西有兩個六角形的突出物，顏色是極奪目的紅色，半透明。可以透過它，將我們記錄下來的一切，和你們的電腦電波產生作用，使用的人，就可以看到你們的文字，這是一個十分複雜的轉化過程，你不會瞭解。」

我的確只能想像，無法瞭解。顯然，地球人的知識，還無法瞭解那樣複雜的事，就像我無法瞭解他們何以能從北非洲一下子把我移到北美洲去。

那人講完之後，向外走去，來到門口，我忙打開了門，讓他們下樓，我聽到老蔡又發出了一下驚呼聲，和一下重物倒地的聲音，接著，是開門聲和關門聲，他們已經離開了。

不多久以後，在報上看到了病毒逝世，所收藏的寶物捐給了埃及國家博物館的消息。

又過了一年之後，在一個偶然的機會之下，在歐洲的一個滑雪勝地，見到了齊白。齊白已經恢復了昔日的生活方式，我們在談了一整晚，當壁爐中的火燄已經熄滅，柴堆只剩下白灰的時候，他才忽然提起：「我派人送給你兩樣東西，誰知道那人不可靠，以爲其中的一樣是紅寶石，拿去賣給了珠寶商。」

我「啊」地一聲：「那……玻璃磚和它的閱讀儀？你派去的那人——」

齊白道：「那人將玻璃磚放在你書房，沒有另外一個東西，你不能知道這東西的內容。」

我忙道：「是啊，這東西——」

齊白打了一個呵欠：「內容沈悶之極，全是航行的記錄，對了，還有人在等我，再見了，老朋友。」

他既然說內容只是航行的記錄，沈悶無比，我也不想再問下去了。

我只是望著愈來愈黯淡的爐火，在想著那種形體很小的外星人講過的，地球人應該盡一切努力，去改善自己生存環境的那幾句話，也不理會我是不是終於能想通它、瞭解它。

（完）

多了一個

序言

「多了一個」則是一個喜劇故事，如果將之擴大來寫，可以加許多小趣味進去，至少可以加長一倍。但作者寫故事，很多情形之下，只是為了表達一個想像，一個意念，並不喜歡太「開枝散葉」，所以也很少在細節上做與主要意念無關的鋪排。這個故事，第一次接觸到身體和靈魂間的關連，以後許多故事，都在這個意念上，有極多的發揮。

倪匡

第一部：世上最奇怪的人

我見到了一個人。

這個人，看來大約三十歲，身高一七五公分左右，男性，我見到他的時候，他穿著一套廉價的西裝，愁眉苦臉，不住地搓著手。

他的樣貌很普通，如果見過他，不是仔細觀察他一番的話，一定不容易記得他的樣子，像這樣的人，每天在街上，要遇見多少就有多少。

但是，我卻要稱他爲世界上最奇怪的一個人，這實在是太奇怪了，要明白他的奇怪，必須了解整個事件的來龍去脈，否則，若想用簡單的幾句話，來形容他的奇怪，是不可能的事。

如果一定要用最簡單的語句，來表示這個人的奇怪，那麼，可以稱他爲「多出來的人」。

甚麼叫作「多出來的人」呢？那又絕不是三言兩語，所能解釋得清楚的了，還是讓我來詳細敘述的好。

大海無情，上午風平浪靜，到下午便會起狂風暴雨，波濤洶湧。吉祥號貨船，這時遇到的情形，就是那樣。

吉祥號貨船是一艘舊船，它的航行，即使是輪船公司，也不得不承認那是「勉強的航行」，但是由於貨運忙，它一直在海中行駛著。

吉祥號貨船的船長，是一個有三十年航海經驗的老手，他十六歲就開始航海，從水手一步步升上去，升到了船長的職位，像顧秀根船長那樣的情形，在現代航海界中，已經不多見的了。

在顧秀根船長的領導下，各級船員，一共是二十二個，連船長在內，一共是二十三個。記住這個數字，一共是二十三個船員。

吉祥號由印度運了一批黃麻，在海洋中航行到第七天，一股事先毫無警告的風暴便來了，這艘老船，在風浪中顛簸著，接受著考驗。

不幸得很，風浪實在太大，而船也實在太舊，在接連幾個巨浪之下，船首部分，竟被捲去了一截，船尾翹了起來，船長眼看船要沉沒，而他也已經盡了最大的責任，是以他只好下令棄船。

腳。

即使船上的人員，全是有相當航海經驗的人，在那樣的情形下，也一樣慌了手

救生艇匆匆解下，小艇在風浪之中，看來脆弱得像是雞蛋殼一樣。船長記得，一共放下了五艘救生艇，他也看到船員紛紛上了救生艇。

他自己最後離開。在那樣紛亂的情形下，他也根本無法點一點是不是所有的人都離開了，因為救生艇一放下了海，立時便被巨浪捲走，根本不知下落。

顧秀根船長最後離開貨船，所以他那艘救生艇中，只有他一個人。當救生艇隨著巨浪，在海面上上下下掙扎的時候，除了聽天由命之外，任何辦法都沒有。

顧船長一個人，在海面上足足漂流了兩天，才被救上了一艘大型的貨船。

在海面上漂流的時候，他全然不知道他的船員怎麼樣了，而他是在半昏迷的狀態之下，被救上船去的。當他神智清醒之際，七個人湧進房間來，那是吉祥號貨船上的大副和六個船員。

劫後重逢，他們自然喜歡得擁在一起，船長問道：「其餘的人有消息麼？」

「有，」大副回答：「我們聽到收音機報告，一艘軍艦，救起了六個人，一艘

漁船救了四個，還有一艘希臘貨輪，救起了六個人。」

顧船長一面聽，一面在算著人數，聽到了最後一句，他鬆了一口氣，道：「總算全救起來了！」

可是，他在講了那一句話之後，立時皺了皺眉：「不對啊，我們一共是二十三個人，怎麼四條船救起來的人，有二十四個？」

大副道：「是啊，我們以爲你早已在另一艘船上獲救了，因爲二十三個人已齊了，卻不料你最後還是被這艘船救了起來。」

顧船長當時也沒有在意，只是隨便道：「或許是他們算錯了。」

這時，那艘貨船的高級船員，一起來向顧船長道賀，賀他怒海餘生，同時表示，他們會被送到鄰近的港口去，所有獲救的船員，都將在那裏集中。

顧船長又安心地休息了一天，船靠岸，他們一共八個人，被送到了當地的一所海員俱樂部中，其餘的獲救海員，也全在那裏了。

可是，顧船長才一和各人見面，便覺得氣氛有點不對頭了，首先迎上來的是二副，大副和船長一起到的，他問道：「每一個人都救起了？沒有失蹤的？」

二副苦笑了一下：「沒有少，可是多了一個。」

顧船長楞了一楞：「甚麼？多了一個？」

「是的，我們一共是二十三個人，但是，獲救的卻是二十四個。」二副回答。

「荒唐，荒唐！」顧船長立時大聲說。「荒唐」是他的口頭禪，有時，用得莫名其妙，但這時，卻用得恰到好處。二十三個人遇難，怎麼會有二十四人獲救？那實在太荒唐了！

二副卻道：「船長，的確是多了一個，那個人是和我一起獲救的。」

「荒唐，他在哪裏？」船長說。

「就是他！」二副向屋子的一角，指了一指。

船長抬頭看去，看到了一個三十上下的男人，一個人孤零零地坐在一張椅子上，顧船長從來也未曾見過這個人，他向前直衝了過去。

人人都知道顧船長的脾氣，平時很好，可是一發起怒來，卻也夠人受的。

這時，人人都知道他要發怒了，果然，船長一來到了那人的身前，就抓了那人的胸前衣服，將那人直提了起來。

那人忙叫道：「船長！」

「荒唐，」船長大聲叱著：「你是甚麼人？你是甚麼時候躲在船上的？淹不死你，算你好運氣！」

可是那人卻氣急敗壞地道：「船長，你怎麼也和他們一樣，你怎麼也不認識我了？」

顧船長更是大怒：「荒唐，我甚麼時候見過你？」

那人急得幾乎要哭了出來，他的聲音，也和哭泣並沒有甚麼不同，他道：「船長，我是你的三副啊，你怎麼不記得了？」

顧船長呆了一呆，在那剎間，他倒真的疑心自己是弄錯了。

可是，他定睛向那人看著，而他也可以肯定，自己從來未曾見過他，於是他又大聲道：「荒唐，你如果是三副，那麼他是誰？」

船長在說的時候，指著一個年輕人，那年輕人正是船上的三副。這時，當船長向那年輕人指去時，那年輕人冷笑著：「這傢伙一直說他自己是船上的三副，弄得我也不知道自己是甚麼人了！」

那人急急地分辯著：「他也是三副，船上有兩個三副，船長，你怎麼不記得我了？我是卜連昌，你們怎麼都不認識我了？」

船長鬆開了手，他不認識這個人，可是卜連昌這名字他絕不陌生。他認識的卜連昌，是一個醉酒好事之徒，當過三副，凡船長一聽到他名字就頭痛，是一個十分不受歡迎的人物，而且絕不是現在這個模樣！

這時，船長心中所想到的，只是一點，這個自稱卜連昌的人，是一個偷渡客，他不知是甚麼時候躲上船來的，在船出事的時候，他也跳進了救生艇中，自然一起被人家救了上來。

所以船長道：「你不必再胡言亂語了，偷渡又不是甚麼大罪，大不了遣回原地！」

卜連昌卻尖聲叫了起來，他衝到了大副的面前：「大副，你不認識我了麼，我和你出過好幾次海，你一定記得我的，是我卜連昌啊！」

大副也記得卜連昌這個人，但是他卻終於搖了搖頭：「很抱歉，我實在不認識你，我從來也未曾見過你！」

「你在說謊！」卜連昌大聲叫了起來，「這次來印度之前，你太太生了一個女孩，我還和你一起到醫院去看過你的太太！」

大副呆了一呆，船長也呆了一呆，和船長一起來的各人，也呆住了。

二副道：「船長，這件事真是很古怪，他好像真是和我們在一起已有很久一樣，他知道我們每一個人家中的事，也知道我們的脾氣。」

卜連昌終於哭了起來：「我本來就是和你們在一起很久的了，可是你們全不認識我了！」

大副忙問道：「你看到過我的女兒？」

「自然看到過，小女孩的右腿上，有一塊紅色的斑記，她出世的時候，重七磅四安士，那全是你自己告訴我的，難道你忘了麼？」

大副的眼睛睜得老大，他知道卜連昌所說的每一句話，都是對的，但是那怎麼可能呢？因爲他的確不認識這個人，這個人和卜連昌之間，一點關係也沒有！

大副苦笑著，搖了搖頭，卜連昌又衝到了另一個人的面前，握住了那人的手臂，搖著：「輪機長，你應該認識我，是不是？」

輪機長像是覺得事情很滑稽一樣，他笑了起來，不住地笑著。

卜連昌大聲道：「你不必說不認識我，在印度，我和你一起去嫖妓，你看到了那胖女人，轉身就走，難道你忘記了？」

輪機長突然止住了笑聲：「你，你怎麼知道？」

卜連昌道：「我是和你一起去的啊！」

「見鬼！」輪機長大聲喝著，他臉上的神情，卻十分駭然，接連退了幾步。「我和卜連昌一起去，可是你根本不是卜連昌！我們大家都認識卜連昌，你不是！」

卜連昌又轉向另一個人：「老黃，你也不認識我了？我和你上船前去賭過，賭牌九，你拿到了一副天子九，贏了很多錢，是不是？」

老黃搔著頭：「是就是，可是……說實在的，我不認識你。」

卜連昌不再說甚麼，他帶著絕望的神情，向後退了開去，又坐在那角落的那張椅子上。

沒有人再說甚麼，因爲每個人的心中，都有一種極其異樣的感覺，他們實在不知說甚麼才好。

最後，還是船長開了口，他道：「荒唐！你自稱是卜連昌？我們每一個人都會記不起你原來的樣子？也好，就算我們都記不起你是甚麼人來了，你現在想怎樣？」

卜連昌抬起頭：「當然是回家去。」

「你家人——」大副好奇地問：「認識你？」

「我有老婆，有兩個兒子！」卜連昌憤然地回答：「大副，你別裝蒜了，你吃過我老婆的燒雞！他們當然認識我！」

大副苦笑了一下：「好，反正我們要回去的，你就跟我們一起回去吧。」

卜連昌像是充滿了最後的希望一樣，又問道：「你們每一個人，真的全不認識我了？」

海員全是很好心的，看到卜連昌那種可憐的樣子，雖然大多數人都知道卜連昌這個人，但是，他們卻實在不認識眼前這個人！

於是，每一個人只好搖了搖頭。

卜連昌雙手掩著臉，又哭了起來。

船長連聲道：「荒唐，荒唐，太荒唐了！」

大副忽然想到了一件事，他道：「卜……先生，你說你全認識我們，而且自稱卜連昌，那麼，你的船員證呢？在不在？」

卜連昌哭喪著臉，抬起頭來：「他們早就問過我了。我的船員證，一些衣服，全在救生艇翻側的時候失去了，怎還找得到？」

「你是和誰在一隻艇中的？」大副又問。

卜連昌指著幾個人，叫著他們的名字：「是他們幾個人，可是他們卻說根本沒有見過我，沒有我和他們一起在艇中！」

大副也只好苦笑了起來，他安慰著卜連昌：「你別難過，或許是我們……全將你忘了。」

大副在那樣說的時候，自己也知道那是決不可能的事，因爲他實實在在，從來也未曾見過眼前這個人，但是爲了安慰他，他不得不繼續說著連自己也不相信的話。他繼續道：「或許是我們都因爲輪船失事，受了驚嚇，所以暫時想不起你來，這……也是有的。」

卜連昌絕望地搖著頭：「你們，每一個人？」

船長大聲道：「荒唐，真是夠荒唐的了！」

事情在外地，不會有結果，但是卜連昌說得那麼肯定，他甚至可以叫出輪船公司每一個職員的名字來，又說他的家是在甚麼地方，都叫人不由得不信，所以船長雖然覺得事情太荒唐，還是將卜連昌帶了回來。

在飛機上，卜連昌仍然愁眉苦臉，一言不發，直到可以看到機場時，他才興奮了起來：「好了，我們快到了，你們不認識我，我老婆一定會認識我的。」

大家都安慰著他，卜連昌顯得很高興。

飛機終於降落了，二十四個人，魚貫走出了機場的閘口，閘口外面，早已站滿了前來接機的海員的親人，和輪船公司的船員。

幾乎每一個海員，一走出閘口，立時便被一大群人圍住，輪船公司的職員，在大聲叫著，要各人明天一早，到公司去集合。只有卜連昌走出閘口的時候，沒有人圍上來。

在卜連昌的臉上，現出了十分焦急的神色來，他踮起了腳，東張西望，可是，卻根本沒有人注意他，他顯得更焦急，大聲叫道：「姜經理！」

一個中年人轉過身來，他是輪船公司貨運部的經理。他一轉過身來，卜連昌便直來到了他的面前：「姜經理，我老婆呢？」

姜經理望了卜連昌一眼，遲疑地道：「你是——」

卜連昌的臉色，在一剎那間，變得比雪還白，他的聲音之中，充滿了絕望，他尖聲叫了起來：「不，別說你不認識我！」

姜經理卻只覺得眼前的情形，十分可笑，因爲他的確不認識這個人！

姜經理道：「先生，我是不認識你啊！」

卜連昌陡地伸手，抓住了姜經理的衣袖，姜經理嚇了老大一跳：「你做甚麼？」

船長走了過來：「姜經理，這是卜連昌，是……吉祥號上的三副。」

姜經理忙道：「顧船長，你瘋了？沒有得到公司的同意，你怎可以招請船員？」

船長呆了一呆：「那是他自己說的。」

顧船長的話，令姜經理又是一怔：「甚麼叫他自己說的？」

船長苦笑了一下，他要費一番唇舌，才能使姜經理明白，甚麼叫「他自己說的」，姜經理忙道：「胡說，我從來也沒有見過他！」

他一面說，一面用力一推，推開了卜連昌。

這時，又有幾個公司的職員，圍了過來，紛紛喝問甚麼事，卜連昌一個一個，叫著他們的名字。

可是，他們的反應，全是一樣的，他們根本不認識卜連昌這個人。

卜連昌急得抱住了頭，團團亂轉，一個公司職員還在道：「哼，竟有這樣的事，吉祥號輪船上，明明是二十三個船員，怎麼忽然又多出了一個三副來？」

又有人道：「通知警方人員，將他扣起來！」

在眾人七嘴八舌中，卜連昌推開了眾人，奔向前去，在一椅子上，坐了下來，他的雙眼之中，顯得驚懼和空洞，令人一看，就覺得他是在絕望之中。我就是在那樣的情形之下，遇到他的。

我到機場去送一個朋友離開，他離開之後，我步出機場，在卜連昌的面前經過。因為卜連昌臉上的神情太奇特了，所以，我偶然地向他望了一眼之後，便停了下，注視著他，心中在想著，這個人的心中，究竟有甚麼傷心的事，才會有那樣絕望的神情？

卜連昌也看到我在看他，他抬起頭來，突然之間，他的臉上，充滿了希望，一躍而起：「先生，你，你可是認識我？」

我給他那突如其來的動作，嚇了一跳，忙搖頭道：「不，我不認識你。」

他又坐了下來，那時，顧船長走了過來，我和顧船長認識卻已很久，我們兩人，忙握著手，我說了一些在報上看到了他的船出事的話，反正在那樣的情形下見面，說的也就是那些話了。

顧船長和我說了幾句，拍著卜連昌的肩頭道：「你別難過，你還是先回家去，明天再到公司來集合，事情總會解決的。」

卜連昌的聲音和哭一樣，還在發著抖：「如果，如果我老婆也像你們一樣，不認識我了，那……怎麼辦？」

我聽了卜連昌的話，幾乎想哈哈大笑了起來，我當時還不知道詳細的情形，這個人的神經，一定不正常。

顧船長嘆了一聲：「照你說，你和我們那麼熟，那麼，你的老婆，認得我麼？」

卜連昌道：「她才從鄉下出來不久，你們都沒有見過她和我的孩子。」

顧船長道：「不要緊，她不會不認識你的！」

我在一旁，越聽越覺得奇怪，因爲顧船長無論如何不是神經不正常的人！

我忙問道：「怎麼一回事？」

顧船長道：「荒唐，我航海十多年了，見過的荒唐事也夠多了，可是沒有比這更荒唐的，我們竟多了一個人出來，就是他！」

我仍然不明白，卜連昌已然叫道：「我不是多出來的，我根本是和你們在一起的。」

顧船長道：「荒唐，那麼，姜經理如何也不認識你？你還是快說實話的好。」

卜連昌雙手掩住了臉，哭了起來。

我心中的好奇更甚，連忙追問。顧船長才將經過情形，向我說了一遍。

而我在聽了顧船長的話後，也呆住了。

我當時心中想到的，和顧船長在剛一見到卜連昌的時候，完全一樣，我以爲他是躲在輪船上，想偷渡來的，卻不料輪船在中途出了事，所以，我拍了拍他的肩頭，道：「兄弟！」

卜連昌抬起頭來望著我，好像我可以替他解決困難一樣。我道：「兄弟，如果你是偷渡來的——」

卻不料我的話還未曾說完，卜連昌的臉色，就變得十分蒼白。只有一個心中憤怒之極的人，才會現出那種煞白的臉色來的。

他厲聲叫道：「我不是偷渡者，我一直就是海員！」

他雙眼睜得老大，看他的樣子，像是恨不將我吞吃了一樣，他那種樣子，實令我又是好氣，又是好笑，同時，我多少也有些可憐他的遭遇。

是以，我雙手搖著：「好了，算我講錯了話！」

卜連昌的神色，漸漸緩和了下來，他站了起來，低著頭，呆了半晌，才道：「對不起。」

我仍然拍著他的肩頭：「不要緊。」

卜連昌道：「顧船長，我想我還是先回家去的好，我身邊一點錢也沒有，你可以先借一點給我做車錢？」

顧船長道：「那當然沒有問題。」

顧船長在講了那一句話之後，口唇掀動，欲言又止，像是他還有許多話要說，但是卻又難以啓齒一樣。然而他倒不是不肯將錢借給卜連昌，因爲他已取出了幾張十元面額的紙幣來。

卜連昌也不像是存心騙錢的人，因爲他只取了其中的一張，他道：「我只要夠回家的車錢就夠了，我老婆有一些積蓄在，一到家就有錢用了！」

顧船長又吩咐著他，明天一早到船公司去。卜連昌苦笑著答應。顧船長走了開去，而在卜連昌的臉上，現出了一股極度茫然的神色來。

我在那一剎間，突然產生了一股十分同情之感來，我道：「卜先生，我的車就在外面，可要我送你回家去？」

卜連昌道：「那……不好吧！」

我忙道：「不要緊，我反正沒有甚麼事，而你又從海上歷險回來，一路上，你講一些在海上漂流的經歷給我聽，也是好的。」

卜連昌又考慮了一會，便答應了下來，道：「好，那就麻煩你了！」

我和他一起走出了機場大廈，來到了我的車旁。這時，其他的海員也正在紛紛離去，我注意到當他們望向卜連昌之際，每一個人的神色，都顯得十分異樣。

第二部：沒有人認識的人

我和卜連昌一起上了車，卜連昌的家，是在一個中等住宅區之中，一路上，我多少知道了一些他的家庭情形，他的妻子才從鄉下帶著兩個孩子出來，他們租了一間相當大的房間，那一層單位，是一個中醫師的，可以算得上很清靜。

而他的收入也相當不錯，所以他們的家庭，可以說相當幸福。

他一直和我說著他家中的情形，而在每隔上一兩分鐘，他就必然要嘆上一口氣：「我老婆爲甚麼不到機場來接我？」

我安慰著他：「你老婆才從鄉下出來，自然沒有那樣靈活。」

卜連昌不禁笑了起來：「她出來也有半年了，早已適應了城市生活。唉，她爲甚麼不來接我？你說，她會不會也不認識我？」

我道：「那怎麼會？你是她的丈夫，天下焉有妻子不認識丈夫的事？」

卜連昌的笑容立時消失了，他又變得愁眉苦臉：「可是……可是爲甚麼顧船長他們，都不認識我呢？他們是不是聯合起來對付我？」

我搖頭道：「你別胡思亂想了！」

卜連昌苦笑著，道：「還有公司中的那些人，他們明明是認識我的，何以他們說不認識我？」

關於這一點，我也答不上來。

這實在是不可解釋的。如果卜連昌的確是他們中的一個，那麼，人家怎會不認得他？自然不會所有的人都聯合起來，一致說謊，說自己不認識卜連昌的。

而卜連昌說那樣的謊話，他的目的是甚麼呢？

如果卜連昌是一個神經不正常的人，那自然是很合理的解釋，那麼，他又怎能知道那些人的私事？那些私事，只有極熟的朋友才能知道，而絕不是陌生人所能知曉的。

我的心中充滿了疑惑，是以連駕車到了甚麼地方也不知道。還是卜連昌叫了一聲：「就是這條街，從這裏轉進去！」

我陡地停下車，車子已經過了街口。

我又退回車子裏，轉進了那條街，卜連昌指著前面：「你看到那塊中醫的招牌沒有?我家就在那層樓。」

我向前看去，看到一塊很大的招牌，寫著：「三代世醫，包存忠中醫師。」

我將車駛到那幢大廈門前，停了下來，卜連昌打開車門，向外走去，他向我道謝，關上車門，我看到他向大廈門口走去。

可是，他還未曾走進大廈，便又退了出來，來到了車旁，他的聲音有些發抖：「我……我希望你能陪我一起去。」

我奇怪地問：「爲甚麼?」

卜連昌雙手握著拳：「我有些……害怕!」

我自然知道他是爲甚麼害怕的，他是怕他的妻子和他的兒女不認識他。這種擔心，若是發生在別人的身上，那實在是天下最可笑的事情!

但是，我卻覺得，卜連昌已經有了那樣可怕的遭遇，他那樣的擔心，卻也不是多餘。

我立時道：「好的，我和你一起上去。」

我走出了車子，關上車門，和他一起走進了大廈。他對那幢大廈的地形，十分熟悉，大踏步走了進去，我跟在他的後面。

我看到他在快走到電梯時，和一個大廈的看更人，點了點頭。那看更人也向他點點頭。

卜連昌顯得很高興，可是我的心中，卻感到了一股涼意，因為我看到，卜連昌才一走了過去，那看更人的臉上，便現出了一股神情來，在背後打量著卜連昌，又向我望了一眼。

從那看更人的神情舉止看來，在他的眼中，卜連昌分明是一個陌生人！

我自然沒有出聲，我們一起走進了電梯，一個中年婦人，提著一隻菜籃，也走了進來，我真怕卜連昌認識那中年婦人，又和她招呼！

卜連昌還真是認識那中年婦人的，他叫道：「七嬸，才買菜回來啊，小寶是不是還在包醫師那裏調補藥吃？其實，小孩子身弱些，也不必吃補藥的！」

卜連昌說著，那中年婦女以一種極其奇怪的神色，望著卜連昌。

卜連昌也感到對方的神色很不對路了，是以他的臉色又變得青白起來。

電梯停在三樓，那中年婦人在電梯一停之後，便推開了門，匆匆走了出去。

卜連昌呆立著，我可以看出，他的身子在微微發著抖，而我也沒有出聲，我實在沒有甚麼好說的，事實已再明顯沒有了，他認識那中年婦人，但是那中年婦人卻根本不認識他！

那中年婦人臉上的神情那樣奇怪，自然是很可以解釋的。在電梯中，有一個陌生人來和你講話，那並不是甚麼出奇的事，但是當那陌生人，竟然知你家中的情形時，事情便十分可怪了！

電梯在繼續上升，電梯中的氣氛，是一種令人極其難堪的僵硬。

電梯停在七樓，卜連昌的手在發著抖，他推開了電梯門，我和他一起走了出去。他抓住了我的手臂，轉過頭來：「剛才那女人是七嬸，我不出海的時候，經常和她打牌，可是她……她……」

我不讓他再說下去，便打斷了他的話頭，道：「別說了，等你回到家中之後，好好休息一下，就不同了。」

我幾乎是扶著卜連昌向前走去的，我們停在「G」座的門前，在那扇門旁邊的白牆中，也漆著「中醫師包存忠」的字樣。

卜連昌呆了一陣，深深地吸了一口氣，伸手去按門鈴。門先打開了一道縫，還有一道鐵鍊連著，一個胖女人在那縫中，向外張望著。

卜連昌還沒有說話，那胖女人道：「包醫師還沒有開始看症，你們先到街上去轉一轉再來吧！」

卜連昌在那時候，身子晃了一晃，幾乎跌倒，我連忙扶住了他。

他用近乎呻吟的聲音道：「包太太，我是阿卜啊，你怎麼不認識我了？」

那胖女人面上的神情，仍然十分疑惑，卜連昌卻突然暴躁了起來：「快開門！我老婆呢？她應該知道我今天回來的，為甚麼不來接我？」

胖女人臉上的神情更疑惑了，她道：「你老婆？先生，你究竟是甚麼人？」

卜連昌的口唇抖動著，但是他卻已無法講得出話來，我忙道：「他是你的房客，住在你們這裏的，他叫卜連昌，是你的房客！」

胖女人搖著頭：「你們找錯人家了，我們倒是有兩間房租出去，但不是租給他的，是租給一對夫婦，和兩個小孩子！」

就在這時，一陣小孩的喧嘩聲，傳了出來，我看到一個八九歲的男孩，和一個六七歲的女孩，追逐著，從一間房間中，奔了出來。

卜連昌自然也看到了他們，卜連昌立時叫道：「亞牛、亞珠！」

那兩個孩子正在奔逐，卜連昌一叫，他們便突然停了下來，卜連昌又道：「亞牛、亞珠，阿爸回來了，你阿媽呢？快開門給我。」

那兩個孩子來到了門口，仰起頭，向卜連昌望來，卜連昌的臉上，本來已現出十分親切的笑容來，可是當他看到了那兩個孩子的神態時，他臉上的笑容，卻僵住了！那兩個小孩望著他，那女孩問道：「阿哥，這人是甚麼人？」

男孩搖著頭：「我不知道。」

我連忙推開了卜連昌，蹲下身子來，道：「小弟弟，你叫甚麼名字？」

男孩道：「我？我叫卜錦生。」

我忙又道：「你爸爸叫甚麼名字？」

男孩眨著眼：「叫卜連昌！」

我直起了身子，那男孩的父親叫卜連昌！

而在我身邊的人就是卜連昌，那男孩子卻不認識他！

卜連昌在我站了起來之後，立時又蹲到了門縫前，急急地道：「你看看清楚，亞牛，我就是你的爸爸，你……你……」

亞牛搖著頭，卜連昌急了起來，道：「亞牛，我買給你的那一套西遊記泥娃娃，你還記得麼？」

亞牛睜大了眼睛，現出很奇怪的神情來，他一面吮著手指，一面道：「咦，你怎麼知道？」

卜連昌幾乎哭了起來：「那是我買給你的啊！」

亞牛大搖其頭：「不是，不是你買給我的，是我爸爸買給我的！」

我已經感到事態十分嚴重，那位胖婦人，似乎不想這件事再繼續下去，她用力在推著門，想將門關上，可是這時，卜連昌就像發了瘋一樣，突然用力一撞，撞在大門上。

我也不知道卜連昌會有那麼大的力道，他一撞之下，「蓬」地一聲響，那條扣住門的鐵鍊，已被他撞斷，他也衝進了屋中。

那胖婦人嚇得尖聲叫了起來，天下實在再也沒有比胖婦人尖叫更可怕的事了，是以我連忙走了進去，道：「別怕，千萬別怕，他沒有惡意！」

卜連昌撞開門，衝進去，再加上胖婦人的尖叫聲，和我的聲音，實在已十分驚人，我看到屋中其他的人，也都走了出來。有一個人身形相當高的中年人，他可能就是那個姓包的中醫師，他一出來，就對著卜連昌喝道：「你是甚麼人，亂闖做甚麼？」

另一間房間中，走出一個看來很瘦弱，滿面悲容的女人來，那女人一走出來，亞牛和亞珠兩個孩子，連忙奔到了她的身邊，叫道：「媽！媽！」

卜連昌衝進屋子來之後，一直都只是呆呆地站著，在發著抖。

直到那女人走了出來，他才用充滿了希望的聲音叫道：「彩珍，我回來了！」

那女人吃了一驚：「你是誰？」

卜連昌的身子搖晃著，幾乎跌倒。

我忙走過去，問那女人道：「阿嫂，你不認識他，他是卜連昌啊！」

那女人吃了一驚：「卜連昌?他倒和我的先生同名同姓！」

卜連昌的嘴唇在發著抖，發不出聲音來，我知道，他出聲的話，一定是說「我就是你的先生」。

我向他揮了揮手，示意他不要急於開口。

因為我覺得，事情已快到水落石出的階段了，因為，確有卜連昌其人，而且，卜連昌也有妻，有子女，那情形，和我身邊的卜連昌所說的一樣，只不過忽然之間，大家都變得不認得他而已。

是以我問道：「卜太太，那麼，你的先生呢，在甚麼地方？」

卜太太臉上的神情，更是憂戚，她先向身邊的兩個孩子，望了一眼，然後拍著他們的頭：「快進房間去！」

亞牛和亞珠聽話地走進了房間中。

卜太太才嘆了一聲道：「先生，我先生他……死了，我一直不敢對孩子說，她們的爸爸已不在人世了！」

我吃了一驚，在剎那間，我忽然想起了「借屍還魂」這一類的事情來。

我忙又問道：「你先生的職業是——」

「他是海員，在一艘輪船上服務，我幾天前才接到通知，船在南美洲的一個港口時，他被人殺害了。」卜太太哭了起來。

卜連昌雖然經我一再示意他不要出聲，可是他卻終於忍不住了，他大叫道：「彩珍，你在胡說甚麼？我不是站在你面前麼？」

卜太太吃了一驚，雙手亂搖：「先生……你……不要胡言亂語。」

我又道：「卜太太，他的聲音，不像你的先生？」

「當然不像！」

我忽然生出了一個很古怪的念頭來，我在想，卜連昌在海中獲救之後，可能還未曾照過鏡子，那也就是說，他可能未曾見過自己的樣子。

如果，讓他照鏡子，他也不認得自己的話，那麼，事情雖然仍是怪誕得不可思議，但是至少可以用「借屍還魂」來解釋的了。

我一想到了這一點，立時順手拿起了放在一個角落的鏡子來，遞給了卜連昌，道：「你看看，看看你自己，是不是認識你自己。」

卜連昌怒道：「你在開甚麼玩笑？」

但是我還是堅持著：「你看看有甚麼關係？」

卜連昌憤然接過鏡子來，照了一照：「那當然是我，我自己怎會認不出自己來？」我不禁苦笑了一下，看來，那顯然並不是甚麼「借屍還魂」，而是忽然之間，在一個卜連昌死了之後，多了一個卜連昌出來，而那個多出來的卜連昌，卻誰也不認識他，只有他自己認得自己。

這實在可以說是天下最怪的事了！

我心中迅速地轉著念，我想了許多念頭，我首先想到的是，那個死在南美洲的卜連昌，是甚麼樣子的呢？

我又道：「卜太太，還想麻煩你一件事，你一定有你先生的照片，可不可以拿出來我看看？」

卜太太望了我片刻，大概她看我不像是壞人，所以，她轉身進入房中，那時，卜連昌已在一張沙發上，坐了下來，雙手掩住了面。

那位中醫師，和他的胖太太，則充滿了敵意，望定了卜連昌和我。

我只好勉力向他們兩人裝出微笑。

卜太太只去了一兩分鐘，便走了出來，她的手中，拿著幾張照片。

可能是她看到了照片，又想起了丈夫，是以她的雙眼之中，淚水盈眶。她將照片交到了我的手中，那是他們一家人的合照。

我才向那些照片看了一眼，心中就不禁替坐在沙發上，掩住了臉的卜連昌難過！站在那女人，和那兩個孩子之旁的，是一個身形很粗壯的男人，那男人，和自稱卜連昌的，根本沒有絲毫相似之處。

我指著那男人問道：「這位是你先生？」

卜太太含著淚，點了點頭。

我向包醫師望去，包醫師立即道：「是的，那是卜連昌卜先生。」

我將照片交給了卜太太，然後，走向沙發，我拍了拍卜連昌的肩頭：「我們走吧！」

我的手指才一碰到卜連昌的肩頭，卜連昌便像觸了電一樣跳了起來：「我到哪裏去？這裏就是我的家，我回家了，我到哪裏去？」

卜太太和包醫師夫婦，都吃驚地望著他，包醫師厲聲道：「你再不走，我要報警了！」

我忙道：「不必報警，我們走！」

卜連昌怪叫道：「我不走！」

我沉聲道：「卜先生，現在你不走也不是辦法，你遭到的困難，可能是世界上獨一無二的，沒有一個人是認識你的！」

卜連昌道：「他們全瘋了！」

我苦笑了一下：「事情總有解決的一天，我看，現在你沒有辦法留在這裏，因為他們根本不認識你。我有一個提議，你先到我家裏去暫住一些時日，你以為怎樣？」

卜連昌用一種怪裏怪氣的聲音，笑了起來：「我認識的人，他們全不認識我了，倒是你，我本來完全不認識的，反肯幫我的忙！」

我無法回答他的話，只好道：「這世界本來就是很反常的，是不是？」

卜連昌低著頭，慢慢向門外走去，他走到了門口，仍然依依不捨，回頭過來，向卜太太望了一眼：「彩珍，你真不認識我了？」

卜太太連忙搖頭，我道：「卜太太，你的名字，是叫作彩珍？」

卜太太現出十分奇怪的神色來，道：「他……他怎麼知道我的名字的？很少人知道我的名字！」

卜連昌又笑了起來：「我自然知道你的名字，我和你做了幾年的夫妻，你可還記得，我們在鄉下，初見面的那天，是阿保阿嬸帶你到我家來的，你穿著一件藍底紅花的衣服，用紅頭繩紮著髮，見了我一句話也不說，你可記得麼？」

卜太太的身子，劇烈地發起抖來。

卜太太雖然沒有說話，但是從她的神態上，已經毫無疑問，可以看出，卜連昌所說的一切，全是事實。

卜太太一面發著抖，一面仍搖著頭：「不，你不是我的先生。」

卜連昌臉色灰敗，轉過身，向外走去，我跟在他的後面，到了門口，又轉身向包醫師夫婦，連聲道歉，但他們已忙不迭將門關上了。

卜連昌呆立在門口，我扶著他進了電梯，出了大廈門口，又扶著他進了我的車子。

我坐在他的身邊，望了他一眼，卜連昌喃喃地道：「為甚麼？他們全不認識我了？」

我雙手扶在駕駛盤上，心中亂成一片。

我道：「奇怪得很，真有一個人叫卜連昌，而且也是海員，但是他的船公司顯然和你的不同，他是走南美的，死在那邊了。」

卜連昌失神地瞪大著眼，一聲不出。

我十分同情他：「現在，看來沒有甚麼法子，證實你的存在了！」

卜連昌喃喃地道：「如果他們全不認識我，那麼，我何以會認識他們？我明明是吉祥輪上的三副，爲甚麼船一出了事，我被救起來之後，就甚麼都不同了？」

我望著他，他的神情極痛苦，我對他所說的一切，實在是絕不懷疑，有很多事，如果他不是卜連昌，根本不可能知道。

可是，他卻又不是那個卜連昌。

我發動了車子，卜連昌坐在我的身邊，一直在喃喃自語著，看來，他的神經，好像已很不正常。

這實在是難怪他的，試想，任何人，如果有了他那樣的遭遇，誰還能維持神經正常？忽然之間，他所熟悉的所有人，都變得不認識他了，連他的妻子、兒女，也全然未曾見過他！

這是多麼可怕的事！

一直到了我的家中，他像是喝醉了酒一樣，腳步踉蹌地走著，白素迎了出來，看到了卜連昌，不禁呆了一呆，她用眼色向我詢問這是甚麼人。

我並沒有立即回答她，我先請卜連昌坐下，斟了一杯白蘭地給他，希望酒能使他的神經鎮定一些。

我將白素拉到一邊，低聲將卜連昌的遭遇，用最簡單的方法，向她講了一遍。長年和我在一起，白素自然也遇到過不知多少古怪的事情了。可是從她這時臉上的神情看來，她一定也認爲那是她遇到過的怪事中最怪的一件了。

當她聽完了我的話之後，我們才一起來到卜連昌的身前。我向卜連昌介紹白素：「卜先生，這是內人。」

卜連昌只是失神落魄地望著白素，白素在他的對面，坐了下來，用柔和的語聲道：「卜先生，這件事，其實是很容易解決的。」

白素突然之間，講出了那樣一句話來，不但卜連昌立時瞪大了眼，連我也爲之一驚。

我忙道：「白素，你有甚麼辦法？」

白素道：「卜先生說，他是吉祥號貨輪上的三副，但是大家都不認識他，據我所知，一艘船上的船員，總有合照留念的習慣——」

白素的話還未曾講完，我和卜連昌兩人，都一起跳了起來！

我在跳起來之際，不禁用手在自己的頭上，拍打了一下，埋怨我自己怎麼會沒有想到這一點！

這的確是很容易解決的，如果卜連昌曾在照片中出現，那自然是表示他這個人，的確是存在的！

而卜連昌在跳了起來之後，立即尖聲叫道：「有的，我們曾在公司的門口，合拍過一張照片，我們二十四個人，一起拍過照的，我站在第二排，好像是左首數起，第八個人，在二副的身邊！」

我忙道：「那就行了，反正你明天一早就要到公司去，有這張照片，就可以證明你是他們中的一個了！」

卜連昌的臉上，總算有了一點生氣，他忙道：「我現在就去！」

我道：「不必那麼急，反正已有證據了！」

但是卜連昌卻十分固執，他又道：「不，我現在就要去，我要他們明白，是他們記不起我了，而不是我在胡說八道！」

我點著頭道：「好吧，我想你不必我再陪你了！」

卜連昌道：「自然，自然，麻煩了你那麼久，真有點不好意思。」

我也代他高興，眼看著他興高采烈地走了出去。可是，當他出了門之後不久，我的高興，便漸漸地消失了，因爲，我想到，事情決不會如此簡單！因爲，不認識他的人，不單是吉祥貨輪上的船員，而且，還有公司的職員，和他的家人！

如果照片上有卜連昌這個人在，那麼，事情變得更加複雜了！因爲，船員全不記得卜連昌這個人，還可以勉強解釋爲遇險的時候，每一個人都受了刺激（這個可能其實也幾乎是不存在的）。但是，船公司的職員和他的家人，如何會不認識他呢？

我坐在沙發上沉思著，一點頭緒也沒有，因爲這實在是難以想得通的事。

過了半小時之後，電話鈴突然響了起來，白素拿起了電話，我聽到一個男人大聲道：「有一位衛斯理先生？我們是輪船公司！」

在那個男人的聲音中，我又聽到卜連昌的大叫聲：「不是這張，不是這張，你們將照片換過了，你們爲甚麼要那樣做？」

我可以聽到電話那邊的聲音，可知打電話來的地方，正在一片混亂之中，是以每一個人都在放開了喉嚨大叫。

我站起身來，也不去接聽電話，也大聲道：「告訴他們，我立即就去，叫他們別報警！」

我奔出門口，跳上車子，闖過了三個紅燈，趕到了輪船公司。

看到了一輛警車，停在輪船公司的門口，我知道船公司的職員已報了警，我衝進了船公司，只見卜連昌在兩個警員的挾持下，正在竭力掙扎著。

他滿臉皆是憤怒之色，面漲得通紅，發出野獸嗥叫一樣的怪聲來。

我忙道：「卜連昌，你靜一靜！」

船公司中有一張桌子翻轉了，幾個女職員，嚇得花容失色，躲在角落中，一個警官向我走了過來：「你是他的甚麼人？」

我略呆了一呆，我是卜連昌的甚麼人？甚麼人也不是，但是在那樣的情形下，我卻只好說道：「我是他的朋友！」

那警官道：「你的朋友神經不正常？」

我苦笑著，這個問題，我卻是沒有辦法回答的了，因爲我認識他，不過幾小時！

我只好反問道：「他做了甚麼？」

船公司的一個職員，走了過來，他的手中，拿著一張照片：「這人衝進公司來，說要看吉祥輪全體船員的照片，本來我們是不讓他看的，但是他又一再哀求著，誰知道他一看之下，就發了瘋！」

我在那職員的手中，接過了那照片來，照片上有二十多個人，我看到第二排，數到第八個，那是一個二十多歲的年輕人，絕不是卜連昌。

我向卜連昌望去，卜連昌叫道：「不是這一張，衛先生，不是這一張！」

那公司職員道：「我們也不知道他是甚麼意思，他硬說他應該在那張照片中，在二副和電報員的中間，可是，你看這照片！」

我又看了那照片一下，不禁苦笑了起來。

那警官已揮手道：「將他帶走，你是他的朋友，可以替他擔保。」

卜連昌仍在掙扎著、叫著，我抱著萬一的希望，問那職員道：「先生，吉祥號貨輪在出發前，船員只拍了這一張全體照？」

那職員可能以爲我也是神經病了，他瞪著眼，不耐煩地道：「又不是結婚照，還要拍多少款式？」

兩個警員已挾持著卜連昌，向外走了出去。我在那片刻間，已然可以肯定，那照片絕沒有駁接、疊印的痕跡。那警官問我：「你替他擔保麼？」

我點頭道：「自然。」

「那就請你一起到警局去。」

我沒有別的選擇了，誰叫我因一時的好奇，認識了卜連昌這樣一個「多出來的人」。

我和卜連昌一起到了警局，一小時後才離開。卜連昌的臉色，變得更蒼白。我望著他。他緩緩地道：「我不想再麻煩你了。」

我道：「不是麻煩不麻煩的事，我想，總該有甚麼人認識你的，我替你想想辦法！」

我想出來的辦法是，將卜連昌的放大照片，登在全市各大報紙的第一版上，希望認識他的人，立即來和我聯絡。

我的第二個辦法則是，委托小郭，去調查那個在南美死去的卜連昌的一切。

而我將卜連昌，暫時安置在我的進出口公司中，做一份他可以勝任的工作。

卜連昌的照片，在報上一連登了七天。

七天之後，幾乎卜連昌一走在街上，就有人認識他就是那個在報上刊登「誰認識我」的照片的怪人了，但是，卜連昌在世上，根本一個熟人也沒有，因爲七天來，沒有人和我聯絡。

第七天，小郭的調查報告也送來了，那個卜連昌，是一個海員，今年三十歲，他的職位是三副，一直走遠洋航線，是在哥倫比亞和當地的流氓打架，被小刀子刺死的。遺有一妻，一子，一女。

小郭的調查報告，做得很詳細，除了那個卜連昌的照片之外，還有他的遺屬的照片。

照片上的那女人，和一個男孩，一個女孩，我都不陌生，都見過他們。

當我看完了小郭送來的調查報告之後，不禁發了半晌呆。

因爲我根本無法想像那究竟是怎樣一回事。

世上，的確有一個卜連昌，但是那個卜連昌卻已經死了，有極其確鑿的證據，是不可否認的事實。

可是，另外有一個人，卻又自認是卜連昌，他知道那個已死的卜連昌家中的一切事，但是另一方面，他的生活背景，又和那個卜連昌絕不相同。

而更令人迷惑難解的事，現在的這個卜連昌，在他出現之前，根本沒有人認識他，而他的出現方法，也是奇特之極，他是在吉祥號貨輪出事之後，被人從海上，和其他的船員，一起救起來的。

撇開所有的一切不可思議的事不說，單說他是如何會在海面上飄流的，這一點，已是不可思議之極的事了！

直到現在爲止，這個卜連昌，還提不出任何證據（除了他自己所說之外），可以證明他在海面遇救之前，曾在這世界上出現過！

他所認識的人，人家全都不認識他，他說曾和大家合拍過照片，但是，當那照片取出來之後，照片上卻連他的影子也沒有。

我呆了好久，不禁苦笑了起來。

那時，我正在我那家進出口公司的辦公室中，我呆了片刻，才按下了對講機的掣，通知我的女秘書，道：「請卜連昌來見我。」

我聽得女秘書立時道：「怪人，董事長請你進去。」

我不禁苦笑了一下，我將卜連昌安插在我的公司之中任職，公司中所有的同事，在第二天起，就開始叫他「怪人」，一直叫到現在，「怪人」幾乎已代替了他原來的名字了。

那自然是怪不得公司的同事的，因爲卜連昌的確是怪人，他實在太怪了，他是一個突如其來，多出來的人，這世上本來沒有他，而他突然來了！

第三部：電腦專業熟練無比

本來，每一個人都是那樣的，世上本沒有這個人，但忽然來了，可是，每一個人，來到這世上，都是嬰兒，只有卜連昌，似乎一來到世上，便是成人，他有他的記憶，有他的生活，但是，世界上沒有一個人認識他，他是多出來的一個人！

我等了極短的時間，便傳來了敲門聲，我道：「請進來。」

卜連昌推開了門，走了進來。

我向我面前的一張椅子，指了一指：「請坐。」

然後，在他坐下之後，我將那份調查報告，交給他看：「你先看看這個！」

自從我認識卜連昌以來，他的臉色，就是那麼蒼白，當他接過那份報告書的時候，我看到他的手指，在神經質地發著抖。

但是，他卻沒有說甚麼，接過了報告書，仔細地看看，一面看，一面手指抖得更厲害。

他化了十分鐘的時間，看完了那份報告。

在那十分鐘之內，我留心觀察他臉上的神情。

我雖然已可以肯定，卜連昌所說的一切，決不是他爲了達到任何目的而說的謊，但是，那份報告書，卻等於是一個判決書，判決他根本以前是不屬於這個世界，世上是根本沒有他這一個人的。

我想知道他在明白這一點之後，有甚麼反應，是以我留心著他的神情。

他在初看的時候，現出了一種極其憎惡的樣子來，他的臉色也格外蒼白。而當他看到了一半時，他那種哀切的神情，更顯著了，他的口唇哆嗦著，可是他卻又未曾發出任何的聲音來。

卜連昌看完了那份報告，他將之放了下來，呆了極短的時間，然後用雙手掩住了臉。

他的身子仍然在發著抖。

過了好一會，他依然掩著臉，講了一句任何人都會同情他的話：「那麼……我是甚麼人呢？」

我苦笑了一下：「這要問你，你難道一點也想不起你是甚麼人？」

他慢慢地放了手，失神落魄地望定了我。

他道：「我不知道，我只知我自己是卜連昌，但是看來，我不是……卜連昌，我是甚麼人，爲甚麼沒有一個人認識我，我……是從哪裏來的？」

我望了他一會，才道：「你似乎還未曾將吉祥號遇險經過，詳細告訴過我。」

我是想進一步知道，他突然來到世上的情形，是以才又和他提起舊事來的。

他雙手按在桌上：「我可以詳詳細細和你講述這一切經過。」

接著，他便講了起來。

他講得十分詳細，講到如何船在巨浪中搖晃，如何大家驚惶地在甲板上奔來奔去，如何船長下令棄船，他和幾個人一起擠進了救生艇。

他不但敘述著當時的情形，而且還詳細地講述著當時每一個人的反應，和他在救生艇中，跌進海內，被救起來之後的情形。

我仔細聽著，他的敘述，是無懈可擊的，從他的敘述中，可以絕對證明他是吉祥號輪中的一員，因爲若不是一個身歷其境的人，決不能將一件事，講得如此詳細，如此生動！

他講完之後，才嘆了一聲：「事情就是那樣，當我被救起來之後，所有的人，都變得不認識我了，甚至未曾聽見過我的名字。」

我沒有別的辦法可想：「現在，你只好仍然在我的公司中服務，慢慢再說。」

卜連昌站了起來，他忽然講了一句令我吃驚的話：「我還是死了的好！」

我將手按在他的肩頭上：「千萬別那麼想，你的遭遇我十分同情，而你現在，也可以生活下去，你的事情，總有水落石出的一天的。」

卜連昌發出了一連串苦澀笑聲來，他握住了我的手：「謝謝你，衛先生，我想，如果不是遇到你的話，真只有死路一條了！」

他退出了我的辦公室，我又想了片刻，才決定應該怎樣做。

我和小郭聯絡，請他派最能幹的人，跟蹤卜連昌。同時，我又和在南美死的那個卜連昌的熟人接觸，了解那個卜連昌的一切。

因爲我深信在兩個卜連昌之間，一定有著一種極其微妙的聯繫的。

經過了半個月之久，我得到結果如下：

先說那個死在南美洲的卜連昌，他有很多朋友，幾乎全是海員，那些人都說，卜連昌是一個脾氣暴躁的傢伙，動不動就喜歡出手打人，而且，根本沒有唸過甚麼書，是一個粗人。

但是現在的這個卜連昌，卻十分溫文，而且，雖然未受過良好的教育，他的航海知識也極豐富，他說是在航海學校畢業的，他的知識，足資證明他是一個合格的三副，而絕不是一個粗人。

兩個卜連昌是截然不同的，相同的只有一點，就是現在這個卜連昌，認為死在南美洲的那個卜連昌的遺孀和子女，是他的妻子和子女。

小郭偵探事務所的私家偵探，跟蹤卜連昌的結果是，卜連昌幾乎沒有任何娛樂，他一離開公司，就在那大廈附近徘徊著。

他曾好幾次，買了很多玩具、食品，給在大廈門口玩耍的阿牛和阿珠。

他也曾幾次，當那個叫「彩珍」的女人出街時，上去和她講話，直到那女人尖聲叫了起來，他才急急忙忙地逃走，那大廈附近的人，幾乎都已認識了他，也都稱呼他為「神經佬」。

卜連昌的生活，極其單調，他做著他不稱職的工作，一有空，就希望他的「妻子」、「子女」，能夠認識他，那似乎並沒有再可注意之處了。

我的心中，那個謎雖然仍未曾解開，但是對於這件事，我也漸漸淡忘了。

我有我自己的事，實在很忙，我和卜連昌大約已有一個多月沒有見面了，那天上午，我正準備整裝出門，去赴一個朋友的約會，電話突然響了。

白素拿起電話來，聽了一聽，就叫我道：「是你的電話，公司經理打來的。」

公司的經理，是我的父執，整間公司的業務，全是由他負責的，我只不過掛一個名而已，如果靠我來支持業務，像我那樣，經常一個月不到辦公室去，公司的業務，怎能蒸蒸日上？

所以，公司既然有電話來找我，那一定有重要的事，我是非聽不可的。

我忙來到了電話前，自白素的手中，接過電話聽筒來，道：「甚麼事？」

經理說：「我們訂購的那副電腦，今天已裝置好了。」

聽到是那樣的小事，我不禁笑了起來：「就是這件事麼？」

「不，還有，我們早些時候，曾登報聘請過電腦管理員，有兩個人來應徵，索取的薪水奇高！」

我道：「那也沒有辦法啊，電腦管理員是一門需要極其高深學問的人才能擔任的職業，薪水高一點，也是應該的。」

經理略停了一停：「但是，我想我們不必外求了，就在我們公司中，有職員懂得操縱電腦，而且，操縱得十分熟練！」

我怔了一怔：「別開玩笑了！」

「是真的，裝置電腦的德國工程師，稱讚他是他們所見過的第一流的電腦技術員。願意請他到德國總公司去！」

我大感興趣：「是麼?原來我們公司中有那樣的人才在，他是誰?」

「他就是那個怪人，卜連昌。」

我又呆了一呆：「不會吧，他怎麼會操縱電腦?他……可能一生之中，從來也未曾見過電腦，而我們訂購的那副，還是最新型的。」

「是啊，裝置電腦的工程師，也頻頻說奇怪，他說想不到我們公司有那樣的人才，既然他可以稱職，我想就錄用他好了。」

我道：「這倒不成問題，但是我想見見他，我立即就到公司來。」

在那一剎間，我完全忘記了那個朋友的約會了，卜連昌竟會操縱電腦，這實在不可思議之極了！

就算照他所說，他是一艘船上的三副，那麼，哪一艘船上的三副，是受過新型電腦的操縱訓練的？

卜連昌本來就是一個怪得不可思議的怪人，現在，他那種怪異的色彩，似乎又增加了幾分。

我不斷地在想著這個問題，以致在駕車到公司去的時候，好幾次幾乎撞到了行人路上去，當我急急走進公司時，經理迎了上來。

我第一句話就問道：「卜連昌在哪裏？」

經理道：「他在電腦控制室中，那工程師也在，他仍然在不斷推許著卜連昌。」

我忙和他一起走進電腦控制室，這間控制室，是爲了裝置電腦，而特別規劃出來的。我一走進去，就看到房間的三面牆壁之前，全是閃閃的燈光。

卜連昌坐在控制台前，手指熟練地在許多鍵上敲動著，同時注視著儀表。在他身後，站著一個身形高大的德國人。

那德國人我是認得的，他是電腦製造廠的代表工程師，來負責替電腦的買家安裝電腦。我曾請他吃過飯，也曾托他代我找一個電腦管理員。

他一看到了我，便轉過身來，指著卜連昌道：「衛先生，他是第一流的電腦技師，如果你肯答應的話，我想代表我的工廠，請他回去服務。」

卜連昌也看到我了，他停下手，站起身來，在他的臉上，仍然是那種孤苦無依的神情。

我吸了一口氣，先叫了他一聲。

卜連昌答應著，然後我又問他：「卜連昌，你是如何懂得操縱電腦的？」

卜連昌眨著眼，像是不明白我的問題是甚麼意思一樣，他也不出聲。

我陡地提高了聲音，幾乎是在大聲呼喝了，因爲在那刹間，我有被騙的感覺。我那樣照顧著卜連昌，可是他卻一定向我隱瞞了重大的事實，要不然，他何以會操縱新型的電腦？

我大聲呼喝道：「我在問你，你聽到沒有？你是如何會操縱那電腦的？」

卜連昌嚇了一跳，他忙搖著手：「衛先生，你別生氣，這沒有甚麼奇怪，我本來就會的，這種簡單的操作，我本來就會的啊！」

我大喝：「你在胡說些甚麼！」

卜連昌哭喪著臉：「我沒有胡說，衛先生，我……我可以反問你一個問題麼？」

我衝到了他的面前：「你說！」

或許我的神態，十分兇惡，是以卜連昌不由自主退了一步，和我的大聲呼喝比較起來，他的聲音，更是低得可憐，他雙唇發著抖，道：「二加二等於多少？」

我只覺得怒氣往上衝，喝道：「等於四，你這個不要臉的騙子！」

他對於我的辱罵，顯然感到極其傷心，他的臉色，變得異常地蒼白。

但是他還是問了下去：「衛先生，你是在甚麼時候，懂得二加二等於四的？」

我不禁呆了一呆，我是在甚麼時候懂得二加二等於四的？這實在是一個極其可笑的問題，但卻也是很難回答的問題。

用這個問題去問任何一個人，任何人都不容易回答，因爲二加二等於四，那實在太淺顯了，任何人在小時候就已經懂的了，自然也沒有人會記得自己是在哪年哪月，開始懂得這條簡單的加數的。

我瞪視著卜連昌，當時我真想在他的臉上，重重地擊上一拳！

但是當我瞪著他，也望著我的時候，我卻突然明白了，我明白了他這樣問我的意思，他是以這個問題，在答覆我剛才的問題。

我問他：「甚麼時候懂得操縱電腦呢？」

他問我：「甚麼時候懂得二加二等於四的？」

那也就是說，在卜連昌的心目中，操縱那種新型的、複雜的電腦，就像是二加二等於四一樣簡單，他根本說不上是甚麼時候學會的了！

我的心中，在那片刻間，起了一陣極其奇異的感覺。我說不上在那剎間，我想到了甚麼，但是我卻感到了說不出來的詭異！

我望著他，好半晌不言語，所有的人都靜下來，望定了我，控制室中，只有電腦還在發出「格格格」的聲音，而卜連昌根本連望也不望控制台，只是順手在控制台的許多按鈕中的幾個上，按了兩下，電腦中發出的聲響，也停止了。

整間控制室之中，變得一點聲音也沒有了。

直到這時，我才緩緩地道：「你是說，你早已知道操縱這種電腦的了，在你看來，那就像是二加二等於四一樣的簡單？」卜連昌點著頭：「正是那樣。」我盡量使我的聲音聽來柔和，我道：「然而，卜連昌，你自己想一想，那是不可能的，操縱電腦，是一門十分高深的學問，你若不是經過長期的、專門的訓練，你如何能夠懂？而你在你的經歷之中，你哪一個時期，曾接受過這樣的訓練？」

卜連昌睜大了眼，現出了一片茫然的神色來，過了好一會，他才道：「那實在是很簡單的，我一看到它，就會使用了，就像我看到了剪刀，就知道怎麼用它一樣。」

我緊盯著他，問道：「你不必隱瞞了，你是甚麼人？」

卜連昌臉上，那種茫然的神情更甚：「我……我是甚麼人？我是卜連昌啊！」

老實說，我絕不懷疑卜連昌這時所說的話，他的確以為他自己是卜連昌。

但是，事實上，他決不是卜連昌，他是另一個人。他如果是卜連昌，怎麼會沒有一個人認識他？他如果是卜連昌，怎會懂得操縱電腦？

但是，當我肯定這一點的時候，我又不禁在想：如果他不是卜連昌，那麼，他又怎能知道卜連昌該知道的一切事情？

我實在糊塗了，因爲我不知道他究竟是甚麼人！他或者是一個怪物，但即使是一個怪物，也一定是突然多出來的怪物！

我嘆了一口氣。經理問我，道：「董事長，你看……怎麼樣？」

我點頭道：「既然他懂得操縱電腦，那就讓他當電腦控制室的主任，給他應得的薪水。」

我轉過頭去，在卜連昌的肩頭上拍了一下：「卜連昌，我想和你再祥細談談，你關於這具電腦，還有甚麼問題麼？」

「沒有甚麼問題，」他回答。

「不必要這位工程師再指導你了？」我問。

「不必了，」卜連昌又道：「我想，我可能比他更熟悉這個裝置。」

我苦笑了一下：「好的，那麼，你以後就負責管理這副電腦，你可以和我一起離開一會？」卜連昌道：「自然可以的。」

我又吩咐了經理幾句，和那德國工程師握手道別，然後，和卜連昌一起走出了公司。我在考慮著該說些甚麼才好。卜連昌也低著頭不出聲。

一直到了停車場，坐進了我的車子，我才首先開了口，道：「卜連昌，我想我們是好朋友了，我們之間，不必有甚麼隱瞞的，是不是？」

「是，衛先生，剛才你叫我騙子，那……使我很傷心，我甚麼也沒有騙你。」

「你真的是卜連昌？」

「真的是！」他著急起來：「真是的，我有妻子，有子女，只不過……所有的人，都不認識我了！」

我望了他半晌，才徐徐地道：「可是，我卻認爲你是另一個人。」

「我？那麼我是誰？我的照片，在報上登了七天，但是沒有人知道我是誰！」

我又道：「你可能根本不是這個城市的人，那當然沒有人認識你了！」

卜連昌的神情更憂戚，他反問我道：「那麼，我是從哪裏來的？我實實在在，是被他們從海中救起來的，衛先生，我的老婆，我和她感情很好，她……卻不認識我了，我是卜連昌！」

他的心情一定很激動，因爲他講的話，有些語無倫次，而且，他的聲音中，也帶著哭音。

我只好再安慰著他：「你別急，事情總會有結果的，你提到你的妻子，你可以講一些你和你妻子間的事，給我聽聽？」

卜連昌呆了片刻，就滔滔不絕地講了起來，他講了很多他和妻子間的事。

我又道：「你從你自己有記憶開始，講講你的一生。」

卜連昌又講述著他的一生。他講得很詳細，我一遍又一遍地問著他，如果他所講的話，是捏造出來的，那麼，其間一定會有破綻的。

可是，他講述的，卻一點破綻也沒有！

當然，在他的經歷之中，並沒有他接受電腦訓練的歷程，但他卻會操縱那電腦！

我覺得我實在沒有甚麼別的辦法可想了，我只好嘆了一聲：「你還有去看你妻子麼？」

他苦笑著：「有，然而她根本不認識我，我去和她講話，她叫警察來趕我走。」

這一點，在私家偵探的報告書中，是早已有了的，我又嘆了一聲。就在這時候，我看到公司的一個練習生，急急奔了過來。

他奔到了車前，道：「董事長，有兩個外國人，在公司等著要見你！」

我皺了皺眉：「叫經理接見他們！」

練習生道：「不是，董事長，是經理叫我來請你的，那兩個外國人，手中拿著報紙，那是有怪人照片的報紙，他們說是來找怪人的！」

我「啊」地一聲，卜連昌也高興起來：「有人認識我了！」

他已急不及待，打開車門，我也連忙走出車子，我們三個人，急急回到公司中，我問道：「那兩個外國人，在甚麼地方？」

「在你的辦公室中。」練習生回答。

我連忙和卜連昌，一起推門走進了我的辦公室。

在我的辦公室中，果然坐著兩個外國人，經理正陪著他們，那兩個外國人正用非常生硬的英語，在和經理交談著。

當他們看到我和卜連昌走了進來之後，陡地站了起來，他們一起望著我身後的卜連昌，現出一種極其古怪的神色來。

那種神色之古怪，實在是難以形容的。由於我根本不知道他們是甚麼人，所以我也根本沒有法子知道他們兩人的心中，在想些甚麼。

但是，從這兩人面上的古怪神情看來，有一點，卻是我可以肯定的，那便是這兩個人，一定認識卜連昌，不然，他們不會一看到了卜連昌，就表現得如此奇特。

我連忙轉過頭，向卜連昌看去。

我那時，是要看卜連昌的反應。因爲既然有人認識卜連昌，如果卜連昌也認識他們的話，那麼，整件事，都算是解決了！

第四部：是蘇軍上校

可是，當我向卜連昌看去之際，我卻不禁苦笑了一下，因爲，卜連昌望著那兩個外國人，臉上，一片茫然之色，他顯然不認識他們。

我感到辦公室中的氣氛，十分尷尬，我搓著手：「兩位，有甚麼指教？」

那兩個外國人，除非是根本不懂得禮貌的外國人，要不然，便是他們的心中，實在太緊張了，是以使他們根本不懂得禮貌了。

他們並沒有回答我的話，其中一個，陡地走向前來，經過了我的身邊，來到了卜連昌的身前，大聲叫了一下，接著，講了四五句話。

我聽不懂他講些甚麼，我對於世界各地的語言，算得上很有研究，甚至連西藏康巴人的鼓語，我也曾下過一番功夫。

但是，我聽不懂那個人在講些甚麼，只不過從他發音的音節上，我聽出，好像是中亞語言系統中的語言。當時我心中在想，如果卜連昌聽得懂那人在說些甚麼的話，那才好笑了！

果然，卜連昌根本不明白他在說些甚麼，卜連昌皺著眉：「先生，你是——」

接著，卜連昌就改用英語：「對不起，先生，我聽不懂你使用的語言！」

這時，另一個也向前走來，從他們的神情上，我感到氣氛變得很緊張，這兩個人好像要用強硬手段對付卜連昌。而我卻不想卜連昌受到傷害，是以我也移動了一下身子，擋在他們和卜連昌之前。

那人又大聲講了幾句話，使用的仍然是我聽不懂的那種語言。

卜連昌顯得不耐煩起來，他問我道：「衛先生，這兩個人，嘰哩咕嚕，在搗甚麼鬼？我不相信他們會認識我，因爲我根本未曾見過他們！」

我也問那兩個人道：「兩位，如果你們有甚麼要說的話，請使用我們聽懂的語言，你們可以說英語的，是麼？何必用這種語言來說話？」

那兩人現出十分惱怒的神色來，其中一個，聲色俱厲，向著卜連昌喝道：「好吧，你還要假裝到甚麼時候，中索夫，你在搞甚麼鬼？你會受最嚴厲的制裁！」

我呆了一呆，我向卜連昌望去，那人叫卜連昌甚麼？他叫卜連昌「中索夫」。「中索夫」，那聽來並不是一個中國人的名字！

在那剎間，我才第一次仔細打量卜連昌。

在這以前，我很少那樣打量卜連昌的，因爲他的臉上，總是那樣愁苦，使人不忍心向他多望片刻。

但這時，當我細心打量他的時候，我卻看出一些問題來了，卜連昌顯然是黃種人，但是他的額廣，顴骨高，目較深，這顯然是韃靼人的特徵，那麼，我的估計不錯了，卜連昌是中亞細亞人，所以，那個外國人才向他講那種中亞細亞的語言！

在那一剎間，我心中的疑惑，實在是難以形容的。

我望著卜連昌，又望著那兩人，我的想像力再豐富，但是我也難以明白，在我面前發生的，究竟是一件甚麼樣的怪事。

從卜連昌的神情看來，他顯然也和我一樣不明白，他有點惱怒：「你們在說些甚麼？」

另一個人突然抓住了卜連昌的手臂，厲聲道：「中索夫上校，你被捕了！」

卜連昌用力一掙，同時在那人的胸口一推，推得將那人跌出了一步，大聲道：「見你的鬼，我姓卜，叫卜連昌，你們認錯人了！」

那兩個人卻又聲勢洶洶地向卜連昌逼去，我看看情形不對頭，忙橫身攔在那兩人的面前：「兩位，慢慢來，我想這其間有誤會了！」

那兩個人的面色十分難看，一個道：「先生，你是甚麼人，你爲甚麼會和申索夫在一起的？」

那兩人的神態，十分驕橫兇蠻，我的心中，不禁又好氣又好笑，我道：「首先，我要問你們，你們是甚麼人？有甚麼權利在這裏隨便逮捕人？」

那兩人怔了一怔，勉強堆下了笑臉來，可是他們雖然堆下了笑臉，卻絕沒有改變他們行動的打算，其中一個，突然伸出了手，搭在我的肩頭上：「先生，這件事關係太大，如果你不是甚麼有特殊身份的人，你還是不要理會的好！」

他的話才一說完，便用力一推。

看他的情形，像是想將我推了開去，然後可以向卜連昌下手。

但是，我自然不會被他推開的，我在他發力向我推來之際，「拍」地一掌，已擊在他的手腕之上。接著，我五指一緊，抓住了他的手腕，將他的手臂，抖了起來，使他後退了一步。

我沉聲道：「兩位，回答我的問題，你們是甚麼人，究竟是做甚麼而來的。我可以先介紹我自己，我是一個商人，決沒有甚麼特殊的身份。」

那兩人的神色更難看，足足過了兩分鐘之久，這兩人才能平靜下來，繼續和我說話。

他們中的一個道：「我是東南亞貿易考察團的團長，這位是我的助手。」

我盯著那人，那人在未曾說出他的身份之前，我已可以肯定他是俄國人，而當他說了他是甚麼貿易團的團長之際，我也想起了前兩天看到的一則新聞，那新聞說，蘇聯突然派出了一個「東南亞貿易考察團」，成員只有三個人，到東南亞來。

這個「考察團」可以說是突如其來的，事先，和蘇聯有貿易來往的東南亞國家，根本沒有接到任何通知，是以頗引起一般貿易專家的揣測云云。

但現在看來，這個三人考察團的目的，根本不在於甚麼「貿易考察」，那我更可以進一步肯定，他們是爲卜連昌而來的。

在刹那間，我的心中，實在是紛亂到了極點，他們稱卜連昌「申索夫上校」，又說要逮捕他，使他受嚴厲的懲罰。

我冷笑了一聲：「我看，閣下不像是貿易部的官員，我們雙方間的談話，不妨坦白一些，你究竟是爲甚麼而來的，要知道，你雖然有外交人員的身份，但如果不在你的國度中，你也沒有特權可以隨意拘捕人！」

那自稱團長的人瞪著我，半晌，他才道：「先生，這個人，我現在稱他爲我們國家的叛徒，我要帶他回去，如果你願意的話，我可以循正當的外交途徑，將他帶回去！」在他那樣說的時候，手指直指著卜連昌，一臉皆是憤然之色。

在他身邊的那人，補充道：「先生，團長是我們國家的高級安全人員。」

我明白，所謂「高級安全人員」，就是「特務頭子」的另一個名稱。

但是我心中的糊塗，卻越來越甚，蘇聯的特務頭子，爲甚麼要來找卜連昌？卜連昌在海中被救起來之後，根本沒有人認識他，現在，有兩個認識他了，卻說卜連昌是申索夫上校！

我擺著手：「你們最好別激動，我再聲明，我沒有特殊的背景，但是這位卜先生，已成了我的朋友，發生在他身上的事，我都想幫助他，你們說，他是甚麼人？申索夫上校？」

那兩個人一起點著頭。

我又問道：「那麼，他隸屬甚麼部隊？」

那兩個人的面色，同時一沉：「對不起，那是我們國家的最高國防機密！」

我呆了一呆，沒有再問下去，我只是道：「那麼，我想你們認錯人了，他不是甚麼申索夫上校，他叫卜連昌，是一個海員，三副！」

那「團長」立時道：「他胡說！」

卜連昌看來，已到了可以忍耐的最大限度，他大聲叫道：「衛先生，將這兩個俄國人趕出去，管他們是甚麼人，和我有甚麼關係？」

卜連昌是用中國話在和我交談的，那兩個蘇聯特務頭子，很明顯不懂中文，是以他們睜大了眼，也不知卜連昌在講些甚麼。

我從他的神情上，陡地想到了一個可以令他們離去的辦法。

我道：「兩位，你們要找的那位上校，可能是和這位卜先生相似的人，我想，那位上校，不見得會講中國話吧，但是卜先生卻會！」

那兩人互望了一眼，並不出聲。

我又問道：「你們要找的那位上校，離開你們，已有多久了！」

那「團長」道：「這也是機密！」

我道：「我想，不會太久，你們都知道，中文和中國話，決不是短期內所能學得成的，但是卜先生卻會中文，中文程度還是相當高，可見得你們找錯人了！」

我在用這個理由，在說服蘇聯特務頭子找錯人時，自己心中也不禁地苦笑！因爲我想到了卜連昌會操縱電腦。操縱電腦，同樣也不是短期內能學會的事！

那兩個俄國人互望著，我的話，可能已起到了一定的作用，然而他們的神色，仍然充滿了疑惑，那「團長」打開了他手中的公事包，取出了一個文件夾來。

然後，他翻開那文件夾，文件夾中，有很多文件，但是第一頁，則是一幅放大的照片。

他指著那照片，道：「你來看，這人是誰？」

我看到了那照片，便呆了一呆，因爲照片上的那人，毫無疑問是卜連昌！照片上的那人是卜連昌，這一點，實在是絕不容懷疑的了，因爲卜連昌自己，一看到了那照片，也立時叫了起來，道：「那是我！你們怎麼有我的照片的！」

那「團長」瞪了卜連昌一眼，又問我道：「請你看看照片下面的那行字！」

我向他所指的地方看去，在照片下，印著一個號碼，那可能是軍號，然後，還有兩個俄文字，一個是「上校」，另一個是人名：「申索夫」。

那「團長」翻過了那張照片，又迅速地翻著一疊文件，他不給我看文件的內容，但是卻給我看文件上貼著的照片，照片有好幾張，是穿著紅軍的上校制服的，但不論穿著甚麼服裝，卻毫無疑問，那是卜連昌！

那「團長」合上了文件夾，又盯住了我：「你說我們認錯了人？」

我苦笑了一下道：「我仍然認為你們認錯了人，他不是申索夫上校。」

我幾乎已相信，眼前的卜連昌，就是那兩個俄國人要找的申索夫上校了！

但是，為甚麼一個蘇聯軍隊的上校，忽然會變成了卜連昌呢？實在不可思議之至。

那「團長」對我的固執，顯然表示相當氣憤，他用手指彈著文件夾，發出「拍拍」的聲響來，道：「根據紀錄，申索夫上校的左肩，曾受過槍傷，他左肩上的疤痕形狀，也有記錄的！」

他在文件夾中，又抽出一張照片來，那照片上有卜連昌的半邊面部，和他的左肩。在他的左肩上，有一個狹長形的疤痕。

我向卜連昌望去，只見卜連昌現出十分怪異的神色來：「這……這是怎麼一回事？」

我只覺得自己的心，直往下沉，我吸了一口氣，才道：「你肩頭上有這樣的疤痕？」

卜連昌點了點頭，並沒有出聲。

我一跳跳到了他的身前：「那疤痕，是受槍聲的結果？」

卜連昌卻搖著頭：「照說不會的啊，我又不是軍人，如何會受槍傷？但是，我卻的確有這樣的一個疤痕，那可能……可能是我小時候……跌了一交，但是，……我卻已記不起來了。」

那「團長」厲聲道：「申索夫上校，你不必再裝模作樣了，你必須跟我們回去！」

他一面說，一面伸手抓住了卜連昌胸前的衣服。

卜連昌發出了一下呼叫，用力一掙，他胸前的衣服被撕裂，他迅速後退，一轉身，便逃出了我的辦公室，這是我們都意料不到的變化。

在我們辦公室中的幾個人，都呆了一呆，只聽得外面，傳來了幾個女職員的驚呼聲，和一陣乒乒乓乓的聲音，那顯然是卜連昌在不顧一切，向外衝了出去。

那「團長」急叫了起來：「捉住他！」

另一個俄國人也撲了出來，我也忙追了出去，可是當我追到公司門外的走廊中時，卜連昌卻已不見了，他逃走了！

那「團長」暴跳如雷，大聲地罵著人，他罵得實在太快了，是以我也聽不清他在罵一些甚麼。

然後，他轉過身來，氣勢洶洶地伸手指著我：「你要負責！」

卜連昌突然逃走，我的心中也已經夠煩的了，這傢伙卻還要那樣盛氣凌人，實在使我有點難以忍受，我揚起手來，「拍」地一聲將那傢伙的手，打了開去，罵道：「滾，這是我的地方，你們滾遠些！」那「團長」像是想不到我會那樣對付他，他反倒軟了下來，只是氣呼呼地道：「你，你應該負責將他找回來！」

我瞪著眼道：「為甚麼？你們一來，令得我這裏一個最有用的職員逃走了，我不向你們要人，已算好的了！」

那「團長」又嚷叫了起來：「他不是你的職員，他是我們國家的——」

他講到這裏，陡地停了下來。

我疾聲問道：「是你們國家的甚麼人？」

「團長」的臉色變得很難看，他並沒有說甚麼，我已冷笑著，代他說道：「這是最高機密，對不對？我對你們的機密沒有興趣，快給我滾遠些，滾！」

那兩個俄國人，悻然離去。

我回到我的辦公室，坐了下來，我的心中，亂成了一片，實在不知道該想些甚麼才好。

卜連昌這個人，實在太神秘了，但是，不論有多少證據，都難以證明他就是申索夫上校。申索夫上校不可能會中文，不可能會認識卜連昌的妻子和子女，不會對這個城市，如此熟悉。

但是，他卻又不可能是卜連昌，如果他是卜連昌，他就不可能懂得控制電腦。

我呆了片刻，才想到，這一切，都不是主要的問題，現在當務之急，是找到卜連昌。

我命幾個平日和他較爲接近的職員，分別到他平時常到的地方去找他，我一直在辦公室中等著。可是等到天黑，仍然沒有結果。

這是一個有過百萬人口的大都市，要毫無目的地去找一個人，真是談何容易。

我到天黑之後，才回到家中，我對白素講起日間發生的、有關卜連昌的事，白素皺著眉聽著，道：「一個疤痕並不足以證明他的身份，你應該問那兩個俄國人要申索夫的指紋，和卜連昌的對一下，那就可以肯定卜連昌是甚麼人了？」

面目相同，恰好大家都在肩頭上有一道疤痕，那都有可能是巧合的，但是這種巧合，決計不會再和機會微到幾乎不存在的指紋相同，迸合在一起。

如果申索夫的指紋和現在的卜連昌的指紋相同的話，那就毫無疑問可以證明，卜連昌就是申索夫上校，那兩個俄國人並沒有找錯人！

可是現在，我到何處去找那兩個俄國人？

我在食而不知其味的情形下，吃了晚飯，然後，一個人在書房中踱來踱去，正在這時候，電話響了，我拿起電話，那邊是一個很嬌美的女子聲音：「我們是領事館，請衛斯理先生。」

「我就是。」我回答著。

我立即又聽到了那「團長」的聲音，他道：「衛先生，我們今天下午，曾見過面。」

「是的，」我說：「我記得你。」

「衛先生，我和領事商量過，也和莫斯科方面，通過電話，莫斯科的指示說，這件事，需要你的幫助。」

「哼，」我冷笑了一聲：「在你的口中，甚麼全是機密，我怎能幫助。」

「團長」忙道：「我們已經獲得指示，將這件秘密向你公開，但只希望你別再轉告任何人，如果你有空的話，請你到領事館來一次，可以麼？」

老實說，我對於申索夫上校突竟是甚麼身份一事，也感到濃厚的興趣，但是我卻不想到他們的領事館去，是以我道：「不，我想請你們到我的家中來，在我的書房中，我們可以交談一切。」

那邊傳來一陣竊竊私議聲，過了半分鐘之久，才道：「好的，我們一共四個人來。」

我道：「沒有問題，我的地址是——」

「我們知道，衛先生，請原諒，因為這件事十分重要，所以，我們已在極短的時間中，對你作了調查，你的一切我們都很清楚了。」

我冷笑了一聲：「沒有甚麼，貴國的特務工作本就舉世聞名！」

對方乾笑了幾聲：「我們很快就可以來到了！」

我放下了電話，白素低聲問道：「俄國人要來？」

我點頭道：「是，看來申索夫的身份，十分重要，他們甚至向莫斯科請示過。」

白素皺著眉：「真奇怪，這實在太不可思議了，卜連昌竟會是一個上校。」

我苦笑著：「現在還不能證明他是！」

白素緩緩地搔著頭：「我去準備咖啡，我想他們快來了。」

那四個俄國人來得極快，他們一共是四個人，兩個是我在日間見過的，另外兩個，全都上了年紀，面目嚴肅。

我將他們延進了我的書房中，坐了下來，一個年紀較大的人道：「衛先生，由於特殊情形，我們只好向你披露我國的最高機密，希望你不轉告他人！」

我搖頭道：「我只能答應，在盡可能的情形下，替你們保守秘密。」

那人嘆了一聲，向「團長」望了一眼，那「團長」道：「衛先生，申索夫上校，是我國最優秀的太空飛行員之一。」

我呆了一呆，申索夫上校原來是一個太空人！那就難怪他們這樣緊張了。

「團長」又道：「他在一個月以前，由火箭送上太空，他的任務很特殊，他要作逆向的飛行，你明白麼？他駕駛的太空船，並不是順著地球自轉的方向而前進，而是採取逆方向。」

我並不十分明白他的話，但是我卻也知道，那一定是太空飛行中的一項新的嘗試，是以我點了點頭。

「這種飛行如果成功，對軍事上而言，有重大的價值，而且，申索夫上校還奉命在太空船中，向太平洋發射兩枚火箭。」

「哼，你們在事先竟不作任何公佈。」我憤然說。

「自然不能公佈，帝國主義和我們的敵人，如果在事先知道了我們的計劃，必定會想盡一切方法，來進行破壞的！」那「團長」理直氣壯地說。

我也懶得去理會他們這些，我只關心那位申索夫上校，我道：「以後怎樣呢？」

「在他飛行的第三天，我們接到他的報告，他說太空船失去控制，他必須在南中國海作緊急降落，隨後，就失去了聯絡。」

我不禁深深吸了一口氣，南中國海，那正是吉祥號貨輪出事的地點。

雖然，事情好像有了某種聯繫，但是我的腦中，仍然一片混亂，因爲我依然找不出在申索夫上校和卜連昌兩者之間，有甚麼可以發生關係之處。

我的雙眉緊蹙著。那「團長」又道：「在失去了聯絡後，我們立刻展開緊急搜索，我們的潛艇隊曾秘密出動了好幾次！」

我忍不住插了一句話：「我不知道你們如何想，你們以爲申索夫是落在南中國海，又被人當作船員救起來了麼？」

那「團長」望著我：「這是最大的可能。」

我苦笑，搖頭。那「團長」說這是最大的可能，但是實在，那是最沒有可能的事。

因為就算申索夫恰好落在南中國海，又恰好和吉祥號遇難的船員一起被救起來，那麼，申索夫也必然是申索夫，而不可能是卜連昌。

就算申索夫厭倦了他的國家，想要轉換環境，那他也絕沒有必要隱瞞自己的身份。相反地，如果一個蘇聯的太空飛行員，向美國或是其他的國家要求政治庇護的話，那一定大受歡迎。

而最根本的問題卻在於，申索夫上校，這個蘇聯的太空飛行員，他對吉祥號貨輪的船員，應該一無所知，根本不可能認出他們來，也不可能知道他們的私事！

在我的沉思中，書房中十分靜，誰也不說話。

過了幾分鐘，那「團長」才道：「我們已作過詳細的調查，申索夫作緊急降落的時候，他最可能降落的地點，正有一場暴風雨，有一艘輪船失事。」

我苦笑了一下，並沒有打斷他的話頭。那「團長」續道：「我們在整個區域，已作了最詳細的搜索，我不必隱瞞你，在海底，我們已找到了那艘太空船了！」

我皺了皺眉：「那你們就不應該再來找我，那位申索夫上校，一定是在太空船中，死了！」

那「團長」卻搖著頭：「不，他已出了太空船，他是在太空船緊急降落時逃出來的。」

我不禁有了一些怒意，大聲道：「你將我當作小孩子麼？當太空船在以極高的速度衝進大氣層之際，機艙外的溫度，高達攝氏六千度，甚麼人可以逃出太空艙來？」

那「團長」忙道：「這又是我們的高度機密，你記得有一次，我們的太空船，在回歸途中，因為降落設備失效，而引致太空人死亡的那件事麼？」

「自然記得，那是轟動世界的新聞。」

「是的，自從那次之後，我們的科學家不斷地研究，已發明了一種小型的逃生太空囊，可以將駕駛員包在囊中，彈出太空船，再作順利的降落，申索夫上校本來就負有試驗這個太空囊的任務，他自然是在太空船還未曾落海之際，便利用了太空囊彈出來的。」

我問道：「關於這種逃生太空囊的詳細情形，你能不能說一說？」

那「團長」的臉上，現出十分爲難的神色來：「我只能告訴你，那是一種十分簡易有效的逃生工具，在彈出了太空艙之後，太空囊還可以在空中飛行一個時期，然後，速度減慢到自然降落的程度，在囊中的人，就可以進行普通的跳傘了！」

「你們是以爲——」我再問。

「我們認爲，在申索夫跳出太空囊之後，落到了海面，他棄去了降落傘，爲了方便在海面上漂流，他也脫去了沉重的太空衣，然後，他就和遇難的船員，一起被救了起來。」

我深深地吸了一口氣：「你們的假設很合理，我也完全可以接納，但是問題是在於，你們要找的人，他自己根本不認爲自己是申索夫上校，他只認爲他自己是海員卜連昌！」

那「團長」怒吼了起來：「那是他故意假裝的，他想逃避制裁！」

我立時駁斥他：「我想不是，如果他有意逃避的話，一到了這裏，他就應該投向美國領事館，你們又將他怎麼辦？」

那三個蘇聯人互望著，一時之間，講不出話來。我道：「你們來看我的目的是甚麼？」

那「團長」道：「我們要找回申索夫上校，一定要和他一起回國去，我們想他或者會和你聯絡，所以，要你幫助我們！」

我苦笑了起來：「這個問題，我們不妨慢慢再說，現在最主要的便是，先要弄清楚，卜連昌是不是你們要找的申索夫上校？」

「自然是，」一個蘇聯人不耐煩地揮著手，「如果他是卜連昌，為甚麼沒有一個人認識他？要登報紙找尋認識他的人？我們就是偶然看到了報紙，所以才會找到這裏來見他的。」

我站起身來，來回踱了幾步：「如果他和我聯絡的話，我一定先要弄清他的身份，因為他如果是申索夫上校，其間一定還有甚麼曲折。使他可以知道許多他不可能知道的事！」

我看到那三個人的臉上，有疑惑的神色，是以我就將我如何認識卜連昌的經過，以及如何陪他「回家」的經過，詳細說了一遍。

為了回報他們對我的信任，他們向我講出了他們國家的高度秘密，當然我也不會再對他們保留甚麼，是以我的敘述，十分詳細。

他們三人用心地聽著，等我講完，他們才一起苦笑了起來：「那是不可能的。」

「我所說的每一句話，都是實話。」我說，「我沒有必要騙你們，因爲我也想知道卜連昌的真正身份，我想問你們一個問題。」

「請問。」他們齊聲說。

我略想了一想，才道：「申索夫上校，可曾受過電腦控制的訓練？」

那「團長」笑了起來：「自然，他是全國最好的電腦工程師之一，我們太空飛行機構中的電腦設備，大多數是在他領導之下設計製造的。」

我又不由自主，苦笑了起來，如果申索夫是一個第一流的電腦工程師的話，那麼，控制普通的商用電腦，在他而言，自然是二加二等於四一樣簡單了。

我呆了片刻，才又問道：「你們有沒有申索夫的指紋記錄，我想，如果我有機會見到卜連昌的話，取他的指紋來對照一下，就可以確切證明他的身份了！」

「有，」那「團長」立即回答，他打開了公事包，拿出了一張紙來給我。

第五部：揣測怪事的由來

那張紙是一個表格，上面有申索夫的照片，和十隻手指的指紋。

我將那張表格，放在桌上：「各位，現在我所能做的，就是盡可能去找尋他，我想，在未曾真正弄明白他的身份之前，你們暫時不必有甚麼行動，弄錯了一個人回去，對你們也是沒有好處的。」

那三個蘇聯人呆了片刻，想來他們也想到，除了答應我的要求之外，是別無他法可想的，是以他們只是略想了一想，便答應了我的要求。

他們都站了起來，我送他們出門口，望著他們離去。

在聽了他們三個人的話後，我更可以有理由相信那個根本沒有一個人認識他的卜連昌，就是太空飛行員，申索夫上校。

但是，何以這兩個絲毫不發生關係的人物，會聯結在一起了呢？我忽然有了一個十分奇怪的想法，現在的卜連昌，就像是申索夫和卜連昌的混合，兼有兩人的特點，或者是兼有三個人的特點，另一個是根本不存在的吉祥號貨輪的另一個三副——

那是卜連昌堅持的自己的身份，這其間，究竟發生了一些甚麼怪事呢？

我踱回了書房之中，坐在書桌之前，不斷地思索著。

在不知不覺中，已然是午夜了，我打了一個呵欠，正想上床睡覺時，電話鈴卻突然響了起來。

我拿起電話來，那邊卻一點聲音也沒有，我接連說了七八聲「喂」，也沒有反應，我憤然放下了電話。可是在我放下電話之後不久，電話鈴卻又響了起來，我再拿起電話，冷冷地道：「如果你不存心和我說話，那你為甚麼打電話來？」

我以為，打電話來的人，一定是一個無聊到了拿電話來作為遊戲工具的傢伙，可是，我的話才一講完，卻突然聽到了卜連昌的聲音！

一聽到了卜連昌的聲音，我全身都震動了一下，卜連昌道：「我……不如該說甚麼才好，衛先生，我不知我該說甚麼！」

「卜連昌，」我忙叫著他：「你在甚麼地方？」

「我一直坐在公園中，現在，我是在公園旁的電話亭中打電話給你，衛先生，我想……見一見你。」

「好，我也想見見你。」

「我在公園入口處的長凳前等你，」卜連昌說：「你一定要來啊！」

「當然，我來，一定來，」我放下電話，便離開了家。

當我來到公園的時候，公園中幾乎已沒有甚麼人了，所以我一眼就看到卜連昌一個人，孤零零地坐在公園的長椅之上。

我連忙向他奔了過去，他也站了起來。

他像是看到了唯一的親人一樣，我一到了他的身前，他就緊握住了我的手臂，他道：「你來了，你終於來了，唉，我真怕你不來。」

我先令他坐了下來，然後，我坐在他的身邊。

他的聲音有些發顫：「那兩個外國人是認識我的，衛先生，但是我卻不認識他們，他們說我是甚麼人？你能告訴我？」

我望著他，一時之間，不知從何說起才好，我的心中也十分矛盾，一方面，我相信這個人，就是申索夫上校。但是另一方面，我卻又相信，他真的不知道他自己是甚麼人。一個人，如果在忽然之間，不知道自己是甚麼人了，那實在是一件很普通的事。那樣的事，在醫學上叫作「失憶症」。「失憶症」已不如多少次成爲電影或是小說的題材的了。

卜連昌的情形卻很不同，他不單是不知道自己是甚麼人，而且，堅決認爲他是另一個人！

卜連昌用焦急的眼光望著我，我想了一想才道：「他們說，你是一個軍官，軍銜是上校，你的職務是太空飛行員，負責重大的太空飛行任務！」

卜連昌睜大了眼睛聽著，等到我說完之後，我想他一定要表示極度的驚訝的了，但是，他的反應，卻出乎我的意料之外，他笑了起來：「那樣說來，他們一定弄錯了，我怎麼會是太空人？」

我盯著他：「他們還說你是一個極其優秀的電腦專家，卜連昌，你對於自己竟然懂得操縱電腦一事，難道一點也不覺得奇怪？」

卜連昌皺緊了雙眉，過了半晌，他才現出茫然的神色來：「我並不覺得奇怪，因爲那……在我而言，是自然而然的事情。」

「那麼，你肩頭上的疤痕呢？」我又問。

卜連昌震動了一下：「那……那或許是巧合，我可能記不起是在甚麼時候受傷的了。」

我又道：「我已向他們要了你的指紋——不，是那位上校的指紋！」

卜連昌也不是蠢人，他一聽到我說及指紋，便知道我要指紋的用途是甚麼了，他攤著手來看了看，然後又緊握著拳頭。

在那剎間，他的神色，又變得更難看，他道：「如果那申索夫上校的指紋，和我的指紋是一樣的話，那……說明了甚麼？」

我道：「你也應該知道那說明了甚麼的了，那說明你就是申索夫上校！」

卜連昌呻吟似地叫了起來：「可是……我卻是卜連昌，那個申索夫上校，難道是中國人？」

「不是，他是中亞細亞人，你不覺得你自己的樣子，並不是完全的中國人麼？你的樣子，是典型的中亞部分的韃靼人！」

卜連昌憤怒起來：「胡說！」

我對他絕不客氣，因爲我必須逼他承認事實，我道：「你的指紋，加果和申索夫上校相合的話，那就已足夠證明你的身份了！」

卜連昌尖叫了起來：「可能是巧合！」

我殘酷地冷笑著：「世上不會有那麼多巧合的，面貌相同是巧合，肩頭上的疤痕相同是巧合，連指紋相同也是巧合！」

卜連昌惡狠狠地望著我：「可是你說，我如果是韃靼人，為甚麼會講中國話，寫中國字？我怎會認識那麼多我不該認識的人？」

對於他的問題，我無法回答，因為那正是存在我心中的最大的疑問。

我只好道：「所以，你最好的方法，就是去接受指紋的檢驗，如果你的指紋，和申索夫上校根本不同的話，那就甚麼問題也沒有了！」

卜連昌語帶哭音：「可是我知道，檢查的結果，一定是一樣的。」

我立即問道：「為甚麼你會那樣想？」

卜連昌道：「我已經習慣了，自從我在海上遇救之後，沒有一件事是如意的，只要是我想的事，就一定不會成為事實，而我最害怕發生的事，卻又成為事實，就像我怕我的妻子不認識我，結果她真的不認識我一樣！」

我也嘆了一聲：「卜連昌，我很同情你，但是我認爲你還是要將你的指紋印下來，和申索夫的指紋，來對證一下！」

他現出十分可怖的神情望著我：「如果對證下來，我和他的指紋是一樣的，那怎麼辦？」

我呆了一會，「那只好到時再說了！」

他雙手鬆開，又捏了拳，反覆好幾次：「我接受你的提議，但是我現在，不想任何人知道我在甚麼地方，我也不跟你回去。」

我問道：「爲甚麼？」

他並不直接回答我的問題，只是道：「我會打電話給你，問你對證指紋的結果。我不想任何人知道我在甚麼地方，以防萬一，我的指紋真和申索夫上校一樣時，我還可逃避。」

「你在逃避甚麼？」我又問。

「我不要成爲另一個人，我是卜連昌，不管多少人都發了神經，不認識我，我仍然是卜連昌，我不要成爲另一個人！」卜連昌回答著。

我沉默了片刻，才拿出了一隻角質煙盒來，先將煙盒抹拭了一番，然後，請他將指印留在煙盒上，我再用手帕小心將煙盒包了起來。

我們一起站起來，向公園外走去。

在公園門口分手的時候，我道：「明天上午十二時，你打電話到郭氏偵探事務所來找我。」

卜連昌點了點頭，記住了我給他的電話號碼，跳上了一輛街車走了。

我呆立了片刻，才回到了家中，那一晚，我可以說一點也沒有睡好，我的心中充滿了疑問。

第二天一早，我就到了小郭的偵探事務所中，在他的事務所中，有著完善的檢驗指紋的設備，而且還有幾位指紋專家。

當我說明來意之後，小郭和幾個指紋專家，立時開始工作，要查對指紋，在現代偵探術中而言，實在是最簡單的事情了。

我們只化了二十分鐘，就得出了結論，留在煙盒上的指紋，和申索夫上校的指紋，完全相同！

我在知道了這個結論之後，倒並沒有表示過份的驚異，因爲可以說，那是我意料之中的事。

我早已料到，他們兩人的指紋會一樣的，或者說，我早已料到，卜連昌就是申索夫上校。

但是我在知道了結果之後，卻仍然呆了半晌，因爲我不知如何向那三個俄國人說，也不知該如何向卜連昌說才好。

如果我將檢驗的結果，告訴那三個俄國人，那麼，他們自然認定已找到了申索夫上校，會不惜一切代價，要將申索夫帶回蘇聯去。

而如果我也將檢驗的結果，照實告訴卜連昌，那麼卜連昌就要開始逃避，絕不肯跟那三個蘇聯人回去。

我在小郭的事務所中，徘徊了很久，小郭頻頻問我發生了甚麼事，我也難以回答他的問題，一直到中午，我還沒有想出應付的辦法來，但是，卜連昌的電話，卻已經準時打來了。

我握著電話聽筒，深深地吸了一口氣，卜連昌已在焦切地問道：「怎麼樣了？」

我反問道：「你現在在甚麼地方？」

「我不能告訴你在甚麼地方，我問你，結果怎麼樣，你快告訴我！」

我苦笑了一下：「你聽著，你一定要告訴我你在甚麼地方，我要和你聯絡。」

卜連昌呆了片刻：「我知道，我的指紋，和那人一樣，是不是？」

我立時道：「你應該正視事實，你就是申索夫上校，你根本是他！」

卜連昌在喃喃地道：「我知道，我早已知道會有這樣結果的了！」

我忙叫道：「你別以為你可以逃避他們，你——」

我的話才講了一半，「卡」地一聲，卜連昌已放下了電話，我發了一陣呆，我根本不知道他在甚麼地方打電話來的，他顯然不肯聽我的勸告，而要開始他那無休止的逃避。

在我發呆期間，那三個俄國人，卻已找上小郭的事務所來了，他們一見到我，並不說話，然而卻見他們陰沉的眼光，向我詢問著。

我放下了電話：「你們來得正好，昨天晚上，我曾和他見過面，取得了他的指紋，指紋檢驗的結果，是完全相同的。」

「他現在在甚麼地方？」俄國人忙緊張地問。

「我也不知道，昨天晚上，他說他絕不願意成爲申索夫上校，他要逃避，我看，現在雖然有確鑿的證據，證明他就是申索夫上校，但是在他的身上，一定發生了極其神秘的事。我看，你們就算將他帶回去，也是沒有意義的事情。」

「胡說！」那「團長」憤怒起來：「他是一個狡猾的叛徒！他想用這種方法來逃避懲罰。」

我忙道：「我卻不認爲那樣，他如果要逃避懲罰的話，他應該到美國去尋求政治庇護才是。」

三個俄國人的面色變了一變，沒有說甚麼。

我又道：「如今，我們雖然已證明了他是申索夫上校，但是那只是身體上的證明。」

「甚麼意思？」俄國人惡聲惡氣地問。

我的腦中，也十分混亂，但是我還是勉力在混亂之中，理出了一個頭緒來，我道：「要決定一個人是甚麼人，不是看他的身體，要緊的是他腦中的記憶，現在我們有理由相信：申索夫上校的腦中，已完全不存在他自己的記憶，而換上了他人的記憶，也就是說，他是另一個人，你們帶他回去，又有甚麼用？」

那「團長」冷笑了起來：「你想想看，如果我們以所說的，照樣報告上去，會有甚麼結果？衛先生，別開玩笑！」

我正色道：「這絕不是開玩笑，這是一件發生在人身上的極其異特的事情，你們該正視現實。」可是那三個俄國人卻根本不肯聽我的話，他現出悻然的神色：「好，你不肯透露他的所在，我們可以找到他！」

他們悻然離去，我也沒有辦法再進一步說服他們，因為對於解釋申索夫已不是申索夫的理由，在我自己的意念中，也是很模糊，無法講得清楚的。

我剛才能在沒有深思熟慮之間，便已經初步闡明了這一個概念，那可以說已經很不容易的事了。在他們走了之後，我又呆了片刻，在想著要用甚麼方法，才能將這件事說得更清楚。這件事，要簡單地說，一句話就可以講完了，那就是：申索夫不再是申索夫了。

然而，那卻是很難令人接受的一件事，申索夫就是申索夫，為甚麼會不是申索夫了呢？所以，應該進一步地說，那是申索夫的身體，但是，別人的許多記憶，卻進入了申索夫的身體，而申索夫本身的記憶卻消失了。

決定一個人是甚麼人，有兩種方法，一種是看他的外形，查他的指紋，而另一種是根據他腦中儲存的記憶，也就是他的思想。

如果用前一種方法來決定，那麼毫無疑問，那個在海面上，和吉祥貨輪的船員一起被救起來的人，是蘇聯的太空飛行員，申索夫上校。

但是如果根據第二種方法來判斷的話，那麼，他就不是申索夫，甚至也不是卜連昌，他是一個嶄新的人，一個突然之間多出來的人！

在那樣的情形下，蘇聯特務硬要將他找回去，自然是一點意義也沒有的事情。可是現在的情形卻是，蘇聯的特務頭子非要找他回去不可，而他，卻拚命在逃避。

我不禁深深地嘆了一口氣，如果不是申索夫的身份如此特殊的話，事情或者不會那麼複雜了。而申索夫想一直逃避過去，自然絕不是辦法，最好是我能說服那個蘇聯特務頭子，使他們放過申索夫。

蘇聯特務，誰也知道是世界上最頑固的東西，我有甚麼辦法可以說服他們呢？

看來，那幾乎是沒有可能的事，除非，我能夠找出申索夫記憶改變的根本原因來。

當我想到這一點的時候，我不禁苦笑了一下，因爲我想，只怕世界上根本沒有人能夠解釋這種奇異的現象。但是，我既然想到了，我就要去做，我決定先去找幾個著名的心理學家，腦科學家，看看他們是不是可以解釋這件怪事情。

在接下來的三天中，我忙忙碌碌，東奔西走，聽取各方面的意見，然後，再根據自己的意見，作了一番綜合，在這三天內，我一直希望能得到申索夫的消息，再和他聯絡一番。

可是，申索夫卻音訊全無，他沒有打電話給我，我也根本無法在一個有著百萬人的城市之中，找得到他，到了第四天，我已經對申索夫的事，在聽取了各方面的意見之後，有了一點概念。

於是我去見那兩個蘇聯特務，他們在見到我的時候，面色極其難看。

他們那種難看的面色，使我感到好笑，我臉上一定也表現了想笑的神情，是以那「團長」怒意沖沖地望著我：「有甚麼好笑？」

我忙搖頭道：「兩位，我不是來吵架的，你們還未曾找到申索夫，是不是？」

他們兩人悶哼了一聲，並不說話。

我又道：「這幾天來我拜訪了不少專家，綜合他們的意見，有一種見解，不知道你們是不是能接受，我並不是阻止你們找尋申索夫，但是你們至少也得聽一聽對這件怪事的解釋。」

那兩個俄國人的態度仍然很冷淡，他們冷冷地望著我，我也不去理會他們的態度，因爲我知道，我的話一開始，就一定會引起他們注意的。

我自顧自地道：「人類的腦子，可以發射一種微弱的電波。對於這種電波，人類所知極微，只名之曰腦電波，還是人類科學上的空白。」

那「團長」怒道：「你在胡扯甚麼？」

我笑了笑：「別心急，等我說下去。你就知道我所說的一切，和這件事有莫大的關係了！」

另一個俄國人和「團長」使了一個眼色：「好，你說下去。」

我又道：「這種腦電波，在某種情形之下，以極其強烈的方式發射出去，是以在人和人之間，有時有奇妙的心靈相通的現象，這種情形，大多數是在生命發生危急的時候發生的。」

那「團長」開始注意我的話了，他頷首表示同意。

我道：「現在，事情和我們的主角有關了，這件事的主角，可以分爲三組，一組是申索夫，一組是卡連昌，另一組，是吉祥號上的船員。」

我頓了一頓，看到他們兩人，在用心聽著，我才又道：「現在開始，我所敘述的一切，只不過是假定，但那也是唯一可以提供的假定。申索夫上校在發現太空船失卻控制之際，他自然意識到，他的生命已在危急關頭了，在那時候，他的腦電波便開始反常的活動，而那時，他恰好飛過南美洲上空，也在那時，有一個中國海員，叫卜連昌的，在某處和人打架，也處在臨死的邊緣，卜連昌的腦電波也在非常活動的狀態之中。究竟發生了甚麼樣的變化，我們還無法知道，我們只好假定，在那一剎間，卜連昌記憶，通過了腦電波的反常活動，被申索夫的腦子接收了過去，是以，申索夫原來的記憶消失，換上了卜連昌的記憶。那種情形，大致可以和聽收音機的時候，忽然一個電台的聲音受到另一個電台的干擾來解釋。」

那兩個俄國人互望了一眼。

我不能肯定我的話是不是能說服他們，我繼續說下去：「那時候，申索夫已不再是申索夫了，太空船繼續向前飛，等到來到了南中國海的上空之際，他跳出了太空船，而恰好吉祥號貨輪失事，吉祥號的船員，每一個人的腦電波，都在進行非常的活動，是以各人的記憶，在同樣的情形之下，都零零星星，進了申索夫的腦中，所以，當申索夫獲救之後，他熟悉吉祥號船員的一切，自以為他是他們中間的一員，他又以為自己是卜連昌，他記得卜連昌的妻子和兒女的一切情形。兩位，申索夫上校這個人，已在世上消失了，而多了一個不再是申索夫的人，你們將這個人帶回去，有甚麼用？」

那兩個俄國人互望著，我又道：「只有這個解釋，才可以說明何以申索夫會講中國話，會寫中國字，會了解他不應了解的一切，你們大可不必耽心他會洩露你們的國防秘密，因為他對過去的一切，毫無所知，而且，永遠不會再記起來！」

那「團長」道：「你說的理由，或者很可相信，但是我們卻無法向上峰報告。」

「那太簡單了，」我說：「你們回去，說這個人根本不是申索夫，也就行了。」

他們兩人呆了半晌，才道：「我們考慮一下，明天再給你回音。」

我告辭離去，他們緊張得甚至未及送我出來。第二天，我得到他們的通知，他們已決定放棄這件事了，我連忙在報上刊登廣告，要申索夫和我聯絡，並且告訴他，一切都已過去了。

申索夫在廣告見報後的當天下午，神色憔悴地來見我，我將那些解釋，又和他講了一遍，他聽了之後，道：「也許你是對的，我是卜連昌了，我喜歡做卜連昌，我也……愛彩珍！」

我拍著他的肩頭，勸他好好在我的公司中工作，俄國人果然也未曾來麻煩他。

事情到這裏結束了，總算是喜劇收場，不是麼？卜連昌說他愛彩珍，倒不是假的，他仍然常在彩珍住所附近徘徊，幾個月後，不但取得了阿牛阿珠兩個孩子的好感，也取得了彩珍的好感，有一天他告訴我，已作好了一切準備，要向彩珍求婚。

是不是，應該說，從此以後，他們快樂地生活在一起呢！

〈完〉

倪匡珍藏限量紀念版 8

衛斯理傳奇之盜墓

作者：倪匡
發行人：陳曉林
出版所：風雲時代出版股份有限公司
地址：10576台北市民生東路五段178號7樓之3
電話：(02) 2756-0949　　傳真：(02) 2765-3799
執行主編：劉宇青
美術設計：許惠芳
行銷企劃：林安莉
業務總監：張瑋鳳
出版日期：2023年4月倪匡珍藏限量紀念版一刷
版權授權：倪匡
ISBN ：978-626-7153-93-2
風雲書網：http://www.eastbooks.com.tw
官方部落格：http://eastbooks.pixnet.net/blog
Facebook：http://www.facebook.com/h7560949
E-mail：h7560949@ms15.hinet.net
劃撥帳號：12043291
戶名：風雲時代出版股份有限公司

風雲發行所：33373桃園市龜山區公西村2鄰復興街304巷96號
電話：(03) 318-1378
傳真：(03) 318-1378
法律顧問：永然法律事務所 李永然律師
北辰著作權事務所 蕭雄淋律師

行政院新聞局局版台業字第3595號 營利事業統一編號22759935

定價：340元

國家圖書館出版品預行編目資料

衛斯理傳奇之盜墓 ／倪匡著. -- 三版. --
臺北市：風雲時代出版股份有限公司，2023.03
面；公分　倪匡珍藏限量紀念版

ISBN 978-626-7153-93-2（平裝）

857.83　　112000196